Le juge
et la sorcière

Du même auteur

Portraits de dames. Dix femmes d'Aquitaine, Éditions Sud Ouest, 2000.

Adrien Marquet. Du socialisme à la Collaboration (avec Pierre Brana). Éditions Atlantica, 2001.

**Collection « Références »,
série « Histoire » dirigée par Anne-Marie Cocula**

 Ce livre a été imprimé par Pollina à Luçon (85) – France.
ISBN : 2.87901.469.7 – Éditeur : 1239.01.04.09.02 – N° d'impression : n° L87803

Joëlle Dusseau

Le juge et la sorcière

ÉDITIONS SUD OUEST

« Les vices pervers
De ces sorcières pâles
Pervertissent du tout l'ordre de l'univers. »

Jean d'Espaignet

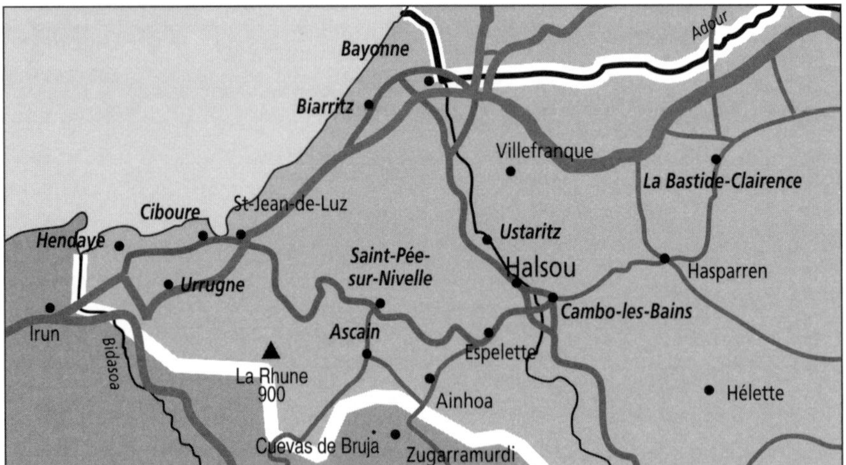

La mission de Pierre de Lancre en Labourd. En italique : les lieux des procès.

Chapitre 1

Or donc, le 17 janvier 1609

Or donc, le 17 janvier 1609, le roi de France fait rédiger une lettre patente adressée au parlement de Bordeaux.

C'est l'avantage de l'historien : il sait ce qui va se passer par la suite. Henri IV, quand il fait envoyer cette lettre patente, n'a qu'un peu plus d'un an à vivre. Le 14 mai 1610, il tombe sous le couteau de Ravaillac. De là s'amplifie une légende : celle du bon roi Henri, l'homme qui aimait les femmes, le roi de la tolérance et de l'édit de Nantes, celui qui voulait que tous les Français, le dimanche, puissent manger la poule au pot...

Mais nous sommes le 17 janvier 1609. Le roi n'est pafs une légende. « D'une vive intelligence, mais sans génie d'invention, riche d'une profonde expérience humaine, qui était sa qualité suprême, avec le don de choisir ceux qui pouvaient le servir et l'art de les laisser travailler à sa place, sans vices et sans grandes vertus, bien trop léger pour être fanatique, mais trop sensé pour n'être pas convaincu, capable, par son caractère, d'appeler, de près, beaucoup de critiques, et, de loin, une belle et flatteuse légende, il avait garanti la France contre les guerres étrangères. Il avait permis aux Français de se consacrer paisiblement à leurs affaires[1]. »

En 1609, la France vit en paix. La guerre contre l'Espagne s'est terminée en 1598. La même année, l'édit de Nantes a donné aux protestants la liberté de culte et les garanties nécessaires pour l'exercer. Le roi a cinq enfants de son mariage avec Marie de Médicis, dont le petit Louis, le dauphin, né en 1601. Le royaume s'enrichit sous l'administration de Sully, pour qui « labourage et pâturage sont les deux mamelles de la France ». Les guerres de Religion qui ont ensanglanté la seconde moitié du XVIe siècle semblent loin. Loin aussi le temps où, dans des circonstances dramatiques, le Béarnais Henri de Navarre est devenu roi de France. Pourtant, beaucoup se souviennent de cette période où Henri IV était si peu le roi. Car Henri a conquis son royaume à la pointe de l'épée. Roi de Navarre par sa mère Jeanne d'Albret, il est devenu roi de France puisque le roi à qui il succède – Henri III – n'a pas de fils, et qu'il en est le plus proche parent de par la loi salique : par son père, Antoine de Bourbon, il descend en effet du neuvième fils de Saint Louis par filiation masculine.

Henri, quatrième du nom, est roi de France depuis…

Depuis quand, au fait ? Depuis quand, réellement, Henri IV est-il devenu roi de France ?

Depuis ce jour d'août 1589, où le moine Jacques Clément assassine Henri III, coupable d'avoir fait alliance avec Henri de Navarre, son petit cousin et beau-frère par les femmes, son héritier par les hommes, mais huguenot, « mal sentant de la foi », bref, protestant ?

Depuis son entrée dans Paris, au bout d'une nouvelle guerre civile, le 22 mars 1594, Paris qu'il prend victorieusement trois ans après un premier siège infructueux entre novembre 1589 et août 1590 ?

Depuis son abjuration solennelle à Saint-Denis, quelques mois avant de reprendre sa capitale, Paris valant « bien une messe » ?

Depuis ce jour de 1595, où le pape Clément VIII lui donne officiellement l'absolution ?

Car elles ont été bien difficiles, ces premières années du règne d'Henri IV, en dépit de la victoire d'Ivry où il sut rallier son armée à son « panache blanc ».

Revenons en arrière. C'est nécessaire, tant notre présent est fait de notre passé. Il en est pour nous comme pour Henri IV. Revenons en l'année 1589, vingt ans avant ce 16 janvier 1609.

Fin des années 1580. La France est en guerre civile. Y a-t-il une malédiction sur la famille des Valois ? On pourrait le croire.

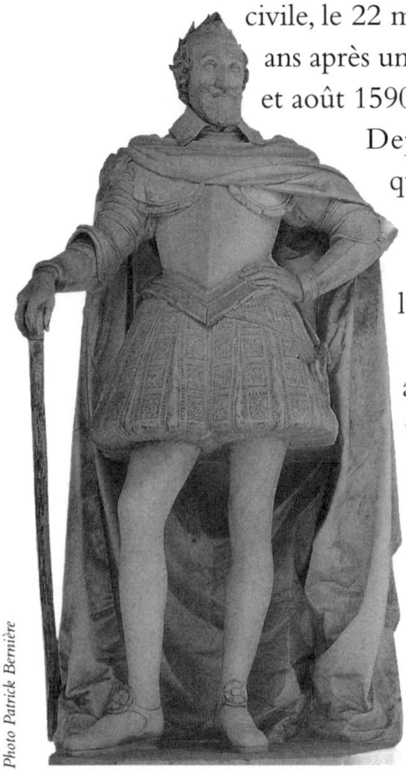

Photo Patrick Bernière

Henri IV, statue du château de Pau.

Henri II est mort en 1559 dans un tournoi en portant le blanc et noir qui sont les couleurs de sa dame, Diane de Poitiers. Il a laissé une veuve et quatre fils légitimes. L'un après l'autre, les trois premiers règnent, puis meurent dans la fleur de l'âge, sans enfants. François II. Puis Charles IX. Et depuis 1574, le troisième fils, Henri III. Le pouvoir royal, ballotté, est symbolisé par la reine mère, la reine noire, Catherine de Médicis, celle que l'opinion charge de tous les crimes, ceux qu'elle a causés et ceux dont on l'accuse. Avec Henri III, c'est son fils préféré qui règne. Mais il est lui aussi sans enfant, et on lui soupçonne plus de goût pour ses « mignons » – dont le duc de Joyeuse et le duc d'Épernon – que pour les femmes. Son successeur est le dernier de ses frères, le duc d'Anjou, un nabot déséquilibré. Mais en 1584, le duc d'Anjou meurt.

Catherine de Médicis.

Quel sera le prochain roi ? En remontant et descendant les arbres généalogiques selon la primogéniture mâle, on passe par le dernier fils de Saint Louis et on tombe sur… un huguenot, le fils d'Antoine de Bourbon et de l'ardente calviniste Jeanne d'Albret : Henri, roi de Navarre, plus proche des terroirs d'oc que de la douceur angevine, qui sent davantage l'ail que les bonnes manières, le stupre que les salons de cour. Bourbon certes, mais gascon surtout. Un protestant à qui son mariage avec la reine Margot a permis d'éviter d'être assassiné lors de la Saint-Barthélemy. Un roi qui, à la tête de ses troupes, se bat, en ce début des années 1580, contre Henri III, son cousin et beau-frère. Un homme qui devient en 1584 l'héritier et le successeur désigné du roi de France.

« Faites l'amour avec la France », lui écrit son ami et conseiller Duplessis-Mornay. « Convertissez-vous au catholicisme », lui dit en substance le duc d'Épernon, un Gascon lui aussi, le plus haï des mignons d'Henri III.

Mais Henri de Navarre, qui a déjà changé quatre fois de religion, est las de ces allers-retours entre catholicisme et protestantisme. Il refuse et donne ainsi des arguments à tous ceux qui, autour des Guise, ont créé la Ligue, cette « Union des catholiques » qui répond à l'« Union des protestants ». À la tête de la Ligue, Henri de Guise se voit très bien roi à la place d'Henri III, lui qui descend de Charlemagne par les ducs de Lorraine et se trouve plus légitime que la « race des Capets ».

Dès lors, et pour des années, la guerre civile reprend en France, doublée d'une guerre étrangère. D'un côté, les Guise et la Ligue, appuyés par l'Espagne. De l'autre, Henri III et Henri de Navarre, appuyés par l'Angleterre et les futures Provinces Unies. La France est divisée. En Aquitaine, les protestants, fidèles au Béarnais, sont galvanisés par la proximité géographique de la Navarre et du Béarn et par la probabilité de voir monter un roi protestant sur le trône de France. Les catholiques au contraire se battent pour la Ligue. L'assassinat du duc de Guise dans la chambre du roi pendant les États généraux de Blois, en décembre 1588, accentue les tensions. Paris, fanatisé par les « prêcheurs », donne le signal de la révolte. Le nom d'Henri III est rayé des prières de l'Église, ses images sont mutilées. Les provinces suivent. Une nouvelle fois réconcilié avec Henri de Navarre, Henri III lutte pour reconquérir Paris.

Le matin du 1er août 1589, un moine, portant le scapulaire blanc et le manteau noir des Jacobins, entre dans le château de Saint-Cloud et s'approche d'Henri III, un bréviaire à la main. Il en sort brusquement un long poignard emmanché de bois noir et en frappe le roi. « Ah, le méchant moine, il m'a tué », s'écrie Henri III, qui meurt en moins de vingt-quatre heures. Selon la théorie française du double corps du roi, quand le roi meurt, le roi vit en la personne de son successeur, d'où l'expression fameuse que tous connaissent : « Le roi est mort, vive le roi ». Mais Henri IV est tellement contesté ! « Henri IV se trouva roi plus tôt qu'il n'eût pensé et désiré, et demi assis sur un trône tremblant », écrit Agrippa d'Aubigné[2]. Il va falloir des années de guerre et un nouveau reniement religieux pour qu'il puisse s'imposer réellement. Jusqu'à avril 1594, le roi et ses ministres sont installés à Tours.

Peut-être Henri IV pense-t-il aux années incertaines qui ont suivi la mort d'Henri III, en écrivant la lettre patente du 16 janvier 1609.

Le parlement de Bordeaux peut paraître à cette époque relativement récent. Il a été créé à la fin de la guerre de Cent Ans, quand la Guyenne – la Guienne, comme on dit alors – a quitté le giron de l'Angleterre pour redevenir française. Il est pourtant, et il s'en flatte, le troisième par l'ordre de création, après Paris et Toulouse, même si celui de Grenoble lui discute cette « troisième place ».

Quelle date effective retenir pour sa création ? 1451 ou 1462 ?

En faveur de 1451, certains avancent le traité du 20 juin 1451 signé par le roi Charles VII. L'article 20, sanctionnant le rattachement de la province à la couronne de France, stipule la création d'une cour souveraine, « après que les Bourdelais en eussent chassé les Anglais pour se mettre sous l'obéissance du roi de France » (comme la Guyenne est Guienne, Bordeaux est Bourdeaux et les Bordelais Bourdelais). Dans le lot de négociations sanctionnant le retour de la capitale de l'Aquitaine à la couronne de France, trois cents ans après le divorce d'Aliénor, il y a donc cette promesse, suivie d'une ordonnance du 5 août de la même année, qui rend la décision officielle. Mais, deux ans après, les Bordelais se révoltent derrière Talbot dans un dernier effort contre le royaume de France. Leurs espoirs s'évanouissent à Castillon en 1453, lors de la bataille qui marque la fin de la guerre de Cent Ans. Le retour des forces françaises à Bordeaux s'accompagne de dures représailles, symbolisées par la construction de deux places fortes qui surveillent désormais les accès à la cité et préviennent toute velléité de révolte. Le fort du Hâ est élevé à l'ouest sur les marais liés aux débordements du Peugue et de la Devèze ; le château Trompette, au centre de la courbe de la Garonne, sur l'actuelle place des Quinconces, tient sous le feu de ses canons tout le fleuve et contrôle l'entrée et la sortie des navires.

Il faut attendre le 10 juin 1462 pour que Louis XI mette en place un parlement à Bordeaux. Les partisans de la seconde date sont donc plus près de la réalité des faits. Mais peu importe. Décidé en 1451, créé en 1462, le parlement est devenu au fil du temps une institution puissante. Longtemps, il a siégé hors de la ville. En ses débuts, il s'est réuni à Poitiers, car l'ancienne capitale des ducs d'Aquitaine paraît plus fidèle au roi que Bordeaux. Et puis chaque retour offensif de la peste le voit se déplacer. Plusieurs fois il se replie sur Libourne, mais aussi à Condom, Marmande, et même à La Réole pendant douze ans. Au moment où le secrétaire royal prend la plume, ce 17 janvier 1609, le «parlement de Guienne» siège à Bordeaux sans discontinuer depuis plus de cinquante ans.

Le roi envoie une lettre à un de ses parlements. Rien de plus ordinaire. Henri IV, comme ses prédécesseurs, envoie ses ordres, fait connaître ses décisions. À sa réception, la lettre est enregistrée au sens premier du terme : elle est recopiée sur un registre et devient dès lors officielle. Constamment, les «courriers royaux» chevauchent entre Bordeaux et Paris. Le samedi, le «courrier royal» quitte Bordeaux pour Paris, chargé des missives que le parlement, le maire ou le gouverneur envoient au roi et à ses ministres. Huit à dix jours après, il en rapporte les nouvelles officielles. Le greffe reçoit les paquets de lettres royales, les ballots d'écrits et d'ordonnances imprimés à quelques centaines d'exemplaires. Après enregistrement, les ordres sont diffusés dans les sièges des tribunaux locaux, mais aussi affichés, lus par huissier dans les marchés et «par les cantons et carrefours accoutumés[3]».

Une coutume s'est instaurée : l'ordre royal n'est appliqué dans l'ensemble territorial qui est du ressort du parlement qu'après son enregistrement. Et quand le pouvoir est loin, ou quand il est faible, ou quand le parlement veut signaler ses réticences, la copie se fait attendre. Longtemps. Au-delà du délai raisonnable de l'arrivée du courrier (quatre à cinq jours depuis Paris) et de la transcription.

D'ailleurs, cette lettre du 17 janvier 1609 est la deuxième qu'envoie le roi Henri sur le même sujet. Elle double, complète et modifie une lettre précédente, écrite en décembre 1608, toujours pas enregistrée. Un retard qui n'est pas dû au hasard.

Il faut bien le dire, entre Henri IV et Bordeaux, la passion n'existe pas vraiment. En 1608, le roi a écrit, furieux : «Tous les parlements ne valent rien, mais vous êtes le pire de tous. (...) Je vous connais, je suis Gascon comme vous[4].»

«Je vous connais ?» Certes.

Le palais de l'Ombrière, siège du parlement de Bordeaux.

Archives municipales de Bordeaux. © Cliché A.M. Bordeaux – photo Bernard Rakotomanga.

Sous Henri III, quand il était simple roi de Navarre, et parpaillot, et trompé par sa femme la reine Margot (à qui il le rendait avec usure), les conseillers du parlement se sont à plusieurs reprises opposés à son entrée dans la ville. Et pourtant, Henri de Navarre était gouverneur de Guyenne. Mais surtout, les tensions se sont produites après l'assassinat d'Henri III par le moine Jacques Clément. À ce moment-là, les Guise et les catholiques intransigeants, regroupés dans la Ligue, relancent la guerre civile pour s'emparer définitivement du pouvoir royal. Le nouveau roi de France a contre lui la moitié de son royaume, dont la capitale. Il a besoin de s'assurer des fidélités. Bordeaux est en partie acquis à la Ligue, mais le roi bénéficie d'un allié précieux, le maréchal de Matignon, gouverneur de Guyenne.

Le maréchal de Matignon est le militaire le plus légaliste qui soit. Il l'a montré pendant le règne d'Henri III, qu'il sert fidèlement, même quand celui-ci est abandonné de tous. En avril 1589, il s'oppose aux ligueurs bordelais les armes à la main et les disperse. À la mort du roi, pas d'hésitation pour Matignon : il se rallie à Henri IV, héritier au titre de la loi salique, désigné et reconnu comme tel par le précédent, qu'il soit ou non de la R.P.R.[5] Il use de toute son influence auprès du parlement, majoritairement acquis à la Ligue. Celui-ci est convoqué en séance plénière par le président Daffis. Le 17 août 1589, les conseillers répondent à l'appel, convergeant vers le palais de l'Ombrière. Ils suivent les allées de six rangées d'ormeaux qui joignent l'édifice à la Garonne. Ils passent sous la tour du roi et celle de l'Arbaleytère. Ils traversent les cours, passent devant les pièces où s'accumulent les archives, jettent un œil à la prison et se massent dans la salle des séances plénières. Ce lieu a été a été le palais des ducs d'Aquitaine, puis le lieu de séjour à Bordeaux des rois d'Angleterre. Quatre-vingts ans plus tard, Claude Perrault n'aura pas de mots trop durs pour le décrire : « Une salle assez médiocre, qui a une rangée de piliers par le milieu qui fait deux allées de différente largeur, le tout sale malpropre[6]. » Mais en ce mois d'août 1589, les conseillers, conscients de l'importance de l'enjeu, ne trouvent pas la salle « médiocre ». Après de longs débats, ils décident de ne pas accorder leur soutien à Henri IV et se prononcent pour la réunion d'États généraux qui statueront sur la succession royale. Toute l'habilité de Matignon n'y change rien. Henri IV, qui a un besoin vital de cet appui, envoie spécialement Frontenac qui, au nom du roi, confirme gratuitement chaque conseiller dans son office et promet l'amnistie aux partisans de la Ligue. À nouveau, cinquante-quatre conseillers prennent le chemin du palais de l'Ombrière sur convocation du président. À huit reprises, ils se réunissent en séance plénière. Au terme des débats, onze votent en faveur des Guise et de la Ligue, vingt sont favorables à l'enregistrement des déclarations du roi, mais avec l'envoi d'une délégation pour le presser de se faire catholique, vingt-trois se prononcent pour un… sursis à statuer.

Une délégation part, menée par Guillaume Daffis, le premier président, avec Desaigues, Seyssac et Montaigne, un cousin de l'auteur des *Essais*. Ils conjurent le roi « d'adjurer l'hérésie de Calvin et d'embrasser la religion catholique de ses augustes prédécesseurs, le seul fondement des États et le meilleur moyen d'attirer sur lui la bénédiction du Ciel et d'acquérir une gloire immortelle[7] ». Ils ne sont pas entendus. Déçus, ils reprennent le chemin de Bordeaux.

Pendant les mois qui suivent, le président Daffis continue à se servir du nom et du sceau du roi défunt, comme si Henri III n'était pas mort. Henri IV s'en plaint. Ce n'est que sur la démarche expresse de Matignon que le président accepte de faire venir Conti, qui a la garde des sceaux de la chancellerie de Bordeaux, pour lui demander d'en fabriquer de nouveaux, cette fois à l'effigie et au nom d'Henri IV[8].

Pourtant, malgré toutes ces réticences, Bordeaux finit par se rallier, alors que Toulouse, Agen, Marmande, Rioms et même Blaye restent du parti de la Ligue. Puis le roi devient catholique et la paix revient dans le royaume, tant à l'intérieur qu'à l'extérieur. Mais nombre de ses décisions ont du mal à passer. L'édit de Nantes entre autres… D'où des retards d'enregistrement chroniques, et ce courrier furieux – ou de feinte colère – du roi Henri en 1608 : « Tous les parlements ne valent rien, mais vous êtes le pire de tous… »

Car le roi de France n'est pas absolu. Pas encore.

D'abord parce que le royaume de France est un agrégat de provinces aux parlers divers et au rattachement plus ou moins récent à la couronne. L'Aquitaine, longtemps anglaise, est redevenue française à la fin de la guerre de Cent Ans, après la défaite anglaise de Castillon. Le Labourd, province basque autour de Bayonne, a été agrégé au royaume en 1481. La Bretagne au début du XVIe siècle, par le mariage d'Anne de Bretagne avec deux rois de France successifs, Charles VIII et Louis XII. Chaque province a ses institutions particulières. Le droit varie selon les régions, coutumier au nord, romain au sud. Quant aux langues, elles sont nombreuses, même si la langue du pouvoir, qui était auparavant le latin, est devenue le français en 1539 avec l'ordonnance de Villers-Cotterêts.

On n'est plus au Moyen Âge, mais les relations d'homme à homme restent prépondérantes. Le système féodal existe toujours, tant dans les liens entre nobles et paysans qu'à l'intérieur de la noblesse. Henri IV n'aime-t-il pas se proclamer « le premier des gentilshommes » ? La noblesse reste le modèle social, bien qu'elle soit minée par les transformations économiques et sociales qu'ont entraînées les grandes découvertes et l'afflux de métaux précieux qui en découle.

Le pouvoir royal est enserré de contre-pouvoirs, liés à la complexité de la société, à la multiplicité des coutumes, aux privilèges de corps, de villes, d'individus, de provinces, d'ordres. Quant aux charges publiques, le roi les vend pour se procurer de l'argent. Cette vénalité des charges, bientôt jointe à leur hérédité, fait qu'il contrôle mal ceux qui devraient le servir. Pourtant, lentement mais sûrement, règne après règne, les rois développent leur pouvoir. La France marche vers l'absolutisme.

La justice elle aussi a été modifiée en profondeur. Au Moyen Âge, le jugement sanctionne des rapports entre des personnes, même en cas de violence ou de meurtre : il relève du talion ou de la compensation. Au XVIe siècle, entre l'accusateur et l'accusé apparaît le procureur, qui représente le roi. Les pouvoirs du juge sont renforcés. Il instruit dans le secret, un secret qui ne se lève même pas pour les accusés. Pour connaître la vérité, il « questionne », utilisant cette torture légale qui n'existait pas au Moyen Âge.

Une transformation aussi complète s'accompagne d'une réorganisation. Au Moyen Âge, tous les seigneurs jugent sur leurs terres. L'Église aussi a ses tribunaux. Et les villes de même. Quant aux juges nommés par le roi, ce sont les baillis et les sénéchaux. La révolution judiciaire du XVIe siècle, dépossédant les seigneurs et l'Église, concentre l'essentiel du pouvoir judiciaire dans les mains du roi et de ses juges. Les baillis, dont le rôle devient surtout honorifique, voient leur pouvoir de justice transféré aux lieutenants criminels de bailliage ou de sénéchaussée, des roturiers qui achètent leur charge ou en héritent. En 1552, Henri II établit les présidiaux, une cinquantaine sur le territoire de la France. Officiellement, ces tribunaux sont des intermédiaires entre les bailliages et les parlements, jugeant directement certaines affaires, et se prononçant en appel sur les jugements des baillis. Dans la réalité, les choses sont moins nettes, car le lieutenant criminel et ses assesseurs cumulent les deux fonctions. Souvent, il juge dans une salle comme lieutenant général de bailliage, et dans l'autre comme juge du présidial. Dans ces conditions, le jugement en appel est rarement différent de celui en première instance.

Au-dessus des bailliages et des présidiaux, les neuf parlements instruisent les affaires notables civiles et criminelles, et jugent eux aussi en appel.

La lettre qu'Henri IV envoie le 17 janvier 1609 concerne précisément une affaire de justice. Le roi a décidé d'envoyer à Bayonne deux conseillers du parlement de Bordeaux pour juger des affaires de sorcellerie. Il a, dit-il, été saisi par les « manans et habitants de notre pays de Labourd. (...) Depuis quatre ans en ça, (...) il s'est trouvé dans le pays un si grand nombre de sorciers et sorcières (...) qu'ils sont contraints d'abandonner leur maison et le pays. (...) Les exposants n'oseraient laisser sortir leurs enfants de leurs maisons qu'ils ne soient incontinent surpris de ce mal». Les plaignants dénoncent aussi des «sortilèges» pratiqués sur «le bétail, les fruits de la terre, et les personnes mêmes».

Henri IV est extrêmement attentif à ce qui peut troubler la vie de ses provinces. Le Béarnais fut-il jamais un jour parisien, même si Paris est sa conquête et s'il y régna dix-sept ans? Il vient de joindre le Béarn et la Basse Navarre au domaine royal. Le Labourd, entre Bayonne et Hendaye, entre Adour et Bidassoa, est à la fois proche de ses terres et frontalier avec l'Espagne. Tout cela inquiète le roi Henri, d'autant que les troubles durent depuis quatre ans.

Alors, en décembre 1608 – le 10 décembre très exactement –, il écrit une première lettre au parlement de Bordeaux. Il commet un conseiller du parlement, un certain Pierre de Lancre, pour aller juger en Béarn les actes de sorcellerie. La lettre reste sans effet et sans réponse. Le roi relance le parlement le 17 janvier 1609, modifiant la composition de la commission, désormais deux: le «conseiller au conseil d'État et président en notre cour du parlement de Bourdeaux, Jean d'Espaignet, et Pierre de Lancre, aussi notre conseiller en notre dite cour du parlement». Les deux hommes doivent aller sur place juger les sorciers et «procéder extraordinairement à l'entière instruction et jugement de leur procès jusques à jugement définitif de condamnation à mort et d'exécution d'icelle inclusivement, nonobstant opposition ou appellation quelconque». Ils doivent se «procurer le nombre et la quantité de juges requis», soit en les emmenant avec eux depuis Bordeaux, soit en les prenant sur place «au présidial d'Acqs ou siège de Bayonne», et procéder «comme si faits étaient par une de nos cours souveraines[9]».

Saisi par des habitants du Labourd, le roi Henri IV a donc décidé d'envoyer un tribunal itinérant – une commission de justice, c'est le terme employé à l'époque – pour aller juger la sorcellerie en Labourd, jugement et exécution devant se faire sans possibilité d'appel.

Le 4 février, le parlement réagit à la... première lettre, celle qui désignait le seul Pierre de Lancre: il demande au roi «que soit limité le pouvoir dudit commissaire ». Réticence par rapport à Pierre de Lancre ? à ses pouvoirs ? à l'objet même de sa mission ? à sa destination géographique ? Nous aurons à répondre à ces questions. Toujours est-il que le premier président souhaite que le commissaire envoyé par le roi puisse aller jusqu'à la peine de mort « exclusivement » et non « inclusivement ».

Du coup, Henri IV se fâche et envoie une lettre de jussion, qui est une lettre d'ordre pure et simple, enjoignant d'enregistrer et d'exécuter la décision.

Cela ne saurait inquiéter les conseillers. Dans le courrier de 1608 où Henri se plaint de ce parlement de Bordeaux, « le pire de tous », il rappelle qu'il a parfois envoyé quatorze lettres de jussion avant que sa demande ne soit enregistrée. Encore ne parle-t-il pas des remontrances qui lui reviennent. Ainsi, quand l'édit de Nantes est apporté à Bordeaux, le 15 juillet 1599, par le maître de requêtes Poincaré, trois remontrances sont votées et une députation de conseillers se rend à Paris. Il faut de nouvelles menaces d'Henri IV pour que l'édit soit enregistré.

La lettre de jussion du 18 février 1609 rappelle le précédent courrier, celui du 10 décembre qui a « commis et député Pierre de Lancre », et le deuxième, celui du 17 janvier, lui adjoignant d'Espaignet. Et surtout elle explique la nécessité de cette commission. Il faut, dit le roi, qu'en cette circonstance le juge vienne au plaignant et non le plaignant au juge, pour « faciliter aux habitants dudit pays le moyen de remédier à un mal si fréquent et ordinaire » – la sorcellerie – et les soulager des frais qui leur incomberaient s'ils venaient à Bordeaux, frais « qu'ils ne pourraient soutenir ». Quant aux pouvoirs de la commission, ils doivent être maintenus, car les habitants du Labourd s'inquiètent de ce que « la commission élargie voit sa responsabilité limitée ».

L'enregistrement immédiat exigé n'est effectif que… quatre mois plus tard, le 5 juin 1609, date à laquelle les lettres royales du 17 janvier et du 18 février sont transcrites sur le registre du parlement, après délibération de « la grand chambre et Tournelle assemblées ». Dès lors, Jean d'Espaignet et Pierre de Lancre se préparent au voyage. Pierre de Lancre va rencontrer les sorcières du Labourd.

Une commission de justice du parlement allant juger sur place, est-ce exceptionnel ? Il est tentant de répondre oui, pensant à cette commission qui sera dévolue vingt ans après à un autre Bordelais, Pierre de Laubardemont, chargé de traquer un sorcier, jusqu'à l'exécution capitale, et sans appel possible. Ce sera, en 1633, l'affaire des possédées de Loudun et d'Urbain Grandier. En fait, il n'en est rien. Les commissions parlementaires sont relativement fréquentes.

Un document illustre la vie des parlementaires bordelais à l'époque où vit Pierre de Lancre. Un conseiller, Étienne de Cruseau, a tenu un journal publié au XIXe siècle par les soins de la société des bibliophiles de Guyenne. Ce journal couvre les années où il est parlementaire (1585-1616) et est extrêmement précieux, même s'il ne nous renseigne qu'à partir de 1589, les premières pages ayant été détruites par le temps. Or, en novembre 1593 – soit seize ans avant notre affaire –, Étienne de Cruseau ne peut assister à la séance d'ouverture du parlement parce qu'il est « en commission de faire et parfaire le procès de dix-huit ou vingt accusés, jusqu'à sentence définitive ou de torture exclusivement », à Bayonne précisément. En 1601, Cruseau fait allusion à une commission de justice en Limousin. Les commissions sont suffisamment fréquentes pour que la même année 1601, la chambre des requêtes s'emporte contre « les commissions extraordinaires du grand sceau » et les départs « sans prendre congé [10] ».

Ce n'est donc pas la décision d'envoyer une commission qui gêne le parlement. Est-ce les termes de la lettre royale, l'absence d'appel ? C'est possible. Étienne de Cruseau, lui, ne pouvait juger que « jusqu'à sentence définitive ou de torture exclusivement ». Ce qui signifie qu'il ne pouvait ni utiliser la question ni condamner à mort.

Quant aux réserves liées à la personne même de Pierre de Lancre, ou à l'objet même de la commission, la sorcellerie, elles se posent d'emblée.

Il faut bien le dire, Pierre de Lancre a très mauvaise réputation. Dans sa monumentale *Histoire du parlement de Bordeaux*, publiée en 1877, Boscheron des Portes n'a pas de mots trop durs pour celui qui a envoyé « au supplice (...) un grand nombre de malheureux ». Aujourd'hui, les jugements ne sont pas plus nuancés. Le spécialiste allemand de l'histoire de la sorcellerie,

Kurt Baschwitz, dit que « l'irréductible persécuteur (…) sombra dans la folie la plus totale[11] ».

En ce qui concerne les victimes, Baschwitz lui en attribue six cents, Jean Delumeau dans *La Peur en Occident* plusieurs centaines, comme le fait Robert Mandrou dans *Magistrats et Sorciers*. Ces estimations remontent à l'auteur d'une histoire religieuse de la ville de Bayonne, le chanoine Veillet, qui écrit cent ans après les faits : « Il y périt par le feu plus de six cents personnes, et même des prêtres[12]. »

De là est née une légende qui n'a pas tardé à amplifier les chiffres. Ainsi dans un ouvrage sur la sorcellerie paru en 1872, un certain Reuss n'hésite pas à écrire : « Pierre de Lancre, (…) président d'une commission d'enquête pendant les dernières années d'Henri IV, fit torturer et brûler des milliers de sorciers et sorcières, dans le Béarn, la terre de Labour (sic) et le Pays basque[13]. »

Des études plus récentes et plus précises, s'appuyant sur les données fragmentaires indiquées par Pierre de Lancre dans ses livres, avancent des chiffres beaucoup plus modestes : soixante à quatre-vingts exécutions, quatre cents à cinq cents témoins. C'est déjà ce qu'affirmait la revue du musée de Bayonne lors de la grande exposition sur la sorcellerie en 1938. C'est le chiffre qu'ont repris tant François Borde que Roland Villeneuve. Nous aurons à y revenir.

En tout cas, le séjour de Pierre de Lancre en Labourd le fait entrer dans l'Histoire, au point que Michelet, dans *La Sorcière*, lui réserve un sort particulier. Exécuteur, mais aussi penseur, Pierre de Lancre est célèbre par la répression qu'il mène et par les ouvrages qu'il tire de son séjour, au premier rang desquels le célèbre *Tableau de l'inconstance des mauvais anges et démons, où il est amplement traité des sorciers et de la sorcellerie*, publié à Paris en 1612.

Mais, en ce début de juin 1609, Pierre de Lancre ne fait que se préparer à partir pour Bayonne en compagnie de Jean d'Espaignet.

Qui est cet homme ? Que sait-il de la sorcellerie, lui qui va, à la demande du roi Henri, saisi par les habitants du Labourd, interroger, juger, condamner des sorciers et des sorcières jusqu'à la peine de mort « inclusivement » ?

Chapitre 2

P. D. R. D. L. S. D. L.

P. D. R. D. L. S. D. L. C'est par ces lettres majuscules qu'est signé en 1607 le premier ouvrage d'un auteur inconnu. Huit initiales.

Il est publié à Paris chez Abel Langelier[14], éditeur situé au « 1er pilier de la grand salle du Palais ». Dédié « aux Français », il s'intitule *Tableau de l'inconstance et instabilité de toute chose où il est montré qu'en Dieu seul gît la vraie confiance, à laquelle l'homme sage doit viser.* En quatre « livres » successifs (le livre étant un regroupement thématique de chapitres), l'auteur développe les différentes formes de l'inconstance. Dans le premier, il traite entre autres de celle des philosophes, du premier homme, de la première femme, ou de l'amour. Le deuxième livre présente les inconvénients de l'inconstance qui « nous jette en impatience, et l'impatience en repentir » ; elle pousse l'homme à la « bizarrerie », « passe en folie ». Le troisième est consacré à l'inconstance des grands de ce monde, qu'ils soient monarques, chefs de guerre ou magistrats. Le quatrième monte à un niveau supérieur : « De l'inconstance des anges et faux dieux », « de la constance de Dieu, de la Trinité ».

Sur plus de mille pages, P. D. R. D. L. S. D. L. embrasse toute l'histoire du monde, toutes les strates du pouvoir, humain et divin, au crible de ces deux notions capitale pour lui : l'inconstance et l'instabilité.

Pour que le lecteur puisse parcourir plus rapidement cette œuvre énorme, l'éditeur a mis en place, selon l'habitude du temps, trois instruments extrêmement utiles : au début de chaque livre se trouve un résumé des différents thèmes abordés ; dans la marge de chacune des pages est indiqué soit le sujet ou l'idée force, soit la source historique ou littéraire ; à la fin, un index, un peu confus pour le lecteur moderne mais très fourni, permet de naviguer dans le livre. Il est réalisé à partir des mentions marginales.

À l'imitation de Montaigne et de bien d'autres auteurs du XVIe siècle, P. D. R. D. L. S. D. L. n'avance pas une idée qu'il ne prouve ou n'illustre par un exemple ou une citation. Ses références – très nombreuses – sont de quatre ordres :

– Littérature ou histoire grecques : il cite Homère, Pausanias, Aristote, Hérodote, Platon, Eschine, Démosthène, Euripide, Plutarque, Hésiode...

– Sources romaines : outre Cicéron, qui revient fréquemment, on trouve Juvénal, Sénèque, Tite-Live, Pline, César (l'auteur des *Commentaires de la guerre des Gaules* et non l'homme d'État), Tacite, Térence, Catulle, Ovide, Virgile, Ausone...

– En fait de références religieuses, il s'appuie sur la Bible, saint Augustin (celui de *La Cité de Dieu* plus que des *Confessions*), Grégoire de Naziance, Isidore de Séville...

– Parmi les sources modernes, on trouve des références à Machiavel, Dante, Pétrarque, Marcile Ficin, à des juristes comme Bodin, le Loyer et même, une ou deux fois, à Michel de Montaigne.

Le *Tableau de l'inconstance et instabilité de toute chose*, chargé d'une érudition pesante, donne des informations sur son auteur anonyme. Car s'il n'écrit pas, comme Montaigne, la phrase bien connue « je suis moi-même, lecteur, la matière de mon livre », P. D. R. D. L. S. D. L. se livre pourtant.

D'abord, en racontant un certain nombre de souvenirs personnels, d'événements qui l'ont frappé, surtout lors de voyages en Italie auxquels il fait souvent allusion. Également, parce qu'il n'écrit pas sans se dévoiler sur différents sujets. L'amour, bien sûr, avec une phrase souvent citée : « Cet exercice trop violent, qui amollit le corps et énerve l'esprit, qui abrutit l'esprit et harasse le corps, nous détruit de moyens et nous met bas de poil[15]. » Mais il donne aussi son avis sur des thèmes aussi divers que la noblesse, les voyages, les sciences, la justice, la religion, montrant un goût très net pour le mystérieux et le fantastique.

Derrière ces huit initiales, P. D. R. D. L. S. D. L., se cache, on l'aura compris, notre juge. L'usage n'est pas rare à l'époque soit de l'anonymat (c'est le cas pour les publications de Marguerite de Navarre), soit des signatures avec des initiales : l'Aquitain Jean de Sponde, qui abandonne le protes-

TABLEAV DE
L'INCONSTANCE
ET INSTABILITE' DE
TOVTES CHOSES.

OV IL EST MONSTRE' QV'EN
Dieu ſeul giſt la vraye Conſtance, à laquelle l'homme ſage doit viſer.

EGO DEVS ET NON MVTOR.
Malach. 3.

A PARIS,
Chez ABEL L'ANGELIER, au premier pillier de la grand' ſalle du Palais.

M. DCVII.
AVEC PRIVILEGE DV ROY.

La page de titre du Tableau de l'inconstance et instabilité de toute chose, *1re édition, 1607.*

tantisme pour le catholicisme, signe son premier livre P. L. S. D. S., ce qui signifie Par Le Sieur Jean De Sponde. Il y a là prudence, modestie, coquetterie aussi : l'auteur s'amuse à faire semblant de se cacher pour que le lecteur averti puisse l'identifier.

Derrière P. D. R. D. L. S. D. L., il faut lire Pierre de Rostégui de Lancre, seigneur de Loubens.

Pierre de Lancre.

Remarquons au passage que Lancre fait éditer son livre à Paris. Ce n'est pourtant pas que Bordeaux manque d'éditeurs. Après des débuts timides, l'édition bordelaise s'est hissée au plus haut niveau avec Simon Millanges, longtemps professeur au collège de Guyenne, qui a ouvert en 1570 une maison d'édition digne des plus grandes. Elle est installée rue Saint-James, à côté du collège. Le deuxième livre de ce Jean de Sponde que je viens de citer, la *Déclaration des principaux motifs*, où il explique les raisons de sa conversion, est publié d'abord à Paris chez Abel Langelier en 1593, puis à Bordeaux chez Simon Millanges. Abel Langelier est l'éditeur du premier livre de Pierre de Lancre. Simon Millanges [16] lui a-t-il servi d'intermédiaire ? Toujours est-il que ce livre de Pierre de Lancre, comme tous ceux qui vont suivre, est édité à Paris.

Écrire n'est jamais neutre. Qu'est-ce qui a poussé cet homme à écrire plus de mille pages, ce *Tableau de l'inconstance et instabilité de toute chose* qui, par l'ambition de son écriture et l'ampleur de ses références, a dû l'occuper un certain nombre d'années ? Peut-être est-ce le désir de suivre des traces plus illustres, notamment celles de Montaigne, dont il est parent par alliance. Ou pour faire le point sur sa vie au moment où il atteint la cinquantaine [17]. À moins qu'il n'ait eu envie de s'affirmer et de prendre sa revanche sur une profession finalement peu gratifiante, malgré le prestige du titre de « conseiller du roi en son parlement ». Rien n'explique, en revanche, comment il choisit ce sujet. Pourquoi, parmi tant de thèmes de type philosophique, puisque c'est bien de cela qu'il s'agit, avoir pris « l'inconstance et l'instabilité de toute chose » ? S'agit-il seulement d'un exercice de style ? Cette recherche de la constance de Dieu, dans un monde où tout paraît instable et changeant, reflète-t-elle une inquiétude, des questionnements, des peurs ?

Lesquelles ?

Le livre lui tient à cœur en tout cas. Après la première édition, il en prépare une deuxième. Revue, corrigée, et surtout plus ambitieuse : il décide d'y insérer un livre supplémentaire consacré à « l'inconstance des nations ». Il y travaille dans les années 1608-1609, et la fait paraître en avril 1610. Cette deuxième édition est décevante, de nombreuses fautes de pagination rendant le maniement du livre difficile.

Le deuxième ouvrage qu'écrit Pierre de Rostégui de Lancre, seigneur de Loubens, est très célèbre. Sans lui, je peux bien l'avouer, je ne me serais jamais penchée sur les deux éditions du *Tableau de l'inconstance et instabilité de toute chose*. Il s'agit du *Tableau de l'inconstance des mauvais anges et démons où il est amplement traité des sorciers et de la sorcellerie*. Il est publié à Paris, chez Jean Berjon et Nicolas Buon. Des lettres patentes du roi, datées du 13 mai 1612, donnent aux deux « marchands-libraires et imprimeurs » l'exclusivité pour une durée de six ans. Deux éditions paraissent, l'une en 1612, chez l'éditeur Nicolas Buon « au mont Saint-Hilaire à l'enseigne de Saint-Claude » ; l'autre en 1613, « chez Jean Berjon, rue Saint-Jean de Beauvais, au Cheval volant et en la boutique au Palais, à la galerie des prisonniers ». Dédié au chancelier de Sillery, le *Tableau de l'inconstance des mauvais anges et démons* est signé « Pierre de Lancre, conseiller du roi au parlement de Bordeaux » et porte les armes de l'auteur : d'azur à 3 ancres d'or et sa devise, *Triplici praesidio*.

Il faut d'abord se demander d'où vient ce nom de Pierre de Lancre ou L'Ancre, puisque l'auteur utilise les deux graphies, avec ou sans apostrophe.

Dans le troisième « livre » du *Tableau de l'inconstance et instabilité de toute chose*, l'auteur, qui ne signe encore que par ses initiales, consacre de nombreuses pages aux différents sens symboliques du mot « ancre », *ancora* en latin. En mention marginale, on peut lire : « *Sacra ancora.* Constance, arrêt, asile ou lieu de ressource ». Le texte développe les multiples interprétations du mot : « Mot mystérieux par lequel les Anciens foulaient taisiblement[18] entendre et exprimer leurs Dieux, l'amour qu'on leur portait, le secours

TABLEAV

DE L'INCONSTANCE

DES MAVVAIS ANGES

ET DEMONS.

OV IL EST AMPLEMENT traicté des Sorciers, & de la Sorcellerie.

LIVRE TRES-VTILE ET NECESSAIRE non seulement aux Iuges, mais à tous ceux qui viuent sous les loix Chrestiennes.

Auec vn Discours contenant la Procedure faite par les Inquisiteurs d'Espagne & de Nauarre, à 53. Magiciens, Apostats, Iuifs & Sorciers, en la ville de Logrogne en Castille, le 9. Nouembre 1610. En laquelle on voit combien l'exercice de la Iustice en France, est plus iuridiquement traicté, & auec de plus belles formes qu'en tous autres Empires, Royaumes, Republiques & Estats.

Par PIERRE DE LANCRE, Conseiller du Roy au Parlement de Bordeaux.

Maleficos non patieris viuere. Exod. 22.

Reueu, corrigé, & augmenté de plusieurs nouuelles obseruations, Arrests, & autres choses notables.

A PARIS,

Chez IEAN BERJON, ruë S. Iean de Beauuais, au Cheual volant, & en sa boutique au Palais, à la gallerie des prisonniers.

M. DCXIII.

AVEC PRIVILEGE DV ROY.

La page de titre du Tableau de l'inconstance des mauvais anges et démons, *2e édition, 1613.*

qu'on en devait attendre, composé de deux ternaires de lettres dont les trois du milieu *cor* signifient cœur». Pour l'auteur, l'ancre est donc chez les Romains le symbole du lien avec les dieux, *cor*, qui signifie le cœur, étant au centre du mot a*ncora*. Mais c'est le sens chrétien du mot qui l'intéresse. Il cite les «quatre ancres» qui fixent le bateau pendant qu'on dit la messe sur mer, trois d'entre elles signifiant la Trinité et la quatrième l'unité de Dieu. Des ancres sont utilisées par les cabalistes pour marquer des passages du Nouveau Testament[19]. «Les empereurs et les rois» s'en servent «pour souscrire ou signer les lettres de grâce ou de rémission». Elle est surtout cette «ancre de pourpre» donnée par Dieu et «qui est le sang de son fils[20]».

On pourrait imaginer, à la lecture de ces nombreuses pages consacrées au mot *ancora*, que l'auteur a choisi de prendre ce nom parce que symbolique d'une stabilité et d'une constance en tout point contraires à l'instabilité et à l'inconstance qu'il semble craindre et qu'il dénonce si furieusement. Il n'en est rien. Pierre de Rostégui utilise le nom de Lancre bien avant. Une lettre patente d'Henri IV datée du 5 août 1599, l'autorisant à prendre un congé d'un an pour aller sur les Lieux saints, est adressée à «Pierre de Lancre». Étienne du Cruseau qui, dans sa *Chronique*, note chaque année lors de la rentrée du parlement la liste des membres de chacune des chambres, utilise tantôt «Rostégui» (en 1590 ou en 1592), tantôt «Lancre» (en 1591). En 1592, il emploie l'expression «Rostégui aîné» quand Étienne, le frère cadet de Pierre, entre au parlement. Étienne, pour sa part, est appelé tantôt «Rostégui jeune», tantôt «Tastes».

Même si l'hypothèse selon laquelle «Lancre» aurait été choisi par Pierre est séduisante, elle ne se confirme pas: l'emploi est bien antérieur au livre de 1606, puisqu'on trouve Rostégui et Tastes pour le cadet, Rostégui et Lancre pour l'aîné. Lancre ou L'Ancre, la deuxième graphie étant aussi utilisée, notamment dans le *Tableau de l'inconstance des mauvais anges et démons*, qui porte les deux orthographes, Pierre de Lancre en frontispice, et Pierre de l'Ancre en signature de la dédicace[21].

En réalité, l'adjonction – et la substitution – du nom de Lancre à celui de Rostégui est relativement ancienne. En général, on prend le nom d'une terre ou d'une seigneurie. C'est ce que fit Michel Eyquem en devenant

CI-CONTRE

***Description et figure du sabbat des sorcières, illustration du Discours 4 du 2e livre du* Tableau de l'inconstance des mauvais anges et démons.**

A *Satan est dans une chaire dorée, en forme de bouc qui prêche, avec cinq cornes, ayant la cinquième allumée pour allumer toutes les chandelles et feux du sabbat.*

B *La reine du sabbat couronnée à dextre, et une moins favorite à senestre.*

C *Au-dessous de sa chaire, est une sorcière qui lui présente un enfant qu'elle a séduit.*

D *Voilà les convives de l'assemblée, ayant chacune un démon près d'elle : et en ce festin, ne se sert autre viande que charognes, chair de pendus, cœurs d'enfants non baptisés, et autres animaux immondes, du tout hors du commerce et usage des Chrétiens, le tout insipide et sans sel.*

E *En ce festin ne sont admis ces spectateurs, qui sont plusieurs pauvres sorcières rejetées aux recoins, et qui n'osent s'approcher des grandes cérémonies.*

F *Après la panse vient la danse : car après avoir été repus de viandes, ou fugitives, ou illusoires, ou très pernicieuses et abominables, chaque démon mène celle qui était près de lui à table au-dessous de cet arbre maudit, et là le premier ayant le visage tourné vers le rond de la danse, et le second en dehors, et les autres ainsi en suivant tout de même, ils dansent, trépignent et trépudient, avec les plus indécents et sales mouvements qu'ils peuvent.*

G *Ce sont les joueurs d'instruments, et le concert de musique au chant et harmonie de laquelle ils dansent et sautent.*

H *Au-dessous se voit une troupe de femmes et filles qui dansent toutes le visage en dehors du rond de la danse.*

I *Voilà la chaudière sur le feu pour faire toute sorte de poison, soit pour faire mourir et maléficier les hommes, soit pour gâter le bétail ; l'une tient les serpents et crapauds en main, l'autre leur coupe la tête et les écorche, puis les jette dans la chaudière.*

K *Pendant cet entretien plusieurs sorcières arrivent au sabbat sur des bâtons et balais, d'autres sur des boucs, accompagnées des enfants qu'elles ont enlevés et subornés, lesquels elles viennent offrir à Satan. D'autres, partant du sabbat et transportées en l'air, s'en vont sur la mer ou ailleurs exciter des orages et tempêtes.*

L *Ce sont les grands Seigneurs et Dames, et autres gens riches et puissants, qui traitent les grandes affaires du sabbat, où ils paraissent voilés, et les femmes avec des masques, pour se tenir toujours à couvert et inconnus.*

M *Près de ce ruisseau sont les petits enfants, lesquels avec des verges et houssines blanches, éloignés des cérémonies, gardent chacun les troupeaux des crapauds de celles qu'ils ont accoutumé les mener au sabbat.*

Outre ce, il y a plusieurs autres choses que la petitesse de cette figure n'a pu souffrir, et qui se pourront entendre commodément par le discours du sabbat, qui est au discours IV du livre second.

Montaigne. Les deux noms de Lancre pour le frère aîné et de Tastes pour le cadet sont-ils des noms de terres comme pour Montaigne ? C'est la réponse la plus tentante. Et l'hésitation de Cruseau dans sa *Chronique* est sans doute liée à l'emploi indifférent des noms, à moins qu'elle ne révèle l'agacement du diariste devant des bourgeois qui changent leur nom en prenant le nom de seigneuries.

Plongeons dans la vie de cet homme qui, en 1607, se cache encore derrière des initiales. Comment était-il physiquement ? Grand ou petit, fort ou maigre, blond ou brun, et, l'âge venant, chevelu ou chauve ?

Nous n'en savons rien.

De sa santé, guère non plus. Il se déclare malade pour demander une dispense au roi en 1606 : il a été désigné par ses pairs pour siéger à la chambre mi-partie de Nérac. Le principe de tribunaux composés à parité de catholiques et de protestants a été maintes fois arrêté, sous Henri III et Henri IV, mais les faits ont du mal à suivre. Au début du XVIIe siècle, ils sont effectivement créés. Dans ces tribunaux mixtes, les catholiques sont jugés par des juges catholiques, les protestants par des juges protestants, la cour se réunissant en plénière quand des conflits ou des crimes opposent des membres des deux religions. Pierre de Lancre reste quelque temps à Nérac, puis il demande dispense au roi étant donné son âge (il a 53 ans) et une indisposition qui l'affecte. Cette indisposition est-elle diplomatique ? Elle ne l'empêche pas la même année de faire paraître son livre chez un éditeur parisien, ce qui lui a demandé des déplacements fatigants, et elle est bien oubliée en 1609 au moment du départ pour Bayonne. Ni maladie ni âge n'empêchent Pierre de Lancre de se précipiter en Labourd...

Nous ne savons rien de plus sur son état de santé, à part qu'en 1620 – il a alors près de soixante-dix ans –, il est immobilisé à Bordeaux par la goutte (et la peur de la guerre), ce qui l'empêche d'aller à Sainte-Croix-du-Mont recevoir Louis XIII. La goutte est une maladie si courante sous l'Ancien Régime que cette information est bien banale. Mais il doit être d'une santé solide puisqu'il meurt en 1631, à soixante-dix-huit ans, un âge très avancé pour son époque.

Revenons à l'enfance et d'abord aux origines familiales de celui qui naît sans doute en 1553 à Bordeaux.

Pierre de Rostégui est le fils aîné d'une famille de quatre enfants, deux garçons et deux filles. Son père, Étienne de Rostégui, est fils et petit-fils de marchands de Saint-Macaire, ville située en amont de Bordeaux, sur la rive droite de la Garonne.

Installés là depuis trois générations, les Rostégui ont fait fortune. Vente du vin, commerce sur la Garonne et ses affluents, participation aux foires de Bazas et de Bayonne : telle est la donation que fait, en 1537, le premier des Rostégui à son fils aîné, qui se prénomme Bernard comme lui[22]. Donation ? Le mot est inexact. En fait, il s'agit d'un cession contre intérêt.

Bernard de Rostégui – dit Bernard Ier – qui se fixe à Saint-Macaire en 1510, sous le règne de Louis XII, est originaire de Juxue, dans le Pays basque intérieur, à la limite de la Soule et de la Basse Navarre.

Le nom de famille désigne la plupart du temps l'origine géographique. Rostégui vient sans doute d'Arrostégui, hameau de La Bastide-Clairence. Cette petite ville de Basse Navarre, située au nord de Saint-Jean-Pied-de-Port, a gardé encore aujourd'hui le charme de ses jolies maisons à arcades proches de l'église dont les avant-toits protègent les pierres tombales. Mais cette commune a une particularité. C'est une enclave béarnaise. On y parle béarnais et non basque.

Parti sans doute de La Bastide-Clairence, passant par Mauléon, dont Juxue est proche et où se trouvent à l'époque plusieurs familles Rostégui, Bernard arrive avec sa femme et ses enfants sur les bords de la Garonne au début du XVIe siècle. Il n'a pas choisi Saint-Macaire par hasard. Comme c'est souvent le cas, il a suivi là la migration d'autres Basques qui y forment une petite colonie.

Arrivé en 1510, alors qu'il est déjà marié et père de famille, Bernard ne perd pas son temps. Il acquiert trois ans plus tard la qualité de bourgeois de la ville, ce qui prouve son enrichissement rapide et son insertion sociale. Il cède, vingt-cinq ans plus tard, son fonds et ses privilèges à son fils aîné. À sa mort, sa dépouille, ainsi que celle de sa femme, retourne à son « pays » d'origine. Il est enterré à Juxue, dans la tombe familiale, près de l'église Saint-Pierre.

Dans son testament, son fils Bernard devait faire des dons à cette église, à la condition que « messieurs les recteurs et prêtres de ladite église de Saint-Pierre iraient faire visite, avec la croix, sur les sépultures de ses père, mère et autres parents trépassés, tous les jours que feraient absolution générale pour les âmes du purgatoire[23] ». De mauvais esprits pourraient dire que le fils ne se fait peut-être pas beaucoup d'illusions sur le sort post mortem du bourgeois enrichi qu'est son père ; en fait, il s'agit d'une pratique courante réaffirmée après le concile de Trente, en opposition au calvinisme qui ne croit pas au Purgatoire.

Arrive Bernard II, comme l'appelle l'historien de la famille, Communay. Bernard de Rostégui fils est arrivé enfant à Saint-Macaire. Son testament témoigne de son attachement à ses origines. Outre les sommes réservées aux visites des prêtres de Juxue sur la tombe familiale, il lègue à l'église « un calice d'argent de la valeur de cinquante francs bourdelais et deux canettes d'étain, et aux indigents de ladite paroisse aussi cent francs bourdelais ».

Sur les traces de son père, il accumule une belle fortune. Commerçant de vin, il est lui aussi contrôleur des deniers royaux. Il achète de vastes propriétés, dont celle de Tastes, qui correspond au château de Malromé, près de Langon, où devait, quelque trois cents ans plus tard, mourir Toulouse-Lautrec. Il épouse une Béarnaise, dont le père est originaire d'Oloron, Marie Pomier. Il en a un fils et quatre filles.

Nous trouvons là une réponse à la question du nom utilisé par le frère cadet de Pierre de Lancre : Étienne Rostégui, dit de Tastes, porte simplement le nom d'une propriété achetée par son grand-père.

Les quatre filles de ce deuxième Rostégui sont dotées richement. Quant au fils unique, il s'appelle Étienne. Cet Étienne de Rostégui est le père de Pierre de Lancre. Il développe les affaires paternelles, devient licencié en droit civil et achète en 1554, un an après la naissance de son fils aîné, les charges de conseiller-notaire et secrétaire du roi. Après le temps des marchands, vient celui des juristes, parcours classique au milieu du XVIe siècle : les Rostégui font fortune pendant les règnes de Louis XII, François Ier et Henri II en développant le commerce du vin et en s'appuyant sur les liens qu'ils ont gardés avec le Pays basque et le Béarn, comme en témoignent la fréquentation de la foire de Bayonne et le mariage de Bernard II avec une Béarnaise d'Oloron. En même temps, ils font le choix des charges et offices royaux. Contrôleur des deniers royaux pour les deux premiers, secrétaire du roi pour le troisième.

Quand Étienne de Rostégui achète la charge de secrétaire du roi, en 1554, sous le règne d'Henri II, le droit français est en train de se développer. En 1539, l'ordonnance de Villers-Cotterêts décide que tous les textes administratifs seront écrits en français, et non en latin. Le roi multiplie les offices judiciaires dans les différents tribunaux, présidiaux et parlements, offices qu'il vend pour remplir les caisses de l'État. La bourgeoisie s'y engouffre, à Bordeaux comme ailleurs. Étienne de Rostégui aussi. L'ambition lui venant, il décide de quitter Saint-Macaire pour Bordeaux. Il y achète une maison où, dit on, naît son premier fils, Pierre. Le nom de Rostégui lui pèse. Trop basque ? Trop roturier ? Selon Communay, il change alors de nom et prend celui de Lancre, le patronyme Rostégui tombant en désuétude.

Communay se trompe sur un point. Le nom de Rostégui ne tombe pas en désuétude. Quarante ans plus tard, Cruseau appelle Pierre et Étienne, les deux frères qui sont ses collègues, tantôt « Rostégui jeune » ou « Rostégui aîné », tantôt « Lancre » et « Tastes ». Mais Communay a-t-il raison de dire que le père des deux conseillers prend le nom de Lancre en 1554, quand il achète sa charge de secrétaire du roi un an après la naissance de son fils aîné ? Faisons confiance à ce chercheur érudit. Pierre de Lancre s'appelle donc ainsi simplement parce que son père Étienne a changé de nom.

Depuis la fin du XVe siècle, l'exercice de certaines charges entraîne l'anoblissement automatique. Comme le dit Jean Jacquart, « c'est le cas, depuis 1485, des cent vingt notaires et secrétaires du roi, officiers de la Maison et Chancellerie. C'est le cas de certains maires, consuls et échevins que le roi anoblit (ainsi François Ier pour les échevins d'Angoulême). Peu à peu, le consensus social admet une progressive accession à la noblesse par l'exercice d'autres offices : ceux des cours souveraines par exemple[24] ». Officier du roi, mais de rang modeste, Bernard de Rostégui force la main du destin et anticipe la réussite sociale de ses enfants, et surtout de son fils aîné, en prenant un nouveau nom.

La question de l'origine du nom de Lancre reste entière. Il ne semble pas que ce soit un nom de propriété, comme Tastes. Mais c'est un nom auquel la famille tient. Pierre de Lancre, qui n'a pas d'enfant légitime, impose par testament à un de ses héritiers de porter le nom de Lancre. « Lancre » n'est pas un nom de terre, mais il est le symbole de la réussite familiale.

Le nom a-t-il une origine religieuse, comme Pierre le développe dans son livre de 1607, *Tableau de l'inconstance et instabilité de toute chose*? Est-il une allusion à ces bateaux qui firent la fortune des deux Bernard de Rostégui ? Signifie-t-il simplement que les Rostégui, venus de La Bastide-Clairence, passés par Juxue, mettent désormais l'ancre en terre bordelaise ? Ce qui est sûr, c'est qu'Étienne de Rostégui, en 1554, veut faire oublier ses origines basques qui sentent trop la marchandise. Il veut que ses enfants, avec l'argent accumulé et un nom tout neuf, partent à la conquête de Bordeaux.

Ville d'Aliénor, capitale de l'Aquitaine ducale et anglaise, siège d'un parlement, Bordeaux est une ville de bourgeoisie où la noblesse est quasi absente. La ville se ressent encore de la « révolte des guîtres » qui a soulevé l'Aquitaine, partant de la ville de Guîtres qui lui donne son nom. Cette révolte populaire s'est fomentée sous François Ier contre la gabelle : de 1540 à 1546, une série d'édits royaux a transformé l'impôt sur le sel, décidant à la fois la création des greniers à sel et leur affermage. Les paysans se soulèvent contre la taxe nouvelle au cri de « Mort aux gabelleurs ». L'insurrection se propage à Blaye, puis à Bordeaux, où, en août 1549, les émeutiers tuent, pillent, arborent la croix rouge d'Angleterre et crient « Vive Guienne ». Le gouverneur est assassiné, son corps dépecé par les pauvres de la ville, toute cette « quart espèce », composée « d'artisans étrangers qui ne possédaient aucun bien, mariniers, gens fréquentant la mer, faciles de leur naturel à sédition[25] », comme il est écrit à l'époque. Ce n'est que le 21 août 1549 que l'armée royale peut rentrer dans la ville. Toutes les libertés sont suspendues, la maison de ville et la jurade sont supprimées et les commissaires royaux prononcent cent vingt à cent quarante exécutions capitales[26].

À Bordeaux, comme dans toutes les villes, en dehors même de ces grandes révoltes populaires, règnent la violence, le vol, les agressions, l'insécurité. Élevés par Charles VII, le fort du Hâ, dont il ne reste alors que le donjon au sud-ouest des remparts, et le château Trompette, qui domine le port de ses quatre donjons, contiennent les garnisons royales. La ville, enserrée dans son enceinte du XIVe siècle, tourne le dos au fleuve. Huit portes trouent les remparts et ouvrent sur la Garonne, parmi lesquelles Chapeau rouge, Espeau, Cailhau, Salinières, Grave ou Sainte-Croix. Cinq font communiquer la ville avec l'arrière-pays : Saint-Julien, Sainte-Eulalie, Albret, Saint-Germain, Dijeaux. Hors des remparts, trois faubourgs : Saint-Michel au sud, les Chartrons et Saint-Seurin au nord. À l'ouest, près de la cathédrale mais hors des murs, se situent l'évêché et la Chartreuse. Prenant la route du Médoc par le chemin de la Fontaine d'Audège – la font d'Audège –, on arrive au palais Gallien, dont les ruines se dressent au milieu des vignes. Mille ans ont passé, mais Ausone n'est pas si loin...

Pierre, aîné d'Étienne, est investi de toutes les espérances dans cette ville grouillante et dangereuse qui voit arriver tous les ans six cents à huit cents bateaux et des milliers de marins. Il y a fort à parier que, comme tous les enfants de la bourgeoisie bordelaise, le jeune garçon est l'élève du collège de Guyenne.

Si Bordeaux attend la fin du Moyen Âge (1441) pour fonder son université – *alma universitas Burdigalae* –, elle suit de près la ville de Paris pour créer le lieu symbole de l'éducation moderne, le collège. La décision date de 1530, au moment du deuxième passage de François Ier à Bordeaux, et le collège est officiellement créé en 1533, soit vingt ans avant la naissance de Pierre. Selon le projet proposé aux jurats de la ville par le principal Jean de Tartas, il accueille des externes et cent trente-six internes (les « portionnaires ») qui sont logés par chambres de six, et a comme personnel, outre le principal, un sous-principal, un chapelain, un procureur, dix-huit régents (les professeurs), des employés et des domestiques[27].

On peut entrer au collège dès six ans. C'est ce que fait Montaigne, c'est ce que fait probablement Pierre, qui a sans doute été un des *alphabetarii*, familièrement appelés « martinets ». Le cursus scolaire copie le *trivium* et le *quadrivium* où s'apprennent les sept « arts libéraux ». Les enfants sont soumis à un rythme sévère : journées très longues, vacances réduites – envi-

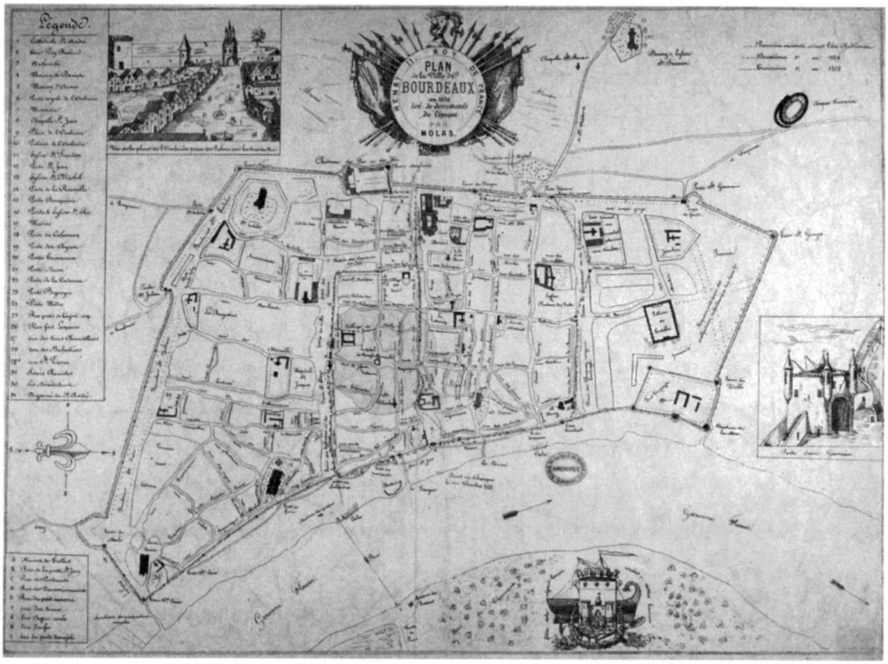

Plan de Bordeaux en 1550.

ron dix jours par an. Ils étudient le latin, le grec et l'hébreu. Ils doivent parler le latin comme une langue vivante et sont tenus de l'utiliser entre eux dans les interclasses. Les méthodes d'apprentissage sont fondées sur la mémoire, tant pour les conjugaisons et déclinaisons que pour les textes latins quotidiennement appris par cœur, entre autres Cicéron. Les élèves des classes supérieures – on les surnomme les « artiens » et, pour les rhétoriciens, les *primani* – pratiquent la *disputatio* qui est une discussion autour des enseignements de grammaire de leur maître. La rhétorique les habitue aux joutes verbales, à la gymnastique oratoire qui stimule l'intelligence et provoque l'argumentation si précieuse pour se préparer aux fonctions judiciaires.

Entre 1534 et 1548, le collège de Guyenne a pris une impulsion décisive avec son deuxième principal André de Gouvéa, désigné par les jurats et le maire de la ville, Pierre Eyquem, le père de Montaigne. André de Gouvéa s'est entouré de professeurs prestigieux, entre autres Jean Gélida et son propre frère Antoine de Gouvéa, qui est à la fois, selon de Thou, « un grand philosophe, un grand juriste et un grand poète ».

Quand Pierre de Lancre entre au collège, vers 1560, la première grande génération de professeurs a disparu. Gélida, qui a succédé comme principal à Gouvéa, est mort en 1556. Vient ensuite Mongelos. Sous son principalat, le protestantisme, qui fait des progrès sensibles à Bordeaux, entre en force au collège[28]. À partir de 1558, les élèves sont divisés en quatre « nations » : Gascogne, Navarre, France et Provence. Chacune a son capitaine. Les combats entre partisans et adversaires de la Réforme y sont d'ordre intellectuel (on se bat par pièces de théâtre interposées, en latin bien entendu) ; ils sont parfois moins cérébraux : les collégiens sont armés, malgré l'interdiction de port d'armes pour les élèves prononcée par le parlement de Bordeaux. Ils s'affrontent aux catholiques, armés eux aussi, et rassemblés autour des « clercs de la basoche ». Ce sont les praticiens du parlement, des juristes qui aident les conseillers dans la préparation des arrêts et l'instruction des procès. Ils élisent tous les ans un « roi de la basoche ». Les collégiens protestants ont également en face d'eux « le Syndicat », animé par des parlementaires bordelais : « Par l'influence du terrible président de Rouffignac et de l'avocat Jehan de Lange, une Société composée des hommes les plus sanguinaires de la ville s'était formée sous le nom de Syndicat et elle avait juré d'empêcher à tout prix, mais surtout par la force, l'établissement du calvinisme dans le Bordelais », écrit Ernest Gaullieur. Les affrontements sont si violents que le principal du collège est obligé de démissionner en 1562. Élie Vinet lui succède. Pierre de Lancre a alors huit ans.

On a beaucoup écrit sur Élie Vinet, homme de culture et humaniste. Discret et modeste, il n'hésite pas, en 1570, à laisser le principalat pour redevenir simple régent parce qu'il veut à toutes forces terminer son œuvre majeure sur Ausone. Pierre de Lancre ne peut que le connaître. Il est l'élève des régents qui professent dans les années 1560 : Jean Hervé, Guillaume Chauvin, Jean de Nisit, Nicolas Horguellin, Antoine Cotrel, Jean Guijon. Il ne peut ignorer l'ami intime de Vinet, Simon Millanges, qui, en 1572, quitte son poste de régent pour fonder la première grande imprimerie bordelaise.

D.R.

Portrait de Montaigne par Thomas de Leu, publié pour la première fois dans l'édition des Essais *parue en 1608.*

Ces enseignants lui donnent le goût d'une culture classique qui l'imprègne et celui de la fréquentation familière des Pères de l'Église. Mais si le jeune Pierre fréquente des milieux intellectuels baignés de protestantisme, cela n'a pas déteint sur lui.

Avec ses professeurs, sans doute, et tous ses condisciples, il assiste en avril 1565, à l'âge de douze ans, à l'entrée de Charles IX à Bordeaux. Accompagné de sa mère, du chancelier Michel de L'Hospital et d'une énorme caravane, le jeune roi fait alors un « tour de France », tout droit sorti de l'intelligence de Catherine de Médicis qui veut faire se rencontrer le peuple et son roi. Un périple de deux ans, commencé le 13 mars 1564, a mené la caravane royale par la Bourgogne, Lyon, la Provence, Carcassonne, Toulouse. Venant d'Agen, la famille royale loge au château Saint-Genès où elle s'installe le 1er avril 1565. Le 9 avril a lieu l'entrée officielle. Les souverains arrivent par le fleuve et débarquent solennellement, accueillis par Neptune qui salue Charles IX par ces vers : *Cedimus imperio pelagi Deus advenit alter / Qui regat et terras, qui regat unus aquas*. Ce latin de cuisine peut être grossièrement traduit par « Nous cédons l'empire de la mer, Un autre dieu arrive, qui régit seul les terres et les eaux »[29]. Le roi se dirige ensuite vers la cathédrale Saint-André. La *Chronique bourdelaise* raconte : « Le roi Charles, le 9e d'avril, fait son entrée solennelle à Bordeaux, étant reçu avec grand applaudissement par tous les ordres de ladite ville et conduit à l'église métropolitaine Saint-André sous le poêle de drap d'or porté par les jurats qui l'attendent à la porte du Chapeau-Rouge. » Font aussi partie du cortège les conseillers du parlement, la cour de la sénéchaussée, le recteur à la tête des étudiants de l'université, le principal avec ses collégiens. Ces cérémonies coûtent fort cher, mais les jurats savent économiser l'argent public : le même dais qu'ils ont porté au-dessus de la tête de Charles IX devait resservir pour l'entrée de Louis XIII, et même celle de Louis XIV.

Comme partout, le roi passe pour toucher les malades et les guérir des écrouelles. Il octroie à la ville de Bordeaux le privilège de tenir deux foires annuelles d'une durée de quinze jours, l'une en mars l'autre en octobre, décision qui est à l'origine d'une tradition encore vivante aujourd'hui. Deux jours après son arrivée, il tient un lit de justice au palais de l'Ombrière, devant le président du parlement, les présidents des chambres et les conseillers de Bordeaux. Le jeune Pierre de Lancre l'ignore, mais ce même président, Jacques Benoit de Lagebaton, sera encore en place quand, quinze ans plus tard, lui-même entrera dans la prestigieuse cour.

Les années passent, Pierre termine ses études au collège. En 1572, les jésuites ouvrent un collège concurrent à Bordeaux, le collège de la Madeleine. Fondé grâce à une donation d'un conseiller au parlement, François Bolon, il est situé rue du Mirail, au prieuré Saint-James. La même année, le 3 octobre, la Saint-Barthélemy bordelaise voit l'assassinat de deux cent soixante-quatorze protestants[30], dont un parlementaire, Jehan de Guilloche. Parmi les assassins, des élus municipaux de la ville – des jurats –, à la tête d'une bande d'égorgeurs, vont de maison en maison tuer les huguenots.

De toute cette enfance, nous ne savons rien. Pierre qui est si prolixe sur l'Italie, qui fait allusion à nombre des expériences et rencontres qu'il y fait lors de ses voyages, ne dit jamais rien des vingt premières années de sa vie. Rien de ses relations avec ses parents, ses condisciples, ses frères et sœurs. Le mot « enfance » n'intervient qu'une fois dans les milliers de pages qu'il a écrites. C'est dans *Le Livre des princes*, en 1617. Il y évoque des personnes qui signent un pacte avec le Diable pour « acquérir réputation et exceller en quelque chose ». Et il ajoute : « J'en ai ouï parler d'un *en mon enfance* lequel, désirant être poète pour fort peu de temps, pendant lequel il peut gagner le prix, que l'enfance a accoutumé à désirer avec ardeur, se jeta en ses malheureuses conventions. » Il s'agit d'un collégien qui veut à toutes forces gagner un prix de poésie et signe pour cela un pacte avec le Diable. « Et un autre », continue notre auteur parlant d'un autre collégien,

« choisit de chanter à un chœur d'église et non en privé » et fait de même pour réussir. Pour un troisième, le prix du pacte sera de « guérir la fièvre, et la savoir prendre et donner ». Voilà trois jeunes gens que Lancre a connus dans son enfance et qui voulant devenir, l'un poète, l'autre chanteur, le troisième médecin, ont pactisé avec le Diable. Les régents du collège de Guyenne connaissaient-ils ces pratiques[31] ?

À vingt ans, Pierre doit faire son droit. Aîné de la branche aînée, il porte les ambitions de sa famille à une époque où la vénalité des charges judiciaires permet la montée sociale à celui qui est riche et est doté d'une formation juridique. Le père, Étienne Rostégui, a une licence de droit civil, et a acheté une charge de conseiller-notaire et secrétaire du roi. Le fils aîné suit la même voie. Étienne décide que son fils fera son droit en Italie. Peu après la Saint-Barthélemy, Pierre de Lancre quitte Bordeaux pour Turin.

Mais, avant ce départ, mesurons à quel point les hommes et les femmes du XVIe siècle ont été meurtris par les guerres de Religion qui ont produit les pires débordements. Lisons Florimond de Raymond, plus âgé de treize ans que Pierre de Lancre, qui va devenir son beau-frère en épousant sa sœur Catherine. Farouche catholique s'il en est, il décrit les déchaînements de violences sadiques : « N'avons-nous pas vu enterrer les hommes tous vifs, (...) flamber et ferrer les hommes comme chevaux, (...) attacher aux bras et cuisses des cochons afin que les mères accourant aux cris détranchassent à belles dents dans ces pauvres misérables, mettre des taupes vives sous le ventre couvertes de quelque vaisseau, afin que cet animal, creusant avec son museau, cherchât logis dans cette terre vive ? (...) Les nôtres en ont attaché quatre ou cinq aux voiles d'un moulin à vent (...) et prenaient plaisir à les voir pirouetter et briser en l'air. Comme autres ont fait de les regarder moudre et écraser dans les battants de moulins et forges. » Florimond de Raymond conclut que c'est « une mort bien douce » quand on se contente de jeter les gens du haut des clochers ou des tours[32].

Laissant les horreurs de la guerre civile, Pierre de Lancre se rend à Turin, qui est alors une des grandes villes universitaires d'Europe. « L'école de droit de cette ville se glorifiait d'avoir entendu pendant un an (1566-1567) les leçons du célèbre Cujas, et elle rivalisait avec les plus célèbres d'Europe[33]. » Cujas est considéré comme le plus grand juriste de l'époque. Il suffit qu'il passe dans une université pour que celle-ci devienne célèbre (c'est aussi le cas de Toulouse où il est né) et Pierre de Lancre, qui n'a pas suivi ses leçons, devait plus tard rendre hommage à cet homme « plus subtil que tout autre interprète du droit et qui a tiré la quintessence des lois[34] ». L'école de droit de Turin a des professeurs comme Jean-Antoine Manuce, disciple de Cujas et de Gouvéa, le juriste et humaniste bordelais. Elle devait être fréquentée quelques années plus tard par le père Coton, futur général des jésuites en France, qui devait croiser la route de notre personnage. Lancre passe quatre ans en Italie, entre 1573 et 1577.

La rencontre avec l'Italie est un des grands moments de sa vie. Il n'est pas un de ses ouvrages où il n'en parle. Dans son premier livre, le *Tableau de l'inconstance et de l'instabilité de toute chose* de 1607, il évoque de nombreux épisodes de ses voyages. Dans la réédition de 1610, il compare longuement l'Italie et la France, les Vénitiens et les Français. L'Italie revient comme un leitmotiv dans le *Tableau de l'inconstance des mauvais anges et démons*, en 1612. Il n'est pas jusqu'au *Livre des princes* où un souvenir italien jaillissant ne le fasse soudain utiliser la première personne, lui qui n'emploie presque jamais le « je » dans cet ouvrage : « Il me souvient que, passant à Padoue, recherchant avec curiosité les beautés de la ville[35]... » Le récit concerne le testament d'un universitaire padouan qui a souhaité un enterrement spécialement gai, avec de la musique et des jeunes filles vêtues de clair portant son cercueil. Peu importe l'exemple. C'est l'Italie qui revient sous sa plume dès qu'il s'agit de mobiliser des souvenirs personnels ou des exemples dont il a entendu parler. La langue italienne lui revient facilement, et ce longtemps après son dernier voyage. Dans *Le Livre des princes*, les expressions italiennes, ou les citations de poèmes ou de textes, sont très fréquentes, même si elles sont moins nombreuses que les latines, tandis que les mots grecs ou espagnols sont rarissimes.

Il est difficile d'identifier ce qui relève de son premier et long contact avec l'Italie – quatre ans – et des autres voyages, plus courts. Mais, dès le premier séjour, il se déplace dans tout le pays, visite le Piémont, la Lombardie, Rome, Naples. Il se familiarise avec la langue. Peut-être est-ce là qu'il apprend à jouer du luth.

Il est absent du Bordelais quand, en 1577, le capitaine Favas, qui dans sa jeunesse s'est illustré contre les Turcs, prend La Réole par surprise en escaladant les murailles avec des échelles de… soixante pieds de haut. Si les soixante pieds relèvent de la légende, un pied faisant trente centimètres, l'exploit du capitaine protestant reste dans les mémoires, même si la ville est ensuite reprise par les catholiques. Les Rostégui ont toujours des intérêts à Saint-Macaire et des terres à proximité, même s'ils se sont installés à Bordeaux. Ils ont dû être spécialement attentifs à cet épisode.

Pierre est de retour dans la capitale de la Guyenne en 1578. À ce moment-là, se situe un épisode qui le marque durablement et dont il parle à plusieurs reprises. Il le place en 1577, mais la rencontre avec Pierre de Médicis ne peut se passer que lors de la venue de Catherine de Médicis l'année suivante. La reine mère fait étape à Bordeaux avant de rejoindre Nérac où elle ramène de force la reine Margot à son mari. Un des membres de sa famille l'accompagne. Un Médicis obscur, qui a si peu attiré l'attention que la *Chronique bourdelaise* n'en parle pas. Pierre de Médicis est jeune, il ne parle qu'italien, il a envie de s'amuser pendant les six semaines qu'il passe à Bordeaux. Pierre de Lancre lui sert de cicérone et d'interprète. Il a l'occasion de le faire assister à une danse preste, où le danseur serre étroitement sa danseuse et n'hésite pas à la rehausser en lui mettant la main sur le bas du dos. Pose provocante que le jeune Pierre de Lancre – il a vingt-cinq ans – prend avec délice sous le regard surpris du prince.

Mais laissons Pierre de Lancre raconter cet épisode en 1612, vingt-cinq ans après : « Don Pietro de Médicis passant à Bordeaux lors que la feue Reine mère et la reine Marguerite étaient à Nérac, il y séjourna plus de six semaines, pendant lequel séjour, venant tout fraîchement d'Italie, j'avais l'honneur (la langue italienne me donnant ce privilège) de l'entretenir à toute heure. Et de tant que le sieur de Sansac, pour lors gouverneur de la ville de Bordeaux, avait reçu commandement de la reine mère de l'honorer et le caresser comme son parent, il eut un jour envie de voir les dames et le bal, pour voir danser à la française, si bien que me voyant danser la volte avec une très belle demoiselle, il la trouva si étrange qu'il me pria de lui en donner quelque air sur le luth pour l'emporter à Florence. Sur-

Le château de Nérac, en Lot-et-Garonne, intimement lié à l'histoire de la famille royale.

Photo Pascal Moulin.

tout, il trouvait rude parce qu'il était italien, qu'on se joignît de si près, et qu'après quelques tours de salle on vînt aux prises, portant la main au busc, qui va un peu bien bas, pour plus aisément aller amont, et rehausser la femme, comme on faisait en ce temps-là[36]. »

Quelques lignes après, le conseiller sexagénaire dénonce avec componction ces plaisirs un peu lestes : « On commence à la laisser en France (il parle de cette « volte », danse où, comme on a pu le lire, le cavalier serre de très près sa danseuse) ayant fort à propos reconnu que c'est aux furieux et aux forcenés seuls à user de telles danses et sauts violents. » L'âge et les titres venant, le conseiller au parlement de Bordeaux exprime une réprobation morale qui fait sourire. Mais ce texte est précieux tant y on voit vivre un jeune homme qui joue du luth, et qui en dansant en vient « aux prises» avec les femmes, «portant la main au busc, qui va un peu bien bas»...

Cette rencontre frappe Pierre de Lancre, et lui laisse le goût de ce qui aurait pu se passer si le prince de Médicis était resté davantage de temps, ou s'il avait eu une importance plus grande sur l'échiquier politique. C'est la première fois – mais non la dernière – que le souffle du pouvoir et sa griserie passent sur Pierre, l'effleurant sans s'arrêter sur lui. Cet épisode souligne que la famille de Pierre de Lancre est bien introduite dans les milieux du pouvoir bordelais, puisque c'est le gouverneur de Bordeaux, Sansac, qui le contacte, sachant qu'il revient d'Italie.

Lancre repart en Italie en 1579 et est reçu docteur en droit. Il a vingt-six ans. Mais il n'arrive pas à quitter ce pays qu'il aime. Le voilà à Florence, à Lorette, à Rome, à Naples, en Calabre. Sa curiosité est insatiable. Il visite la galerie du grand-duc de Toscane. Il est intéressé par des thèmes religieux. Il fréquente pendant des mois un prédicateur qui a abjuré la religion juive. Il est fasciné par George Barthold de Braitenberg, dit Jovien Pontanus, qu'il rencontre à Venise et suit jusqu'à Prague, où Pontanus est vicaire général: «Quand j'étais à Prague en Bohême, devait-il écrire en 1622, j'ouïs parler d'une secte de certains hérétiques nommés Picards, à cause que leur auteur était un certain Picard, qui porta de Flandre en Bohême l'hérésie des adamites.» D'après Lancre, à l'affût des détails croustillants, ces Picards se réunissent de nuit pour des cérémonies suivies d'orgies incestueuses[37].

Mais il a des occupations autres. Dans la maison où il prend pension avec deux compagnons, l'hôtesse a «une belle fille à marier. (...) Il lui prit envie de voir danser à la française». Les jeunes gens organisent un bal improvisé. La soirée est animée, arrosée de vin: «La compagnie était privée, il n'y avait que les filles de la maison et quelque voisine[38].» Après la volte devant Pierre de Médicis, la danse à la française avec les filles de son hôtesse à Prague. Pierre de Lancre a vingt-six ans...

De retour en France, au début des années 1580, il devient avocat. En 1582, il achète une charge de parlementaire.

Pierre de Lancre, juriste selon la volonté paternelle, docteur quand son père n'est que licencié, brièvement avocat, devient conseiller au parlement de Bordeaux. Il a vingt-neuf ans.

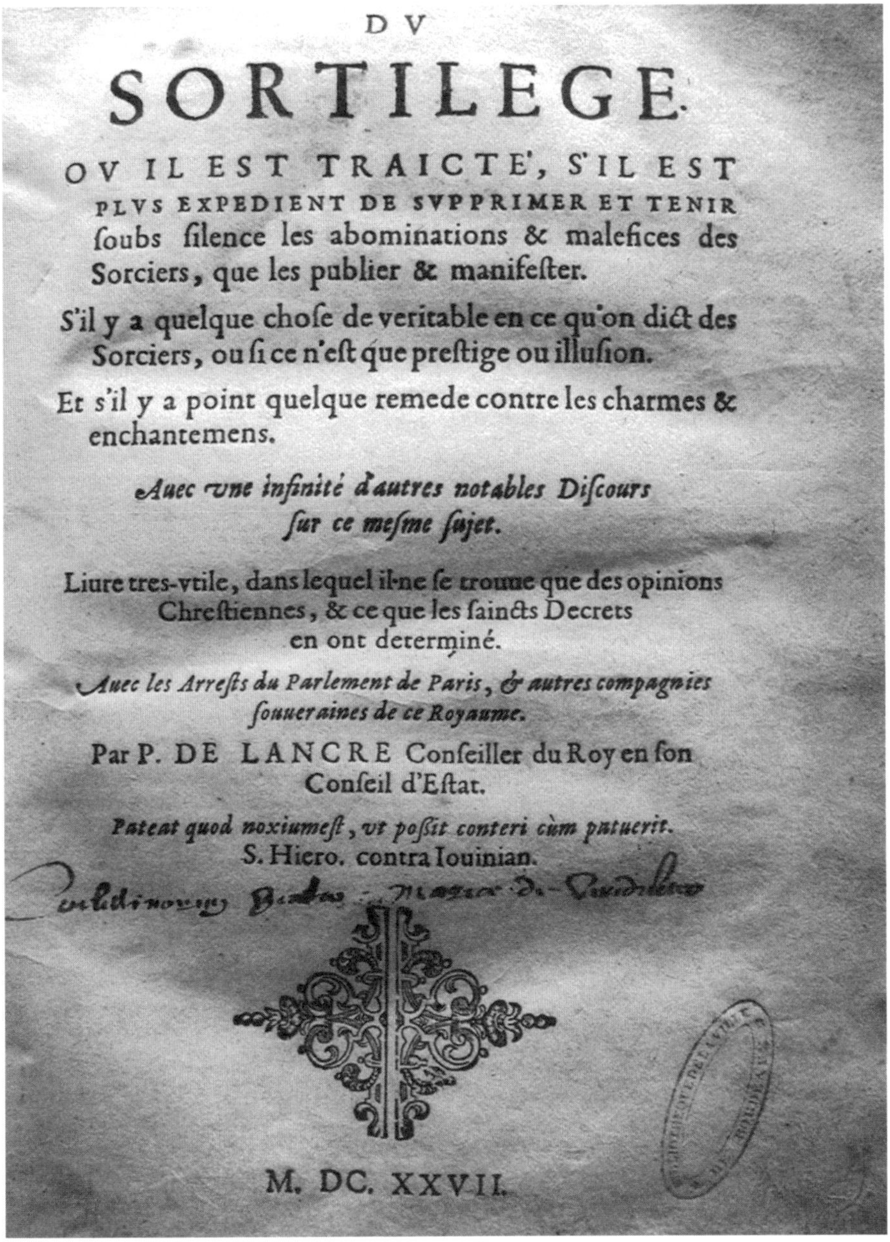
DV

SORTILEGE.

OV IL EST TRAICTE', S'IL EST PLVS EXPEDIENT DE SVPPRIMER ET TENIR ſoubs ſilence les abominations & malefices des Sorciers, que les publier & manifeſter.

S'il y a quelque choſe de veritable en ce qu'on dict des Sorciers, ou ſi ce n'eſt que preſtige ou illuſion.

Et s'il y a point quelque remede contre les charmes & enchantemens.

Auec vne infinité d'autres notables Diſcours ſur ce meſme ſujet.

Liure tres-vtile, dans lequel il ne ſe trouue que des opinions Chreſtiennes, & ce que les ſaincts Decrets en ont determiné.

Auec les Arreſts du Parlement de Paris, & autres compagnies ſouueraines de ce Royaume.

Par P. DE LANCRE Conſeiller du Roy en ſon Conſeil d'Eſtat.

Pateat quod noxium eſt, vt poſſit conteri cùm patuerit.

S. Hiero. contra Iouinian.

M. DC. XXVII.

La page de titre de Du sortilège, où il est traité s'il est plus expédient de supprimer et tenir sous silence les abominations et maléfices des sorciers que les publier et les manifester…, *1627.*

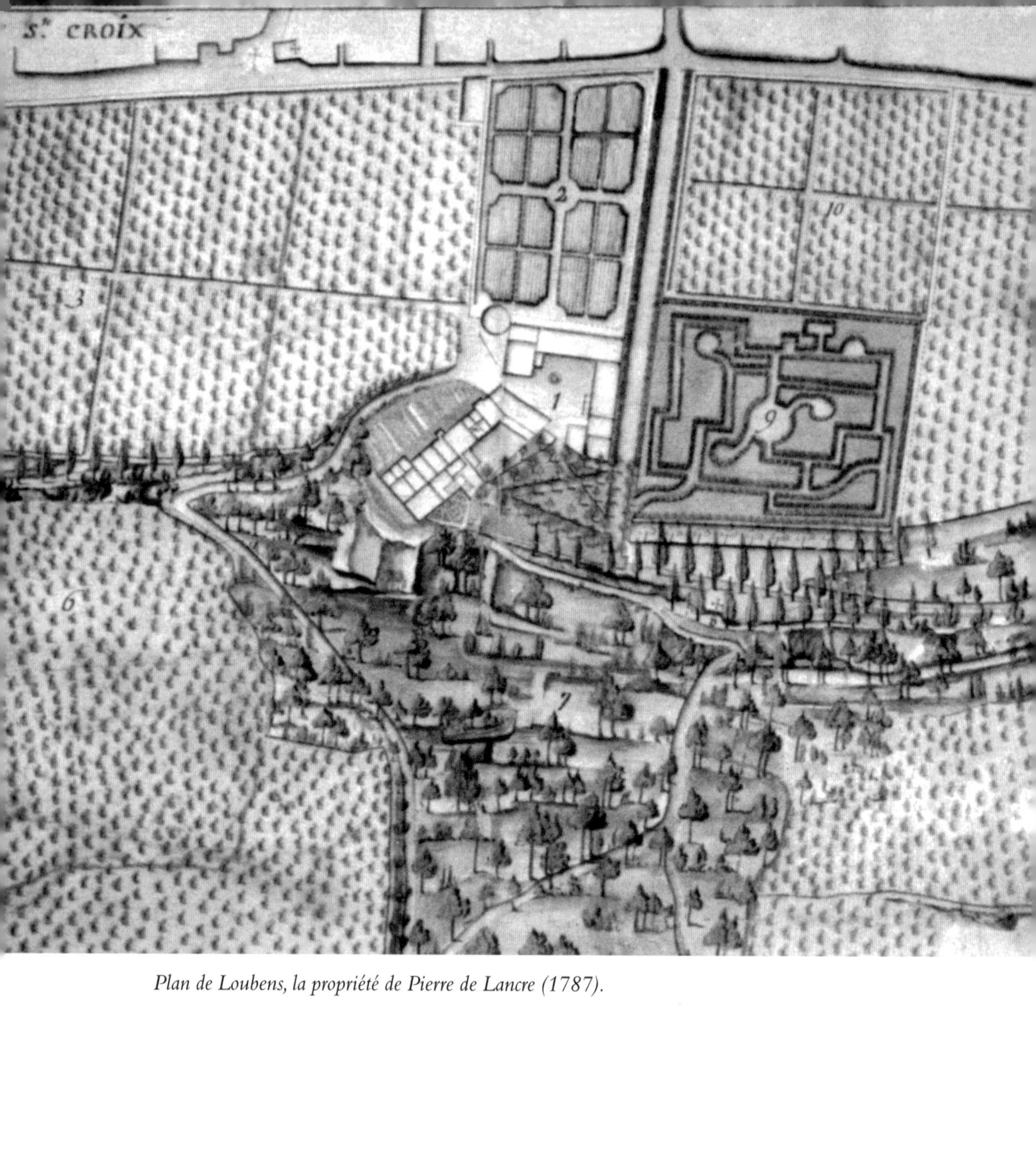

Plan de Loubens, la propriété de Pierre de Lancre (1787).

Chapitre 3

La cour de parlement en robe rouge

« La cour de parlement en robe rouge et les jurats en robe de jurade » de Bordeaux assistent à une cérémonie à la cathédrale Saint-André le 10 février 1589. Il s'agit de rendre hommage à Catherine de Médicis, la mère des rois François II, Charles IX et Henri III, décédée le 5 janvier précédent. La même année, le 20 septembre, quelque temps après l'assassinat du roi Henri III, ont lieu les « obsèques et funérailles royales à Saint-André, même ordre et cérémonie qu'à la reine sa mère. »

Ne résistons pas au plaisir de citer le texte du beau-frère de Pierre de Lancre, Florimond de Raymond, décrivant par le menu l'ordonnancement du cortège : « Ses huissiers porte-verge au-devant, le premier habillé de son bonnet de drap d'or fourré d'hermine, avec un bouton de perles sur le haut ; le greffier vêtu de son épilogue ; les présidents, leurs mortiers de velours en tête avec une large bande d'or sur le haut, (...) les manteaux d'écarlate fourrés, retroussés et agrafés sur l'épaule à l'antique, ayant le premier trois barres d'or, avec des hermines sur l'épaule droite. (...) Après, les conseillers, vêtus de leur robe et chaperons fourrés, allant de deux en deux, non moins flamboyants d'honneur et de suffisance[39]. »

Pierre de Lancre, conseiller au parlement de Bordeaux, participe à la cérémonie, vêtu comme ses collègues, « en robe rouge à chaperons fourrés ». Là où il assistait en badaud admiratif, écolier du collège de Guyenne, à l'entrée solennelle de Charles IX avec Catherine de Médicis en 1565 ; là où il était dans la foule anonyme pour voir entrer à nouveau la reine mère avec sa fille en 1578, le voilà parmi ceux que l'on regarde passer dans sa grande robe rouge. En cette année 1589, il est allié à de grandes familles de parlementaires, par son mariage, mais aussi par ceux de ses sœurs et de son frère. Étienne de Rostégui, mort en 1584, a vu avant de mourir l'entrée de son fils aîné au parlement. Trois générations de marchands basco-béarnais, Bernard Ier de Rostégui, Bernard II et Étienne, peuvent dormir tranquilles : la réussite sociale pour laquelle ils ont œuvré est enfin venue, totalement.

C'est après avoir été quelque temps avocat que Pierre achète la charge en 1582. Il entre dans la deuxième chambre d'enquêtes. La même année, le pape Grégoire XIII corrige le calendrier et retranche dix jours à l'année, « le dixième décembre compté vingtième, ce qui a causé plusieurs procès et différends[40] ». Voilà déjà du travail pour le nouveau parlementaire.

Pour devenir conseiller, il faut acheter la charge, soit au roi au moment où il la crée, soit à quelqu'un qui quitte le poste. Ainsi Montaigne vend sa charge en 1570 à Florimond de Raymond, ou plutôt au père de celui-ci qui la paie pour son fils. Il en est de même pour Pierre de Lancre. C'est sans doute avec les deniers paternels qu'il achète la charge de François de Merle. Car l'investissement est important. Selon Boscheron des Portes, l'historien du parlement de Bordeaux, un office de conseiller valait quarante-huit mille livres au début du XVIIe siècle[41]. Vingt ans avant, en 1582, le coût devait être un peu moindre. N'empêche ! Si l'on se rappelle qu'au début du siècle le premier Bernard de Rostégui, installé à Saint-Macaire, cédait son bien à son fils aîné Bernard II pour cinq mille livres, on voit à quel point la famille est devenue riche, même en tenant compte de l'inflation qui caractérise le XVIe siècle à cause de l'afflux des métaux précieux venus d'Amérique. Oui, les Rostégui se sont hissés aux plus hauts sommets. Dix ans après cet investissement, c'est au tour d'Étienne, le frère cadet de Pierre, d'acheter lui aussi une charge de conseiller.

L'entrée au parlement s'accompagne d'autres dépenses. Les vêtements de cérémonie bien sûr. Et un grand repas d'apparat, qui doit être offert pour l'occasion à l'ensemble des parlementaires.

Combien sont-ils ? Le chiffre varie selon les sources et les historiens.

Boscheron des Portes estime leur nombre à soixante-treize en 1562 (six présidents et soixante-sept conseillers). En 1568, sept nouveaux offices sont créés par Charles IX. En 1575, quatre autres le sont par Henri III, puis douze. Même si l'on ne tient pas compte de la chambre des requêtes que François Ier a créée en 1543 et installée en 1547, mais dont les membres n'ont jamais été considérés comme de vrais parlementaires, on arrive à un chiffre de quatre-vingt-dix.

Ces chiffres sont infirmés par Cruseau, dont les indications sont inférieures. Dans sa *Chronique*, il note les noms des conseillers et des présidents présents à chaque rentrée du parlement. Or, la présence lors de la séance de rentrée conditionne le paiement des émoluments annuels. En 1589, première année de son journal[42], il indique respectivement pour les quatre chambres dix-neuf, douze, seize et seize conseillers, soit un nombre de soixante-trois, auxquels il faut rajouter les sept présidents. Au total, soixante-dix conseillers.

Quatre-vingt-dix ou soixante-dix personnes, peu importe. On voit l'ampleur de la dépense que représente le grand dîner d'apparat auquel Pierre invite tous les parlementaires, parmi lesquels le personnage le plus considérable, son premier président. D'autant qu'il a sûrement englobé dans l'invitation ceux que l'on appelle les « gens du roi », qui sont l'équivalent du parquet : l'avocat général de Mullet, le procureur général de Saigues, le second avocat général, du Sault. Enfin, il n'a pas pu ne pas inviter le maire de Bordeaux. L'a-t-il déjà rencontré ? Il s'agit de Michel de Montaigne, « chevalier de l'ordre de Saint-Michel et de singulière érudition, maire de ladite ville[43] ».

En 1582, le président du parlement est Jacques Benoît de Lagebaton. Sur cet homme, qu'une « inadmissible légende » fait le fils naturel de François Ier, les opinions divergent. Pour l'historien du XIXe siècle Communay, il « semble avoir manqué tout à la fois de dignité et de fermeté de caractère ». Pour Boscheron des Portes, il a été « modéré en des temps de violence, tolérant lors que tant d'autres étaient des persécuteurs[44] ». L'archiviste rigoureux que fut E. Gaullieur écrit qu'« un grand nombre de luthéro-calvinistes durent la vie à l'intervention de cet homme éminent[45] ». François de Belleforest, auteur en 1568 d'une *Histoire des neuf rois Charles de France*, le décrit comme un « homme assez superbe et de grande arrogance » et dénonce le fait qu'il a ordonné la mise en liberté de nombreux protestants retenus en prison. Le président du parlement de Bordeaux a été souvent mis en cause à l'époque pour ses amitiés protestantes. Il meurt pourtant dans la foi catholique le 25 septembre 1583. Ce jour-là, après les funérailles à Saint-André, le parlement se réunit en corps et émet le vœu que le roi récompense ses héritiers. Peu après, réponse aux accusations infondées ou pied de nez du destin, le fils aîné du président entre chez les jésuites.

Pendant ces deux premières années, Pierre de Lancre est membre de la deuxième chambre d'enquêtes. Il le reste longtemps, avant de passer à la première. Ces deux chambres d'enquêtes jugent au civil, directement et en appel. Les procès criminels, eux, sont l'affaire de la chambre de la Tournelle, appelée ainsi par imitation du parlement de Paris, parce qu'on y siège à tour de rôle, qu'on soit « des enquêtes » ou de « la grand chambre ». Quant à la « grand chambre », elle juge en appel au criminel, et directement certains crimes impliquant de hauts personnages, ecclésiastiques, nobles, magistrats. Elle regroupe les conseillers les plus anciens et les plus prestigieux.

Pierre de Lancre s'initie aux subtilités de la vie judiciaire, aux rituels, aux rivalités et aux ambitions qui, pour être enrobées, n'en sont pas moins violentes. Les affaires sont réparties entre les conseillers par le président. Les rentrées d'argent en dépendent, et la célébrité. Les greffiers, clercs et autres praticiens de la cour, qui travaillent à l'instruction des procès, élisent chaque année le « roi de la basoche ». Lancre les a peut-être affrontés quand il était étudiant. Ils sont désormais sous ses ordres.

Les rivalités entre les conseillers n'empêchent pas un orgueil de corps qui se manifeste à toute occasion, en particulier vis-à-vis de la chambre des requêtes. Cette chambre, qui instruit au civil en première instance et juge en appel un certain nombre de cas, a été installée à nouveau en 1581. Pendant des années, ses membres tentent d'être assimilés aux conseillers du parlement. Bataille féroce, bataille perdue.

Pierre de Lancre, membre de la deuxième chambre d'enquêtes, instruit donc des affaires civiles. Quotidiennement, il prend le chemin du palais de l'Ombrière, marche dans les allées bordées d'ormeaux, passe sous les deux tours, traverse les cours, entre dans la salle séparée en deux par une rangée de piliers. Chaque matin, il assiste à la messe qui se dit quotidiennement au palais et à laquelle les conseillers sont tenus d'assister. Les huissiers sont déjà là, qui viennent « bien matin et avant la messe[46] ». Puis Lancre se plonge avec les greffiers et les clercs dans les dossiers, qui tournent autour des problèmes de tutelle, mariage, succession, fiefs, droits seigneuriaux, usure, droit maritime, adultère, aînesse[47]. Il entre en séance avec ses collègues, avant que n'entre le président : tant qu'il siège, nul ne peut quitter la salle.

À chaque Saint-Martin, l'ouverture solennelle du parlement réunit tous les conseillers, ainsi que les « gens du roi ». Une messe solennelle est célébrée à la cathédrale Saint-André et les conseillers procèdent à la « réitération du serment que nous faisons à chaque renouvellement du parlement (...) sur le Crucifix et les saints Évangiles », comme le raconte Bernard de la Roche-Flavin, qui publie en 1621 une *Histoire des parlements de France*[48].

Parallèlement, Pierre de Lancre suit les événements dont ces années sont si fertiles.

Quand il achète sa charge, en 1582, Bordeaux est en ébullition. Constamment réaffirmées, les trêves entre protestants et catholiques dégénèrent tout aussitôt en conflits[49]. Cette quotidienneté des tensions, rien ne saurait mieux l'illustrer que quelques faits.

Le lieutenant général de la province, le maréchal Jacques de Matignon, que Brantôme décrit comme « un très fin et triquart Normand, et qui battait froid autant que l'autre [le maréchal de Biron qu'il remplace en Guyenne] battait chaud[50] », s'empare militairement du château Trompette, car il soupçonne le commandant de la place, Vaillac, d'être traître au roi et partisan de la Ligue catholique des Guise. L'année suivante, en 1583, ce sont cinq cents aventuriers de Saintonge qui descendent pour mettre la ville à sac, et Bordeaux n'est sauvée que par les efforts conjoints de Matignon et du roi de Navarre.

En 1583, à la mort du président de Lagebaton, Gérard de Cotton, un Parisien, est imposé par Henri III. Le parlement proteste contre la nomination de ce maître de requêtes du parlement de Paris. Finalement, Cotton, nommé pour deux ans, regagne la capitale en octobre 1585.

La même année, une nouvelle épidémie de peste commence à frapper Bordeaux. Elle devait faire quinze mille victimes, voire plus, puisque les registres secrets du parlement de Bordeaux parlent de dix-huit mille morts dans la ville et la banlieue, dont « deux jurats de ladite ville et quarante chefs de familles considérables ». Tous ceux qui peuvent fuir la ville le font, y compris le maire, Michel de Montaigne, la fuite étant un des rares moyens d'éviter l'épidémie qui frappe les villes plus que les campagnes.

Cette année-là, si Pierre de Lancre a fui Bordeaux comme tous ceux qui pouvaient le faire, il ne s'est pas replié à Saint-Macaire, mais a repris le chemin de sa chère Italie. Il écrit en effet dans le *Tableau de l'inconstance et instabilité de toute chose* : « J'ai vu un Français à Venise l'an 1585, qui ne vivait que du prix du petit Turquet (chien) qu'il avait vendu à plusieurs fois, beau par excellence, lequel était si passionné de l'amour de son maître qu'il revenait toujours à lui au bruit d'un certain sifflet[51]. » Ce qui est frappant ici, ce n'est pas l'astuce de ce Français qui parvient à vendre plusieurs fois son joli chien si fidèle, c'est la passion confirmée de Lancre pour l'Italie. Elle est pour lui plus intéressante que son métier, ses collègues, ou les intrigues autour des postes à pourvoir. À moins qu'il ne faille lier ce voyage au décès de son père ? Celui-ci meurt en 1584 et Pierre et Étienne se partagent les biens paternels le 23 août 1584, laissant un lot à leur mère.

C'est peut-être à l'occasion du voyage de 1585 en Italie qu'il rencontre à nouveau Pierre de Médicis. Il le raconte en 1622 : « Un juif célèbre à Rome, me disant ce qui me devait advenir, devina que je ferais un voyage dans huit jours vers la Toscane, où je verrais un prince qui me ferait un très bon accueil et il fut vrai : car à Florence où il était sur le chemin de mon retour, je fus saluer Don Pietro de Médicis, lequel j'avais connu fort privément de la ville de Bordeaux, où il séjourna six semaines attendant le retour de la reine mère Catherine de Médicis ». Curieux des phénomènes de divination, Pierre de Lancre se demande pourtant si ce célèbre voyant n'a pas appris son futur voyage… « par ceux de la maison ou par mes compagnons ou par mes serviteurs ». Peu importe pour nous qui apprenons ainsi qu'il a revu Pierre de Médicis[52].

Il est absent de Bordeaux quand, en cette année 1585, Guillaume Daffis devient président du parlement, sur recommandation du duc d'Épernon, un des mignons d'Henri III. Guillaume Daffis – ou d'Affiz – est originaire de Toulouse où son père était premier président et où son frère est avocat général. Cet humaniste – outre le latin, il connaît l'hébreu et le grec – est un esprit éclairé, ennemi des excès. Il demeure président jusqu'en 1610.

Revenu à Bordeaux, Pierre de Lancre n'en bouge pas pendant quelques années. La guerre civile rend les déplacements hasardeux. Il est à Bordeaux en 1586, quand Charles de Lorraine, à la tête de l'armée de la Ligue, prend Monségur aux protestants, puis tente de leur reprendre Castillon. Il est à Bordeaux lors de la bataille de Coutras qui voit la mort d'Anne de Joyeuse, amiral de France et favori d'Henri III. Il est présent, fin octobre, quand « les honneurs funèbres sont faites en l'église Saint-André audit seigneur duc, assistant la Cour [c'est-à-dire le parlement], le sénéchal et les jurats[53] ». Cette année-là, Lancre fait partie de la chambre de la Tournelle, de plus grand prestige, qui traite des affaires criminelles.

Le 21 décembre 1588, à trente-cinq ans, Pierre se marie. Il épouse Jeanne de Mons, petite-fille de l'oncle de Michel de Montaigne, Raymond d'Eyquem, seigneur de Bussaguet. Montaigne est alors le prestigieux auteur des *Essais*. Il en a fait paraître la première édition en 1580, en deux livres, la deuxième en cette année 1588, comportant le troisième livre et de nombreuses additions aux deux premiers. Mais c'est pour d'autres raisons qu'il est utile pour Pierre de Lancre d'entrer dans cette famille.

La famille de Montaigne, d'origine marchande comme la sienne, a été anoblie en 1519. Pierre Eyquem, père de Montaigne, a été maire de Bordeaux en 1554. Son frère Raymond est conseiller au parlement. Michel de Montaigne, membre du parlement de 1557 à 1570, est maire de 1581 à 1585. Une des belles-sœurs de Montaigne, Charlotte d'Eymar, est la fille d'un des présidents du parlement. Un de ses beaux-frères, Richard de Lestonnac, est conseiller. Le père et le grand-père de Françoise de La Chassaigne, femme de Michel de Montaigne, ont été présidents.

Épouser Jeanne de Mons, c'est entrer dans une puissante famille, tant du côté maternel avec les Montaigne, que du côté paternel : le père de Jeanne de Mons, beau-père de Pierre de Lancre, est président de la première chambre d'enquête.

On a dit qu'il s'était marié fort tard : à trente-cinq ans, plusieurs années après sa prise de fonction de parlementaire. Trente-cinq ans est aussi l'âge où Montaigne épouse Françoise de La Chassaigne. Sans que ce soit terriblement tardif, Pierre de Lancre, comme celui dont il devient le parent par alliance, se marie plus tard que les hommes de son milieu, cinq ans après son frère cadet, sans que l'on ait un élément d'explication.

Pour Pierre de Lancre, 1588 est donc à la fois l'année de son mariage et d'une incontestable réussite sociale. Mais cette réussite est largement familiale. En 1583, son frère cadet, Étienne, s'est marié avec Catherine de Gentils, parente d'un président de la chambre de la Tournelle. En 1588, la même année que Pierre, une sœur cadette, Marie, veuve d'Emmanuel du Mirail, épouse en secondes noces Christophe de Spens d'Estignol, noble d'origine écossaise, conseiller au parlement. Une autre sœur, Catherine, a épousé Florimond de Raymond, conseiller au parlement depuis l'année 1570 où il a acheté la charge de Michel de Montaigne. En 1592, c'est l'entrée du frère cadet, Étienne, dans ce même parlement. « Étienne de Rostégui, conseiller à la cour et commissaire aux requêtes puis l'année 1586, fut reçu conseiller en parlement », écrit Cruseau.

La réussite est totale. On peut le penser et peut-être Pierre le pense-t-il en assistant à cette cérémonie d'hommage à Catherine de Médicis, en ce 10 février 1589, vêtu de sa robe rouge, dans la cathédrale Saint-André.

Mais qu'est-ce qu'une vie réussie ?

En cette même année 1589, Étienne de Cruseau évoque pour la première fois Pierre de Lancre dans sa *Chronique*. Nous sommes en novembre, quelques mois après l'assassinat d'Henri III. En ce mois de novembre, ce n'est pas la mort du roi qui préoccupe notre juge. C'est son retour à la chambre criminelle de la Tournelle. Il en a été membre en 1587 et souhaite y siéger à nouveau. Pour l'en écarter, ses adversaires vont s'appuyer sur une coutume.

Si deux ordonnances de Charles VIII et Charles IX[54] interdisant que des parents proches siègent ensemble au parlement (père-fils, oncle-neveu) ont été oubliées, il en reste quelque chose dans la pratique : on ne peut, étant de la même famille, siéger dans la même chambre. Or, un certain du Noyer, cousin de Pierre de Lancre, plus jeune que lui dans la fonction, mais qui n'est pas revenu à la Tournelle depuis 1585, est candidat en même temps que lui. Lisons Étienne de Cruseau : « Autre doute aussi se meut entre messieurs de Lancre et du Noyer, tous deux cousins germains, et, partant, incompatibles pour aller ensemble à la Tournelle. Monsieur de Lancre voulant avoir le choix et par ainsi y servir comme le plus ancien ; ledit sieur du Noyer n'y ayant été depuis l'an 1585, et que ledit sieur de Lancre n'en était sorti puis deux ans. Fut dit que le sieur du Noyer y servirait[55]. »

Pauvre Pierre de Lancre ! Avoir dans sa famille des parlementaires est certes un signe d'ascension sociale. Mais c'est aussi un handicap, puisqu'on ne peut siéger dans une même chambre avec un proche parent. Il cède la place à son « cousin » et renonce à la Tournelle. 1589 est décidément une mauvaise année !

Mauvaise pour Lancre, elle l'est aussi pour la France qui, avec l'assassinat du roi Henri III, entre dans une nouvelle période d'instabilité et de guerre.

Le pays ne veut pas se reconnaître dans un roi protestant. J'ai rappelé la position du parlement de Bordeaux qui réclame des États généraux, envoie une délégation au roi en lui demandant de se remettre « au giron de l'Église catholique, apostolique et romaine, vraie et seule arche de salut[56] », et persiste à utiliser pendant des mois les sceaux du roi défunt comme s'il était toujours vivant. En réalité, le parlement est divisé. Le président Guillaume Daffis, bien que prudent, est proche des ligueurs. En revanche, le deuxième président, Sarran de Lalanne, et le troisième, François de Nesmond, sont amis du maréchal de Matignon et jouent la carte d'Henri IV. Frontenac, envoyé du roi, devait joliment décrire le parlement comme « bigarré » sur le plan des idées, avec « des cervelles trop gaillardes » à la chambre des enquêtes dans laquelle se trouve Pierre de Lancre[57]. Celui-ci est-il une de ces cervelles « trop gaillardes » ? Rien ne permet de l'affirmer.

Les jésuites multiplient les prêches contre le roi huguenot, concentrent autour de leur collège les partisans de la Ligue et tentent de soulever la ville contre Henri IV. Le maréchal de Matignon décide d'interdire leurs prêches. Le parlement prend une positions inverse, leur enjoignant de les reprendre mais tout en exprimant leur fidélité au roi, précise-t-il avec prudence. En 1594, l'entrée d'Henri IV à Paris entraîne la rupture avec les jésuites. Il faut dire que les accusations à leur égard sont multiples. On leur reproche d'être le bras armé de la papauté, agents de l'Espagne, hostiles au roi, habiles aux détournements d'héritage et corrupteurs de la jeunesse. Finalement, en 1594, ils sont expulsés de Bordeaux et se réfugient à Saint-Macaire, la ville d'origine de Pierre de Lancre. Leur sort est plus dur dans le reste du royaume. Le parlement de Paris décide leur expulsion de tout le territoire, décision qu'Henri IV tente en vain de faire adopter par le parlement de Bordeaux. Cette première expulsion des jésuites, plus ou moins bien appliquée, va durer jusqu'en 1603.

Que pense Pierre de Lancre de tous ces événements ? Il est difficile de le savoir. Tous ses écrits témoignent d'un catholicisme rigoureux dont l'agressivité s'accentue au fil de sa vie. On trouve une seule allusion à cette période. Dans *Le Livre des princes*, il évoque la guerre civile : « Qui voudrait écrire l'histoire de la Ligue et de toutes nos guerres civiles, et bailler son jugement sur la mort funeste de plusieurs princes, (...) il est impossible qu'il ne paraisse guelfe ou gibelin et qu'on ne reconnaisse aussi tout le parti qu'il a tenu[58]. » Il se refuse donc à donner tout avis et sur les guerres civiles et sur les assassinats de Guise, Henri III et Henri IV, de peur qu'on n'identifie l'opinion qu'il avait alors. Cette prudence semble bien celle de l'homme jeune qu'il fut, même s'il était très proche de Florimond de Raymond, son beau-frère, un catholique véhément qui ne brilla ni par la tolérance ni par l'ouverture d'esprit.

Lancre, comme ses collègues, est surtout intéressé par sa carrière. En décembre 1594, nous avons connaissance d'un procès où il intervient comme rapporteur : « Procès fut jugé par mestre de Rostégui par indivis de certaines rentes près Bergerac », écrit Étienne de Cruseau, qui développe l'affaire parce qu'elle l'intéresse sur le plan juridique. Il s'agit de rentes que l'aîné de quatre frères a vendues à un particulier ; ce frère aîné meurt. Les autres frères récusent la vente et réclament leur part. Cruseau, qui n'a aucune sympathie pour son collègue, l'assassine en précisant : « Quoique nous fussions partis, le sieur rapporteur se revint, craignant de n'en pouvoir sortir à son honneur[59]. »

En juin 1596, c'est sur un procès concernant une dotation liée à un mariage morganatique qu'il intervient. « Rostégui », puisque de Cruseau s'obstine à appeler ainsi Pierre de Lancre, n'est pas du même avis que son collègue[60]. En juin 1598, il instruit une affaire de « légitime », la fille dotée, privée d'héritage, s'estimant lésée par rapport à ses sœurs célibataires[61].

Tout cela, il faut en convenir, est bien ordinaire.

Certes, certaines délibérations sont de plus haute tenue. C'est le cas en 1598 lors d'un débat sur les jésuites.

On s'en souvient, les jésuites ont ouvert un collège en 1572 et ont été expulsés de la ville en 1594 par le maréchal de Matignon. Repliés sur Saint-Macaire, ils sont revenus à Bordeaux à partir de 1596 avec l'appui du parlement qui n'a jamais accepté leur expulsion. Plusieurs religieux, dont Louis Richeôme, ont rouvert le collège et recommencé les prêches avec l'accord tacite de Matignon. Mais il n'en allait pas de même dans le reste de la France. Le parlement de Paris a enregistré la lettre d'Henri IV décidant de bannir du royaume tous les membres de la Compagnie de Jésus. Malgré les rappels, le parlement de Bordeaux tarde à enregistrer la décision royale. En 1596, le président Daffis, en déplacement à Rouen où se réunit l'assemblée des notables, est tancé à ce sujet par Henri IV. Il finit par écrire au roi que les prédications ont un tel succès que « personne de qualité ne s'est abstenu ici des les ouïr, fors (sauf) votre procureur général et moi qui n'avons évité la médisance[62] ». Officiellement bannis du royaume, les jésuites sont de mieux en mieux implantés dans Bordeaux où on apprécie leur sûreté doctrinale, leur maîtrise intellectuelle et la qualité de leur enseignement. De nombreux notables envoient leurs enfants dans leur collège, abandonnant le collège de Guyenne dont les professeurs sont moins prestigieux que par le passé.

En 1598, suite à une nouvelle demande royale d'enregistrer la lettre de bannissement, un débat s'ouvre au parlement. Le texte de Cruseau est digne de la tradition et de l'image de Bordeaux : « On jugea que le roi était aigri contre ces messieurs, et qu'il fallait y aller avec beaucoup de prudence. Tellement qu'on résolut d'écrire au roi qu'ils étaient par tolérance à Bordeaux et par permission de feu le maréchal de Matignon[63]. » Cette sagesse bordelaise est peut-être renforcée par la connaissance de négociations entamées par le pape avec le roi Henri IV, qui devaient aboutir à un accord en 1603. Quelques années après, quand un jésuite, le père Coton, devint confesseur du roi, les Bordelais durent se féliciter de leur sage prudence…

En 1596, un débat concernant les chambres mi-partie est beaucoup plus difficile. Neuf jours de discussions sont nécessaires pour accepter la mise en place de ces tribunaux ad hoc pour les protestants. Leur création a été promise par Henri III en 1576 lors de la «paix de Monsieur». De 1582 à 1584, une cour de ce type a siégé à Bordeaux au couvent des jacobins, se déplaçant ensuite à Saintes, Agen ou Périgueux avant de disparaître dans la tourmente de la fin des année 1580. En 1591, Henri IV décide de créer des tribunaux mi-partie (moitié catholiques moitié protestants). Il faut cinq ans – et de nombreuses lettres de rappel – au parlement de Bordeaux pour enregistrer la décision royale. Non sans mal. Pierre de Lancre, dans ces séances houleuses, participe, se manifeste: Cruseau et «le sieur de Rostégui aîné (…) opinèrent fort gentilement» pour l'enregistrement du texte[64]. Par contre, on ne connaît pas la position de Lancre sur l'édit de Nantes. La parlement refuse d'enregistrer, transmet trois remontrances au roi et lui envoie une députation. Il faut que le roi menace pour que soit enregistré l'édit royal, sans enthousiasme aucun.

Le parlement, confronté aux grandes décisions de la monarchie, conscient de son pouvoir et des répercussions nationales de ces décisions, s'affronte avec le roi, négocie, renâcle, tergiverse. Mais pour quelques grands débats «historiques» intéressants, combien d'affaires quelconques…

Au début de 1599, voilà dix-sept ans que Pierre de Lancre est devenu conseiller au parlement, où son frère l'a rejoint. Pendant des années, il a dû être heureux de sa réussite sociale, du prestige et de l'importance symbolique de sa charge. Au milieu des parlementaires en robe rouge à chaperons fourrés, il assiste aux messes quotidiennes, aux cérémonies officielles d'ouverture du parlement à chaque Saint-Martin, aux défilés solennels en robe, aux *Te Deum laudamus* à la cathédrale Saint-André. En 1592, le 8 novembre, c'est l'entrée solennelle dans Bordeaux de la sœur unique d'Henri IV, Catherine de Bourbon. Les corps constitués y assistent. L'année suivante, le 16 août 1593, c'est une «procession générale et solennelle» où, à côté des parlementaires, on voit marcher «le sénéchal, les jurats, avec les principaux bourgeois de ladite ville, jusqu'à l'église des Carmes, où le *Te Deum laudamus* est chanté pour rendre grâce à Dieu de l'heureuse conversion du roi ». Les 2 mars, 22 mars, 4 juillet 1594, Pierre de Lancre est présent aux *Te Deum* pour la réduction de Lyon, puis celle de Paris, enfin l'heureux succès d'Henri IV contre les Espagnols pendant le siège de Lyon.

Mais il en est des bonheurs comme du reste. À force de s'accumuler, ils perdent de leur saveur. Les premiers défilés auxquels assiste en badaud l'écolier du collège de Guyenne, les premières cérémonies auxquelles participe le parlementaire frais émoulu, deviennent des gestes rituels frappés de banalité. Il est moins sensible à l'honneur de marcher dans la rue en cortège dans des habits d'apparat sous les yeux admiratifs des badauds. Mais il voit que, à chaque cérémonie, l'ordre est immuable. Pour les entrées solennelles, les processions générales, les honneurs funèbres des rois, des reines, des présidents ou des conseillers du parlement, chacun a sa place d'où il ne peut bouger : des huissiers suivent le cortège pour s'assurer « que l'un ne passe plus avant que l'autre ». Même aux feux de joie, qui se font « habituellement pour quelque agréable nouvelle », que ce soit une victoire, le mariage du roi ou son accession au trône, on ne peut déroger à l'ordre.

Sauf peut-être aux feux de la Saint-Jean où tout est permis ? Pierre de Lancre raconte : « À Bordeaux, à la veille de la Saint-Jean, monsieur le cardinal de Sourdis (et avant lui ses devanciers) va tous les ans, avec les chanoines et la musique, allumer le feu et à point nommé faire les neuf tours [autour du feu] avec dévotion et cérémonie et après cela faire sauter et ressauter de grands faisceaux d'herbe et de croix lesquelles on

François de Sourdis, archevêque de Bordeaux.

attache aux portes de l'entrée et chambres des maisons, et prendre encore et emporter chez soi quelque tison allumé[65]. »

Et la vie passe.

Elle passe au milieu de ce monde judiciaire qui n'apporte pas à Pierre de Lancre autant de bonheur et d'honneurs qu'il en espérait. D'autant que les incertitudes du temps, qui permettent à des habiles, ou à des courageux, ou à des chanceux, de s'approcher du pouvoir, ne profitent en rien à Pierre de Lancre.

Son mariage avec Jeanne de Mons ne lui apporte pas d'enfants. Du moins aucun qui survive.

On trouve dans ses écrits de nombreuses réflexions sur les femmes et le mariage. Il en est une dans *Le Livre des princes* qui éclaire sa vie privée : « Dès que vient la fin du premier jour de noces, arrive le commencement de la nuit des soucis et nécessités, qui charge les pauvres maris d'une forte appréhension des maladies du corps et de l'esprit, et surtout de mal de tête, d'enfantements périlleux, du nombre d'enfants, de leurs mauvaises inclinations, (...) de la pensée ou considération de la mort de l'un ou de l'autre, lequel prévient et dérobe même tout le contentement d'un juste hyménée, et le tourne en larmes et regrets, disposant les pauvres mariés en une viduité et solitude mortelle[66]. » Peut-être ces lignes n'ont-elles pas une portée particulière. Pourtant, entre le « mal de tête » de l'épouse, ses « enfantements périlleux », l'évocation de « la mort de l'un ou de l'autre » des enfants, qui « tourne en larmes et regrets » la vie du couple, je crois sentir quelque chose qui tient de l'aveu. En tout cas, une chose est sûre : Pierre de Lancre n'a pas d'héritier légitime direct et il en souffre.

D'une liaison dont nous ne connaissons rien, il a un fils naturel qui naît à Bordeaux en octobre 1595[67], quelques années après son mariage. Le testament de 1630 désigne ce fils naturel comme légataire de sa bibliothèque. Il est alors jésuite sous le nom de Pierre Biénassis. L'origine de son nom est inconnue ; son prénom est celui de son père.

Lancre a acheté en 1592 la seigneurie de Loubens, à Sainte-Croix-du-Mont, et prend le titre de seigneur de Loubens. C'est un grand domaine qui surplombe la Garonne du haut d'une « montagne d'huîtres » où il fait creuser une chapelle. Maison et chapelle deviennent ce qu'il appelle « le

Mont Parnasse de mes muses». Louis XIII visite cette chapelle en 1620 alors qu'il séjourne à Preignac.

Cette maison et cette grotte sont, à vrai dire, un peu mystérieuses.

C'est en 1592 qu'il achète Loubens. Or, dans *Incrédulité et mécréance*, qui date de 1622, il précise qu'il y «cultive les fruits et les légumes depuis trente-trois ans». Ce qui renvoie à une date antérieure, vers 1589. Il décrit les divers arbres, oliviers, citronniers, orangers, pins francs, câpriers, raisins de Corinthe, poivriers qui sont en ce jardin, les fontaines sortant des rochers. De la maison située «sur une montagne (...) sur la rivière de Garonne», par beau temps on peut «voir les Pyrénées[68]». Le village de Sainte-Croix-du-Mont est en effet bâti sur un plateau escarpé dominant la Garonne, formé d'un gigantesque banc d'huîtres fossiles d'environ huit cents mètres de long et d'une centaine de mètres de large, et il est vrai que, par très beau temps, on peut y voir les Pyrénées.

Pourquoi Lancre donne-t-il une date d'occupation antérieure à celle de l'achat effectif du domaine? Il a tout simplement, peut-être, loué cette propriété avant de l'acheter. Le vaste domaine surplombe la Garonne, jouxte l'église et le château de Tastes, ancienne forteresse anglaise qui a gardé ses murailles crénelées et son donjon, mais dont la façade sud a été remaniée au XVIe siècle. On se souvient que le nom de Tastes est celui de la propriété qu'achète Bernard II de Rostégui, le grand-père de Pierre et d'Étienne, et qu'Étienne prend ce nom de Tastes. Mais le château d'Étienne est plus au nord. Le château de Tastes dont il est question ici, et dont un curieux hasard fait de Pierre de Lancre le voisin, est alors habité par une certaine Jeanne de Fleuriet, dame de Tastes, née en 1532, qui devait mourir trois ans avant Pierre de Lancre. Il existe un plan de la propriété de Loubens établi en 1787. On y voit le château, les écuries, les jardins (un labyrinthe et un jardin à l'italienne, avec des cyprès et des pins parasol), et de nombreuses pièces de vigne.

La propriété et la maison existent toujours. Les bâtiments ont été remaniés, les deux tours démolies en 1848. Mais l'arrière de la maison a encore la marque du XVIe siècle, ainsi que l'immense tour ronde du pigeonnier. Un escalier en pierre, aujourd'hui abîmé par les glissements de terrain, descend le long de la colline, côtoyant ici une fontaine où le juge fit graver

La maison de Pierre de Lancre à Sainte-Croix-du-Mont (Gironde)

La maison qu'achète Pierre de Lancre à Sainte-Croix-du-Mont en 1592 a été, depuis, fortement remaniée. Il subsiste cependant un beau pigeonnier de XVIe siècle, la fontaine au-dessus de laquelle le juge fit graver une ancre, et, en contre-bas, la chapelle creusée dans la roche de coquilles d'huîtres fossilisées. Ce lieu, Pierre de Lancre le surnomme « le Mont Parnasse de mes muses ». C'est une maison qui donne sur le fleuve, entourée d'un jardin à l'italienne, où foisonnent oliviers, citronniers, orangers, pins francs, raisins de Corinthe, fontaines sortant des rochers : un petit Tivoli. Le 20 octobre 1620, Louis XIII, de passage dans la région, visite l'étrange chapelle.

La façade de la maison.

Le pigeonnier.

L'ancre.

La chapelle.

Photos Pascal Moulin

Cette Déploration du Christ *se trouve dans la chapelle.*

De part et d'autre de la déploration du Christ, les deux portrait représentent certainement Pierre de Lancre (ci-contre) et sa femme (ci-dessous).

Ce portrait de Pierre de Lancre, fortement abîmé par le temps, est le seul que nous lui connaissons.

l'ancre symbolique. On arrive à des soubassements soigneusement taillés dans la colline d'huîtres[69] et à la chapelle, avec sa petite sacristie. Au fond, un autel en bois, et trois tableaux : une *Déploration du Christ* encadrée d'un portrait d'homme quasiment effacé et d'un portrait de femme. Visibles de chaque côté de la tête masculine, un coq et une clef, symboles de saint Pierre. Il s'agit probablement du portrait, détruit par le temps, de Pierre de Lancre. On devine un front un peu fuyant, une arcade sourcilière prononcée, un nez assez court et fort. L'autre portrait, mieux conservé, montre une jeune femme aux longs cheveux blonds et aux yeux très bleus. Sans doute Jeanne de Mons, sa femme.

À partir des années 1590, Pierre de Lancre se détache de Bordeaux qui a peut-être mal répondu à ses espérances, et revient vers les terres familiales.

Fin 1593 ou début 1594, il séjourne à Paris, « peu après la conversion du roi Henri le Grand ». Il se rend à la Cour et loge chez un protestant, serviteur et officier domestique du roi. Passionnément attaché à Henri IV, ce protestant se refuse pourtant à lui demander d'imposer les mains à ses enfants, malades des écrouelles[70]. Lancre revoit quelques années après ce fidèle serviteur, lors du « second voyage » qu'il fit « à la Cour », sans doute en 1607, quand il fait éditer à Paris *Tableau de l'inconstance et de l'instabilité de toute chose*. Son hôte s'est alors converti au catholicisme.

En 1599, Lancre obtient du roi l'autorisation de s'absenter de Bordeaux pendant un an pour se rendre en pèlerinage aux Lieux saints : « Nous inclinant libéralement à la supplication et requête qui a nous a été faite par notre aimé et féal conseiller Pierre de Rostégui de Lancre, mu et excité d'un zèle et dévotion de religion, désirant visiter les Lieux saints où il a dévotion et fait vœu d'aller en l'honneur et gloire de Dieu[71]. » Le fait n'est pas exceptionnel : en 1594, une autorisation identique a été accordée par Henri IV à Jacques Douzon de Bouran. Le roi assure à Lancre qu'il ne perdra ni son rang qu'il retrouvera au retour, ni ses gages qu'il continuera à percevoir pendant son absence. Précision utile, car les textes prévoient que toute absence prolongée entraîne leur perte. La lettre, signée à Blois le 5 août, est enregistrée par le parlement le 11 septembre 1599.

En novembre 1599, la peste fait un retour offensif à Bordeaux. Près de deux cents maisons sont touchées. Pierre de Lancre est à Bordeaux puisqu'il assiste à la séance d'ouverture du parlement. Peu après, il quitte la ville et prend le chemin… des Lieux saints. Du moins c'est ce qu'il a dit au roi.

Pierre de Lancre a fait un vœu ? Sûrement. A-t-il vraiment l'intention de partir pour Jérusalem ? Nul ne le sait. En tout cas, il s'arrête en chemin et ne dépasse pas l'Italie.

Il est difficile de connaître le détail des voyages italiens. Si Lancre les cite fréquemment, il ne les date que rarement. Pourtant, la lecture de ses ouvrages permet d'avoir une idée de ses déplacements et de ses rencontres lors de ce dernier périple.

Il passe pour la troisième fois par Notre-Dame de Lorette. Il faut dire que la petite ville de Loreto, au sud d'Ancône, sur la mer Adriatique, jouit d'une réputation extraordinaire. La maison de la Vierge à Nazareth y a été miraculeusement transportée en 1294. Depuis, la *Santa Casa* est un important lieu de dévotion. La ville de Bordeaux, par exemple, ne pouvant se débarrasser d'une épidémie de peste en 1594, fait un vœu à la Vierge et fait fondre une cloche en argent destinée à l'église de Notre-Dame de Lorette.

À Rome, Lancre assiste aux fêtes du jubilé. Curieux, il voit des ouvriers dresser « des grands châteaux » de papier et carton avec des « peintures grossières et des niches ». « Ils font courir dessus des animaux en forme de baleines, dragons » et les « font par un certain artifice courir et choquer les uns contre les autres avec des cordes et des engins, le tout chargé de tant de lumières que (…) les places de théâtre apprêtées pour les voir coûtaient en certains endroits un écu chacune. » Ces animaux vomissaient « tant de fusées, grenades et autres feux artificiels par la bouche et toutes les autres parties de leur corps que ces feux et ces lumières dans l'obscurité de la nuit faisaient un merveilleux éclat dans la place Navenne ». Mais il ne peut les voir, car « le malheur fut de mon temps en cette année 1600 que presque toute la nuit il venta et plut à outrance[72] ».

À cette époque, l'Italie – Rome surtout, mais Venise aussi – reste l'endroit à la mode où l'on croise les puissants du jour. Il y rencontre « messieurs de Foix, le sieur marquis de Pisani, et le sieur de Sillery, maintenant très digne chef de la justice, lequel me fit l'honneur de me présenter par deux fois au pape Clément huitième. (...) Outre deux ambassadeurs que j'y ai vu [à Rome] messieurs les ducs de Nevers et le sieur d'Alincourt et de même à Venise messieurs de Messe et de Villiers». Clément VIII étant pape de 1592 à 1605, les deux rencontres que cite Pierre de Lancre se situent donc bien en 1600[73]. Il assiste à l'arrivée du vice-roi de Naples, venu saluer le pape de la part du roi d'Espagne. Dans son sillage, des «Napolitains de galère» se répandent dans la ville éternelle et rançonnent les commerçants[74]. Il croise aussi des juifs, comme lors de ses derniers voyages, et dit-il, «j'ai été si curieux que j'ai ouï fort souvent le sermon que le Pape fait faire pour leur conversion dans la Minerva, où ils sont tenus d'assister en certain nombre[75]».

En cette *anno santo*, il s'intéresse à l'histoire d'un ermite qui apprivoise des petits oiseaux, tel François d'Assise: Clément VIII l'ayant éloigné de son ermitage et installé dans le monastère de la Trinité, les petits oiseaux réussissent à le retrouver et viennent «becqueter et manger des miettes sur sa longue barbe[76]». Son goût pour l'étrange est intact. Il rend visite à une jeune fille qui, dans l'année, s'est transformée en un gros garçon. En février, il rend visite à Naples à une religieuse de la même «famille» spirituelle que Catherine de Sienne. Elle a «depuis trente-six ans (...) des ravissements si extraordinaires que dans la ville la chose est connue pour fort commune. Je lui vis faire ses Pâques l'an Jubilé 1600 au mois de février, tout aussitôt elle fut ravie en extase sans remuer pieds ni mains». Il décide de revenir la voir avec ses compagnons le lendemain. Sur la route, un éboulement de terrain se produit juste après leur passage: «Dieu par ce moyen nous avait garantis d'une chute de quelque terrasse d'une montagne qui était tombée près de la porte de la ville qui nous joignait de si près qu'un cheval venant après s'y était trouvé presque enseveli.» Apprenant ce miracle, la religieuse retombe en extase[77].

Il se rend à Florence où il rejoint une «grosse troupe de gentilshommes français et presque toute la noble troupe de deux ambassadeurs qui étaient venus jusqu'à Florence traiter du mariage du roi avec la princesse de Médicis et de là à Venise». De Florence, il accompagne en effet Villiers à Venise. L'ambassadeur du roi fait partie «de cette honorable famille des

Séguier » et devait devenir plus tard « très digne président au parlement de Paris ». Grâce lui, il assiste au banquet qui suit les noces du doge et de la mer : Villiers lui fait donner une « place honorable en tel endroit que je voyais aisément tout ce qui se faisait dans la salle ». Lancre détaille les cinq grandes tables chargées dc bouteilles de vin et de malvoisie, la succession des plats – rôtisserie, poisson, bouilli, rôtisserie à nouveau, puis dessert avec du massepain –, le ballet enfin, où il voit danser deux enfants juifs, un petit garçon et une petite fille[78].

Après Lorette, Rome, Naples, Florence, Venise, il faut reprendre le chemin de Bordeaux. Il passe par Lyon chez M. de Vic, où il discute avec un protestant qui a promis de se convertir, mais hésite. Il le ferait, dit-il, et croirait « tout ce que l'Église romaine croit, s'il pouvait trouver docteur quelconque en icelle, qui le peut résoudre de quatre ou cinq points, desquels il était en doute[79] ». Lancre confirme par ces récits l'intérêt qu'il éprouve pour les autres religions (judaïsme, protestantisme) et l'importance que représentent pour lui les argumentations intellectuelles.

Il reprend sa fonction de conseiller au parlement et se plonge dans l'écriture de son premier livre. En 1601, Florimond de Raymond meurt à soixante et un ans. Il est enterré le 19 novembre dans la chapelle des Feuillants, située dans l'actuelle rue Paul-Bert, alors rue Saint-Antoine. Il a largement doté l'ordre des Feuillants qui le proclame son « ami et bienfaiteur[80] ». Après le décès de sa première femme, la sœur de Pierre de Lancre, il s'est remarié. Mais il a gardé des liens étroits avec son ex-beau-frère qui l'assiste dans ses derniers moments. Lancre promet à Raymond de prendre soin de ses enfants.

En juin de la même année, les membres de la chambre des requêtes demandent à nouveau à être assimilés aux autres conseillers. Ils veulent « avoir entrée aux chambres assemblées et y opiner, monter à l'audience les jours de grands arrêts ». Mais les parlementaires méprisent la chambre des requêtes et ne veulent pas considérer leurs membres comme des égaux : « À quoi fut dit néant », écrit sobrement Cruseau. Alors, les membres des requêtes s'emportent. Ils dénoncent des pratiques, des « commissions extraordinaires », des « départs sans prendre congé ». Les conseillers au parlement ont un faible pour ces commissions extraordinaires, où ils sont reçus avec grands honneurs et tous frais payés, sans parler d'une indemnité journalière (le président de la commission trois écus, les conseillers deux écus). Aussi certains ont-ils tendance à faire traîner en longueur la commission et à emporter un « superflus de valets et de chevaux[81] ». Ces deux accusations font bondir Pierre de Lancre qui se sent visé. Son frère, Étienne de Rostégui, a récemment participé à une commission et lui-même s'est absenté un an. « À quoi le sieur de Lancre dit que c'était pierre jetée contre son frère, sieur de Tastes, qui était allé en Limousin pour exécuter la commission contre les sergents. » Les membres des requêtes font machine arrière. Ce qu'ils mettent en cause, disent-ils, ce n'est pas l'existence des commissions du parlement, mais leur validité. Quant aux départs « sans prendre congé », ils n'en parlent plus.

Douceur des échanges entre juristes…

Cette même année 1601, Pierre de Lancre atteint un des buts de sa vie : il devient membre de la grand chambre. Mais, comme les bonheurs se suivent rarement, une douloureuse surprise l'attend la même année. Il est envoyé à Nérac en novembre faire partie de la chambre de l'Édit, cette instance formée moitié de juges protestants moitié de juges catholiques. Difficilement acceptée en 1596, elle n'est effectivement mise en place qu'en 1601[82]. Lancre renâcle. Aller juger des litiges entre catholiques et protestants, hors de Bordeaux, n'est pas très gratifiant… Il se rend pourtant à Nérac, avec Cruseau qu'il n'aime guère et d'autres collègues. Les juges sont accueillis à Barbaste le 10 novembre 1602 par les officiers de Nérac venus à leur rencontre. Puis ils font leur entrée dans le château « revêtus en robe d'écarlate » et vont « en la chapelle ouïr la messe du saint-esprit ». Après les cérémonies officielles, les juges entrent dans le vif du sujet et se disputent sur… les émoluments : les catholiques proposent aux protestants de faire un pot commun, les protestants refusent. Il est finalement décidé que le rapporteur du procès aura le quart des épices. Cette décision est prise sur « sollicitation » des « juges de la R.P.R. » et par « la pusillanimité ou appréhension de n'avoir pas assez de procès qui saisit messieurs de Lancre et surtout Mestivier », écrit Cruseau. Une fois de plus, Lancre est « habillé » par son collègue.

Ce débat sur les « épices » illustre un aspect du fonctionnement de la justice. Le coût de la charge étant extrêmement élevé et les appointements annuels faibles – 375 livres –, les conseillers se rattrapent sur les frais de déplacement quand ils sont en mission. Certains abusent, faisant supporter aux villes des frais excessifs d'hôtellerie, de nourriture et de domesticité. Les « épices » surtout permettent de s'enrichir. Ces cadeaux donnés par les parties varient selon l'âge du conseiller, son expérience et son rôle dans le procès. D'où des rivalités féroces pour se répartir les affaires et le refus de Pierre de Lancre de partager les épices[83].

Épices ou pas, le séjour à Nérac lui pèse. Il réussit à ne pas revenir la session suivante[84]. Il garde un mauvais souvenir de cette expérience judiciaire très particulière. Passant plus tard au Louvre, il trouve que la cour du roi a des points communs avec « la chambre mi-partie : on y souffle le chaud et le froid d'une seule bouche[85] ».

En 1607, il publie le *Tableau de l'inconstance et instabilité de toute chose*. Il est âgé de cinquante-quatre ans. Deux ans avant qu'il ne parte juger en Labourd, dans ce livre qui se veut théorique, il laisse paraître des traits de sa personnalité. C'est grâce à ce livre que nous connaissons de manière plus approfondie ce qu'il pense alors.

La première chose qui frappe dans ce long ouvrage, c'est le pessimisme de l'auteur. Quel que soit le sujet qu'il aborde, l'amour, la folie, les sciences, la philosophie, la fortune, les monarques, les chefs de guerre, les gens doctes, tout est négatif, tout est « inconstance », tout est « instabilité ». Cela relève d'une démarche scolastique, un exercice intellectuel dans lequel l'auteur se complaît. Mais ce regard négatif sur les hommes et leurs œuvres, dans le passé et les temps présents, illustre aussi, me semble-t-il, une tendance du tempérament. L'homme qui se livre ainsi est profondément pessimiste sur quelque sujet que ce soit.

L'amour ? Ce « rassasiement tout plein d'aigreur n'est farci que de repentirs[86] ». Parlant d'amour, il n'évoque point sa femme, qu'on ne s'y méprenne pas. Comme Montaigne, pour qui des relations mari-femme réussies se placent sous le signe de l'amitié, l'amour pour Pierre de Lancre ne peut être d'ordre matrimonial. Cette « aigreur » et ces « repentirs » concernent peut-être la liaison dont il eut un fils. Le mariage ? « Ainsi peut-on dire assurément que la vieillesse et le mariage sont désirés par l'homme également, et avec une pareille inconstance. Car à la vérité, chacun désire parvenir et rencontrer tous les deux : mais quand on est une fois entré en possession et que nous sommes vieux, ou mariés, il n'y a nul de nous si content, ni si vieux qu'il n'en voulut être en arrière[87] ». Il est marié, certes, mais souhaiterait bien ne plus l'être. L'homosexualité ? « Naguère, en la cour du parlement de Bordeaux, on condamna à mort une femme pour en avoir épousé une autre : ce qu'il ne faut trouver étrange, vu que tout de même des hommes ont épousé publiquement des hommes. Ce que je n'oserais écrire, tant l'histoire est sale, si elle n'était dans Tacite[88]. »

Ce dernier exemple illustre la démarche de l'auteur : un sujet, sur lequel il livre son sentiment – l'homosexualité. Un fait pris dans son vécu – un arrêt du parlement de Bordeaux. Des références littéraires et historiques – Tacite. Sa répugnance – « tant l'histoire est sale » – n'a rien de spécifique ou d'exceptionnel. Ce qui le révolte d'ailleurs, est-ce l'homosexualité ou la parodie du mariage ? Les deux sans doute, même si pour lui l'homosexualité est dérèglement de la nature, comme le changement de sexe. Il a vu à Rome « la mutation de sexe [d'une] fille (...) qui, en une nuit, un peu auparavant la même année, de fille devint un gros garçon », ce qui montre « combien la nature s'est montrée encore plus inconstance et déréglée[89] ».

Là ne s'arrête pas le dénigrement systématique.

La noblesse ? « C'est une vaine gloire que plusieurs bien sensés tirent en risée. La noblesse qui vient de race, désunie de la vertu, est une marque étrangère qui n'est [pas] fondée sur notre mérite. Nous l'empruntons de nos ancêtres, qui n'ont vu ni participé de notre gloire : néanmoins nous voulons avoir part en la leur[90]. » Voilà les nobles bien habillés ! Remarquons toutefois que l'emploi du possessif assimile l'auteur à ces « nobles de race ». Car il méprise la « noblesse prise en don par rescrit du prince ou achetée à prix d'argent [qui] semble encore de moins de prix[91] ». L'impudent, qui oublie qu'il a acheté sa charge et utilise un nom d'emprunt. L'imprudent, aussi, qui croit que ses origines ne sont pas connues de ses pairs ! Il n'est qu'à lire Cruseau qui, en novembre 1607, l'appelle toujours Rostégui !

Bien des pages témoignent du goût de l'auteur pour l'inexpliqué et l'étrangeté. Ainsi, au début du livre 2 : « Revenant d'Italie, passant par une des plus belles villes de ce royaume [Lyon peut-être], je vis un notable bourgeois », qui a connu tous les honneurs, et est devenu brutalement fou. Un jour, il s'est enfermé dans sa chambre et n'en est plus sorti, trépignant, mordant, hurlant. Il est resté ainsi « comme on me l'a assuré, l'espace de dix-huit à vingt ans ». Cette rencontre avec la folie a suffisamment marqué Lancre pour que, plus de vingt ans après, il s'en souvienne. Peut-être lors de son dernier voyage en Italie, en 1600 ? Cela renverrait l'épisode en 1578.

Mais, à côté de la folie, que de choses étonnantes sur terre ! Ainsi un Auvergnat porte dans son nom l'anagramme de sa mort : « André Puion », soit « Pendu à Riom »[92]. Un homme sauvage a été trouvé en France en 1599 dans une forêt, avec « une grande corne qui lui prenait au haut du front et droitement en milieu allait redoublant au-dessus de la tête »[93]. Et ces deux pierres, mises côte à côte, qu'il voit dans un « rare cabinet de Naples » et qui soudain s'écartent l'une de l'autre avec violence[94]…

Derrière l'étrangeté qui intéresse et inquiète notre auteur, il peut y avoir la main de Dieu, et Pierre de Lancre se rassure. Il évoque un bloc de marbre vu à Ravenne où les veines dessinent « la figure d'un prêtre revêtu de ses ornements levant la sainte hostie ». Le pape Paul III a fait gratter le marbre et « trouva que c'étaient crayons faits par la seule nature ou plutôt par l'auteur d'icelle ». Dans le même registre, l'auteur a vu une autre pierre où « les seules veines du jaspe » dessinent « une tête d'un Sauveur de jaspe oriental, si bien mis en œuvre, qu'il se voit au-dessous de la couronne d'épines, et de l'un de ses yeux et en un autre endroit un peu plus bas, des gouttes de sang parfumées »[95].

Cette curiosité est doublée d'un esprit critique. Il se rend à deux reprises dans la grotte au Chien de Pouzzoles, où se produit une accumulation de gaz carbonique au ras du sol. Oui, écrit-il, les chiens meurent bien, « ce que j'ai vu essayer en deux divers voyages, ayant nous-mêmes par curiosité fait porter un grand chien vigoureux pour éviter toute supposition[96] ». Voilà un homme qui ne veut pas s'en laisser conter et vérifie par lui-même ce qu'on lui expose.

Tel est cet homme, comme on peut le cerner à travers un ouvrage où, sentencieusement, pendant plus de mille pages, il parle de l'inconstance et de l'instabilité des biens matériels, de la nature, des passions humaines. C'est pourquoi il est amusant de s'interroger sur le sens d'un des chapitres consacré à l'instabilité… des juges.

Les mentions marginales se passent de commentaires et disent éloquemment quel regard le conseiller porte sur ses collègues. On peut lire : « Les princes et les magistrats donnent souvent des lois qu'ils violent incontinent les premiers » ; « Inconstance des arrêts » ; « Si les juges doivent être perpétuels ou à temps » ; « Que la corruption des juges est une espèce d'inconstance » ; « Pourquoi est-ce que le juge ignorant est méchant » ; « La plus commune et usitée corruption est celle qui se fait par argent » ; « Les présidents de cour n'ont de pouvoir que sur les âmes sordides » ; « Les défauts de notre justice ». Face à cette dernière mention, il développe l'exemple d'un innocent accusé de vol et condamné au fouet par erreur par le prévôt des maréchaux et des présidiaux. On comprend que le chapitre s'intitule « De l'inconstance des lois, législateurs et magistrats »…

On a vu ses ambitions et ses désillusions, ses réussites et ses intérêts. Son premier ouvrage permet de cerner son goût de l'étrange, l'importance de son sentiment religieux, d'une grande force même s'il est extrêmement traditionnel. Rien pourtant n'explique que pendant quatre mois, cet homme, saisi de frénésie, voie le Diable partout et fasse traquer, torturer, condamner, exécuter des sorcières. En vain cherche-t-on des développements sur les thèses des spécialistes en diabolisme – Bodin, le Loyer, Sprenger et autres Institoris –, dont on verra foisonner les citations dans les écrits postérieurs. Bodin et le Loyer sont cités, certes, mais de façon anecdotique.

Quatre mois décisifs – juillet, août, septembre et octobre 1609 – décident du sens de sa vie : désormais, et jusqu'à sa mort, Lancre sera l'adversaire farouche de la sorcellerie.

Il chemine vers Bayonne en ces jours de juin 1609 pour y affronter le plus grand des adversaires, le Diable, et pour bouter hors de France les « sorcières pâles ».

Mais voyons où en est l'Europe dans cette gigantesque traque des sorcières entreprise depuis… depuis…

Chapitre 4

Quand commence la grande répression

QUAND COMMENCE la grande répression de la sorcellerie en Europe occidentale ? Dans ce Moyen Âge que les humanistes italiens qualifièrent de « gothique » ? C'est ce qu'affirme au XVIIIe siècle l'*Encyclopédie* de Diderot : « On n'entendit jamais parler de magie et de sorcellerie que dans des pays et à des époques plongés dans l'ignorance. C'est pourquoi la sorcellerie régna chez nous aux XIIe et XIVe siècles[97]. »

Pourtant, il n'en est rien. Les bûchers des sorcières s'élèvent au cours d'un XVIe siècle que l'on croit lumineux parce qu'il est le temps d'Érasme, de Vinci, Ronsard et Montaigne ; au cours d'un XVIIe siècle qui est celui de Descartes. Ce n'est pas le Moyen Âge qui élève les bûchers, c'est la Renaissance et l'âge classique.

S'il fallait fixer une origine, on écrirait volontiers : au commencement, il y a Sprenger et Krämer. Au commencement, il y a le *Malleus*...

Nous sommes en 1487, cinq ans avant la découverte de l'Amérique par Christophe Colomb. La France se relève de la guerre de Cent Ans et des luttes entre Louis XI et Charles le Téméraire. L'Europe tente de se reconstruire après la première grande épidémie de peste, cette « mort noire » de Froissart qui a fait disparaître au XIVe siècle entre le huitième et la moitié des habitants selon les lieux : au total, un tiers de la population européenne[98]. Depuis deux cents ans, les hérésies déferlent, constamment combattues : bogomiles, cathares, vaudois, hussites... Pour couronner le tout, au XIVe siècle, le grand schisme ébranle l'Église. Avignon contre Rome. Où est, qui est le vrai pape ? Il y a de quoi épouvanter plus d'une conscience.

Comment ne pas voir, dans ces calamités accumulées, le signe de la fin du monde ?

Certes, il y a longtemps que les chrétiens attendent le retour du Christ et le Jugement dernier. L'Antéchrist va-t-il venir triompher sur Terre ? Ou plutôt le Christ va-t-il venir le vaincre et l'enchaîner pour régner sur Terre pendant mille ans, ce fameux *Millenium* que l'on a confondu avec la peur de l'an Mil ? Le Jugement dernier au contraire est-il proche ? Les interprétations divergent sur le texte de *l'Apocalypse* de saint Jean, auquel saint Augustin consacrait tout un chapitre de *La Cité de Dieu*. Mais la peur du Jugement, de l'Apocalypse, du Diable, hante la fin du Moyen Âge et dessine sur les murs et dans les têtes les danses macabres qui entraînent vivants et morts.

Le Diable est partout, identifié aux idolâtres, aux musulmans, aux juifs, à la femme. On a peur de Satan. « L'accumulation des agressions qui frappèrent les populations d'Occident de 1348 au début du XVIIe siècle créa, de haut en bas du corps social, un ébranlement psychique profond dont témoignent tous les langages du temps – mots et images. Un "pays de la peur" se constitue à l'intérieur duquel une civilisation se sentit mal à l'aise et qu'elle peupla de fantasmes morbides[99]. »

Dans ce « pays de la peur » si fortement décrit par Jean Delumeau, deux inquisiteurs vont lancer le signal de la lutte contre la sorcellerie en publiant en 1487 un texte fondateur, le *Malleus maleficarum*.

Dominicain, Henrich Krämer, né en 1430, connu sous le nom latin d'Institoris, est professeur de théologie. Depuis 1474, il est inquisiteur en Allemagne du Sud. Il sévit dans la région du lac de Constance, où il fait juger et condamner une série de sorcières. Le fait, encore rare, n'est pourtant pas isolé. Des procès de ce type se déroulent alors en Italie, en Suisse et dans l'est de la France. Krämer poursuit son activité à Innsbruck en 1484, y mettant tant de violence qu'il est chassé du Tyrol par l'évêque du lieu. Il fait appel de cette décision au pape.

Dominicain lui aussi, Jacob Sprenger est théologien à Cologne. Directeur d'un des plus prestigieux monastères allemands, il lutte contre la sorcellerie à Sélestat. Un peu plus jeune que Krämer – il est né en 1436 –, il se joint à lui dans la démarche de protestation auprès d'Innocent VIII : il est intolérable qu'on les empêche de poursuivre les sorcières !

Ce n'est pas par hasard si l'on trouve ici deux dominicains. Depuis sa création, l'Inquisition est entre leurs mains. Cela remonte au début du XIIIe siècle. Le concile de Latran en 1215 condamne les juifs à porter un insigne distinctif, la rouelle, institue la confession auriculaire obligatoire[100] et dénonce la montée des hérésies. Dans la foulée s'enchaînent la croisade contre les Albigeois et la création de l'Inquisition, ce tribunal religieux chargé de débusquer les hérétiques. Ce sont les moines regroupés autour de la règle de saint Dominique qui assument la tâche.

Cent cinquante ans après le concile du Latran, au moment même où Krämer et Sprenger officient au sud de l'Allemagne, Thomas de Torquemada, chef de l'Inquisition royale en Espagne et lui aussi dominicain, fait brûler vifs seize mille hérétiques, allant jusqu'à condamner… des morts qu'il fait déterrer et priver de leurs biens.

Mais l'Inquisition espagnole dépend du roi d'Espagne et non du pape. Est-ce pour la contrer et reprendre la main ? Recevant le courrier des deux dominicains allemands qui se plaignent de ce que le clergé séculier entrave leurs démarches, le pape Innocent VIII publie en 1484 – le 5 septembre exactement – une encyclique désignée selon la coutume par ses premiers mots, *Summis desiderantes*, plus connue sous le nom de « bulle des sorcières[101] ». Cette bulle dénonce comme hérétique cette « secte démoniaque » qui a fait récemment des progrès à l'instigation de Satan, « l'ennemi du genre humain[102] », notamment dans les évêchés allemands bordant le Rhin, ainsi qu'au Tyrol et à Salzbourg. On retrouve là, précisément, les régions où sévissent Sprenger et Krämer. Le pape constate que « bon nombre de prêtres et de laïcs » affirment n'avoir pas remarqué de sorcellerie dans leur région et refusent aux inquisiteurs le droit d'exercer leur activité malgré les lettres de créance pontificales. Sous la foi des renseignements délivrés par les deux dominicains, l'encyclique décrit les pratiques de magie – destruction de récolte, épidémie, impuissance masculine, stérilité féminine, débauche avec incubes et succubes.

La bulle du pape n'empêche pas les résistances locales de persister en Allemagne, tant laïques que religieuses. Pour y répondre, Krämer et Spren-

D.R.

L'intérieur d'une maison de sorcière. Bois gravé, Genève, 1570.

ger écrivirent un livre, le *Malleus maleficarum*, qui paraît en 1487. Signé par ces deux hommes alors obscurs, le *Malleus* théorise la lutte contre la sorcellerie. Il va devenir la référence de ceux qui, pendant cent cinquante ans, allument les bûchers sur lesquels vont périr trente mille sorciers et sorcières[103].

Dans le *Malleus*, une large place est réservée à la description des « maléfices », des onguents aux envoûtements, qui menacent aussi bien les récoltes que les humains. Le cannibalisme, les sorcières étant accusées de cuire et dévorer les enfants qu'elles volent, et le sabbat, occasion d'accouplements et de pactes avec Satan, sont développés. Enfin, le livre précise les procédures : jours favorables aux interrogatoires, anonymat garanti aux témoins, emploi de la torture pour obtenir les aveux. L'exécution de la sentence est confiée au bras séculier.

Pour les deux dominicains, la sorcellerie est réelle, l'action du Diable effective, la menace représentée par les sorciers et les sorcières incontestable.

Sorciers et sorcières ? Voire ! Sorcières essentiellement. Le titre l'indique d'ailleurs. Le *Malleus maleficarum* n'est pas le « marteau des maléfices », comme certains l'ont traduit. Le maléfice est *maleficium*. Le « marteau des maléfices » s'écrirait donc *Malleus maleficiorum*. *Maleficus* est le sorcier, *malefica* la sorcière. Le *Malleus maleficarum* est bien le « marteau des sorcières ».

Traquant la sorcellerie, Sprenger et Krämer s'acharnent sur la sorcière. Ce n'est pas le *maleficus*, c'est la *malefica* qui est visée. Ce sont des femmes qu'ils torturent, jugent et condamnent. Ce sont des femmes dont ils dénoncent les pratiques, dans ce livre destiné à de multiples rééditions et à une longue postérité.

À quoi sont dus ces progrès récents de la sorcellerie ? Lisons-les : « Au cours des années, de même que s'accrut le savoir des saints, de même augmentèrent les pratiques nuisibles des esprits malins. De même que la terre fut jadis remplie de la connaissance de Dieu, de même l'univers, à présent qu'il touche à sa fin, est envahi de cette malignité des démons, puisque la méchanceté des hommes augmente et que l'amour disparaît[104]. » Nous voici en présence d'une double menace : la fin du monde (« l'univers touche à sa fin ») et la présence de Satan (« la malignité des démons »). Le Malin a un agent favori, la sorcière. Et longue est la liste de ses crimes : « calamités agricoles, enfants assassinés pour fabriquer des onguents, poudres, empoisonnements, envoûtements par figurines de cire[105] »... Le fait est nouveau : « Il n'est pas insensé d'affirmer qu'au temps de Job il n'existait pas de sorcières. »

Krämer et Sprenger ont-ils débusqué un fait « nouveau », ou tout au moins une réalité qui prend une ampleur inégalée à leur époque, en cette fin du XVe siècle, ou donnent-ils une nouvelle traduction à une réalité existante ? Il faut d'emblée prendre parti pour la dernière hypothèse. La magie, la voyance, la sorcellerie sont très anciennes. En Égypte, source de toutes nos civilisations, elles sont symbolisées par Seth, Thôt et surtout Isis, qui guérissent, protègent, envoient des sorts, rendent amoureux[106]. La Mésopotamie, la Grèce classique, Rome connaissent l'intervention des mages, haruspices, pythies, devins, astrologues, tant dans la sphère publique que privée. Les empereurs romains craignent que la magie ne soit utilisée contre eux et tentent d'en limiter l'usage. Aux IVe et Ve siècles, elle devient réellement suspecte au législateur : Constantin, Théodose, puis Théodose II – l'auteur du code théodosien – la condamnent.

Cette crainte de la magie n'est pas relayée par l'Église. Certes, saint Augustin, dans *La Cité de Dieu*, évoque les platoniciens et leurs trois « niveaux », hommes, démons et dieux, et affirme qu'Apulée « apporte aux démons les prédictions des augures et des haruspices, les oracles et les songes et leur attribue les prodiges de la magie[107] ». Mais il pense que la magie relève de l'imagination plus que de la réalité.

Le Moyen Âge fonctionne sur ce schéma, préférant la persécution des juifs et des hérétiques à celle des sorcières : « Le Moyen Âge ne persécuta que rarement les sorcières. (…) Quand il les poursuivit, ce fut le plus souvent avec modération. Les causes de cette modération tinrent à la position presque constante de l'Église (ce qui ne veut pas dire de tous ses représentants) en faveur d'un assez profond scepticisme à propos des pouvoirs du Diable et de ses fidèles[108]. » La position de l'Église est alors définie par un texte, le canon *Episcopi*[109], qui apparaît au début du Xe siècle, dans les années 900. Le texte est cité pour la première fois par Reginon de Prüm, qui fait allusion à un mystérieux concile d'Ancyre qui l'aurait adopté. Le canon *Episcopi* est-il antérieur au Xe siècle, ou est-il rédigé à ce moment-là et légitimé par une pseudo-référence à un concile dont on n'a aucune trace ? En tout cas, s'il évoque des « femmes scélérates perverties par le Diable », il renvoie le sabbat au rang des imaginations : « C'est l'esprit, et lui seul, qui est victime de ces illusions[110]. » Le sabbat, élément déterminant, accusation principale, recherche prioritaire aux XVIe et XVIIe siècles, n'a pas d'existence pour le Moyen Âge.

Les procès sont donc rares, même si bien des textes sont des signes avant-coureurs. Car la femme a de plus en plus partie liée avec le Diable, et cela dès le XIIe siècle où pourtant sa liberté s'affiche, d'Héloïse à Aliénor, de Marie de France à Marie de Champagne. Ces exemples éclatants n'empêchent pas le moine Bernard de Morlas – à moins qu'ils ne l'incitent au contraire – de dénoncer dans un long poème « la femme ignoble, la femme perfide, la femme lâche ». Comparée à la « pire des vipères », elle est un « gouffre de sexualité[111] ». Le ton est donné. Il n'est pas nouveau, mais son agressivité est significative d'une mentalité en train de changer.

Quelques décennies plus tard, en 1330, le *De planctu ecclesiae*, écrit par le franciscain Alvaro Pelayo à la demande du pape Jean XXII, est une longue litanie, un catalogue sans fin des cent deux « vices et méfaits de la femme ». Le texte réunit toutes les accusations qui depuis longtemps pèsent sur les femmes, en commençant par la première, fondamentale : Ève, « commencement et gouffre du péché ». La femme, devineresse et criminelle, pousse l'homme à l'idolâtrie, trouble la vie de l'Église, accumule les défauts : « insensée, criarde, inconstante, bavarde, ignorante [112] ». Ce texte prémonitoire fait suite à une bulle du même Jean XXII qui, en 1326, assimile la sorcellerie à une hérésie.

La peur de la femme, son assimilation au péché, ses liens avec le Diable, viennent de loin. Ils sont repris par le *Malleus*. Derrière le mot *« femina »*, comment ne pas lire *« fe mina »*, c'est-à-dire « moindre par la foi » (que les hommes) [113] ? Infidèles, luxurieuses, ambitieuses, les femmes ont une « passion charnelle insatiable » ; elles aiment les sexes masculins jusqu'à les arracher et les collectionner (la vieille peur de la castration...). Surtout, le sabbat, relégué au rang des imaginations par le canon *Episcopi*, devient pour les deux dominicains une réalité, dont ils construisent, de torture en torture, les différents aspects.

L'ancestrale peur de la femme ressourcée à la lumière de l'exégèse biblique, la montée des hérésies, les calamités propres au XVe siècle – guerres, famines, épidémies – peuvent expliquer les premiers grands procès de sorcières et la parution du *Malleus maleficarum*.

Dans les cent années qui suivent, cet ouvrage devient la référence suprême des démonologues. Il est maintes fois réédité : pour le seul XVIe siècle, au moins seize éditions en Allemagne, onze en France, deux en Italie. À partir du *Malleus*, la sorcellerie est à l'ordre du jour. Les livres se multiplient. Les débats s'engagent. Et, il faut le dire à l'honneur de bien des hommes de ce temps, certains auteurs vont s'élever avec virulence contre les procès.

C'est en Italie que paraissent les premiers textes hostiles au *Malleus*. En 1505 et 1520, Cassini et Ponzinibio écrivent deux traités sur les sorcières dans lesquels ils nient le sabbat et le pacte avec le Diable. Ce sont respectivement *Questione delle strie* et *Tractatus de lamiis*. Est-ce l'effet de ces livres courageux ? L'Italie ne connaît que peu de chasses aux sorcières, le sénat de la Sérénissime République de Venise allant même jusqu'à refuser de mettre en application des condamnations à mort prononcées par des inquisiteurs.

Dès le début du XVIe siècle, le débat fait rage dans les régions rhénanes.

À Metz, en 1519, Agrippa de Nettesheim défend avec succès une femme accusée de sorcellerie. À l'image de bien des hommes de la Renaissance, il est à la fois juriste, théologien, médecin (il est celui de Louise de Savoie à Lyon, en 1524). Astrologue malheureux, il prédit un grand avenir au connétable de Bourbon qui meurt quelques semaines après... Cet homme éclectique est le premier grand symbole de la lutte contre les obsédés de sorcellerie. Marié deux fois et remarié avec une troisième femme avec laquelle il ne s'entend pas, il se réfugie dans la compagnie de son caniche noir avec lequel il se promène, lui parlant et ayant la fantaisie de l'appeler « Monsieur ». Il n'en faut pas plus pour que ce défenseur des sorcières (il réussit à en sauver un certain nombre) soit accusé de sorcellerie. Pierre de Lancre, qui fait souvent allusion à lui, l'appelle toujours « ce grand sorcier d'Agrippa ».

Agrippa est le maître du grand défenseur des sorcières, Jean Wier.

Jean ou Johannes, Wier ou Weyer, appelé aussi Wierus par ceux qui latinisent son nom, est un Flamand du Brabant. Fils d'un marchand aisé, il se forme dans l'Europe humaniste du XVIe siècle, allant d'Anvers à Bonn, de Bonn à Paris et à Lyon. Élève d'Agrippa, il revient exercer la médecine dans sa ville natale de Grave, où il rencontre le célèbre Faust.

Cet homme de réflexion et d'engagement devient le médecin personnel du duc de Clèves et prend part à la révolte des Pays-Bas contre l'Espagne. Flirtant avec la Réforme tout en restant catholique, il s'élève contre le fanatisme religieux et plaide pour la tolérance, notamment dans une brochure publiée en 1557 où il traite *De la maladie de la colère et de sa guérison par des moyens philosophiques, médicaux et théologiques*. En 1563 paraît *Des tromperies des démons, ainsi que des ensorcellements et des empoisonnements*. Il y fait un rapprochement entre la violence des luttes religieuses et la répression de la sorcellerie. Surtout, il offre aux victimes et aux bourreaux une possibilité de réconciliation : pour lui, Satan existe et intervient dans le monde des hommes, mais il n'y a ni possession, ni pacte, l'homme en étant incapable. La perfidie du Diable consiste à pousser les hommes à juger les sorcières, à faire brûler des victimes innocentes et conduit les juges à la damnation. Jean Wier est l'un des premiers à insister sur le fait que les sorcières sont « généralement de faible constitution et d'âge avancé, qui ne jouissent pas de toutes leurs facultés, de pauvres créatures dépenaillées et besogneuses[114] ». Homme sage et respecté, souvent appelé comme expert lors de procès en sorcellerie et en possession, il a été violemment attaqué, et heureusement protégé par le duc de Clèves et les rois de France.

D.R.

Johannes Wier âgé de soixante ans.

Dans la même lignée, quelques dizaines d'années après, en 1584, Reginald Scot plaide lui aussi vigoureusement contre les procès en sorcellerie dans son livre *Découverte des sorcières*.

Mais, pour quelques humanistes qui prennent fait et cause contre les procès en sorcellerie, combien d'hommes du XVIe siècle s'engouffrent dans l'obsession de l'ensorcellement, la dénonciation et la condamnation des sorcières. Pierre de Lancre ne fera que s'inscrire dans une longue tradition, où s'illustrent notamment des juristes français.

Le fait est facilement explicable. Alors que, dans un certain nombre de pays, les procès sont menés par l'Inquisition qui ne livre le condamné à la société civile que pour l'exécution, en France, c'est la justice civile qui instruit, juge, condamne, exécute.

Jean Bodin est un des grands théoriciens de l'État de droit, un des esprits les plus déliés qui soit. Cet ancien moine, devenu professeur de droit romain à l'université de Toulouse, est le défenseur de la liberté religieuse. Attentif à saisir les nouveaux cheminements des monnaies précieuses en Europe après la découverte de l'Amérique, il est un des fondateurs de l'économie politique. C'est le même homme qui écrit en 1580 *Démonomanie des sorciers*. Il y explique qu'il faut durcir la répression, car des milliers de

D.R.

Jean Bodin, l'auteur de la Démonomanie des sorciers.

sorciers sévissent en France impunément. La preuve même de l'existence des sorciers se trouve dans les condamnations dont ils sont l'objet : si on les condamne, c'est bien qu'ils existent ; et s'ils existent, il faut les poursuivre. Plus les procès se multiplient, plus preuve est faite de l'existence de la sorcellerie. Et rien ne lui est plus insupportable que la négation de cette évidence. Les défenseurs des sorciers lui sont suspects, Jean Wier et Agrippa en tête. Le caniche noir avec lequel Agrippa se promenait est un indice, d'autant que Jean Wier a avoué avoir fait maintes promenades avec son maître en tenant la laisse dudit chien… Il n'en faut pas plus pour que, dans *Réfutation des opinions de Jean Wier*, Bodin ne s'en prenne au caniche, noir comme le Diable qui l'habite. Heureusement, le caniche est mort depuis longtemps, et son maître aussi. Mais Jean Bodin n'en reste pas à la théorie. Devenu juge préposé aux sorciers, il « questionne » et condamne. Le même homme qui prend parti pour la liberté religieuse recommande de faire appliquer le fer rouge aux sorciers pour obtenir des aveux plus sincères, et préconise de faire brûler les victimes à petit feu. Dénombrant les ensorcellements, la *Démonomanie* cite plus de cinquante façons de lier les aiguillettes, obsession de l'impuissance masculine sans doute propre à l'auteur, mais qui participe aussi de son époque.

Le livre de Bodin est loin d'être unique dans cette fin du XVIe siècle. On peut citer, publié en 1579 à Paris, le livre de R. Benoist, *Traité enseignant en bref les causes des maléfices, sortilèges et enfanteries tant de ligatures et nœuds d'aiguillettes pour empêcher l'action et exercice du mariage*. On y retrouve la peur de l'impuissance masculine, qui ne peut avoir d'autre cause qu'un ensorcellement qui « lie les aiguillettes ». Même thème chez Pierre Massé, *De l'imposture et tromperie des diables, devins, enchanteurs, sorciers, noueurs d'aiguillettes*, publié également en 1579 à Paris.

Un docteur en théologie espagnol, L. Vair, publie en 1583 à Paris *Trois Livres de charmes, sorcelages et enchantements*. Trois livres seulement ? Le sujet en vaut bien davantage ! Trois ans plus tard, Pierre le Loyer publie *Quatre Livres des spectres ou apparitions d'esprits, anges et démons, se montrant ostensiblement aux hommes*, cette fois à Angers. Un livre en appelle un autre et, en 1605, le même le Loyer publie chez Nicolas Buon à Paris une édition revue et corrigée (à la hausse) de ce même ouvrage qui devient *Discours et histoires de spectres, ou visions et apparitions d'esprits, comme anges, démons et âmes se montrant visibles aux hommes*, car on se doute bien qu'en cas d'apparitions, il faut un guide expliquant si l'on a affaire à un ange, un démon ou une âme en peine[115].

Les protestants ne sont pas en reste. En 1574, l'Aquitain Lambert Daneau, dit Danaeus, publie *Les Sorciers*, en français, latin, allemand, anglais. Dans ces quatre langues, il demande que les sorciers soient condamnés à mort.

En 1593, c'est un autre grand classique qui paraît, *Disquisitiones magicae* (Études sur la sorcellerie) de Martin Delrio (ou del Rio), où l'auteur n'hésite pas à traiter Jean Wier de « chien enragé ». Né à Anvers de parents espagnols, del Rio, grand érudit parlant cinq langues, est devenu jésuite en Espagne. Revenu en Flandre, il est nommé professeur à Louvain et procureur général du Brabant. Son ouvrage, réédité plus de vingt fois, sert de référence pour les procès en sorcellerie, tant chez les catholiques que chez les protestants, dans tous les pays, et bien entendu en France. Selon lui, un juge qui ne condamne pas à mort un sorcier commet un péché mortel, et quiconque s'élève contre la peine de mort trahit une complicité secrète. Le Français Nicolas Rémy appartient lui aussi à cette « race des érudits inhumains », pour reprendre l'expression de Kurt Baschwitz. Il publie en 1595 *Daemonolatria* (le culte du Diable). Quant à Jean de Chauvaincourt, il fait paraître en 1599 *Discours de la lycanthropie ou la transmutation des hommes en loups*[116]. Et, en 1602, Henri Boguet publie *Des sorciers*, écrit en français et non en latin, qui donne des détails circonstanciés sur les confessions qu'il a arrachées par la torture à une quarantaine d'accusées. Face à un tel déchaînement, Montaigne ou Pierre Charron clament en vain que la sorcellerie est impossible à prouver.

D.R.

Les sorcières au sabbat. Imagerie du XVIIe siècle illustrant six des principales étapes du sabbat et groupant sorcières et sorciers.

Au commencement, il y a donc bien le *Malleus maleficarum*, en 1487. Mais il faut attendre presque cent ans, non pour que le débat s'engage – on a vu les positions courageuses des Agrippa ou Jean Wier –, mais pour que les livres se multiplient. C'est bien cent ans après le livre de Krämer et Sprenger qu'explose le nombre de traités contre la sorcellerie, surtout à partir des années 1580.

Ces livres ne sont pas que des objets de passion intellectuelle. Ce sont des modes d'emploi, écrits par des juges, ou au profit des juges, qu'ils soient religieux ou laïques, qu'ils dépendent du roi ou de la papauté. Car, parallèlement aux livres, les procès vont bon train. Tout au long du XVIe siècle, mais avec une montée en puissance dans les trente dernières années et au début du XVIIe siècle, on peut bien parler d'une frénésie meurtrière.

Entre 1575 et 1591, Nicolas Rémy sévit en Lorraine. Les honorables latinistes l'appellent Remigius. Il publie une effrayante *Demonolatria* en 1595. Il pousse le zèle jusqu'à se déplacer dans les petits tribunaux locaux pour intimider les juges et les forcer à des verdicts de culpabilité et se vante d'avoir à son actif plus de huit cents exécutions (il devait mourir en 1612 à l'âge de quatre-vingt-deux ans).

Les sorcières anglaises jouissent sous Élisabeth Ire d'une situation plutôt sereine. Peut-être parce que la reine a comme conseiller John Dee, surnommé le Faust anglais. Une loi proposée par la reine et votée par le Parlement en 1563 sévit « contre les conjurations, enchantements et sorcelleries », mais elle est relativement clémente. Si on dénombre cinq cent trente-cinq accusations en trente ans, celles-ci ne sont suivies que de quatre-vingt-deux exécutions, dans un pays où, rien qu'à Londres, on pendait trois cents personnes par an [117]. Mais à la mort d'Élisabeth, Jacques VI d'Écosse, fils de Marie Stuart, qui lui succède sous le nom de Jacques Ier d'Angleterre, se pique de démonologie, théorique et pratique. Pendant qu'il était roi d'Écosse, lors d'une série de procès impliquant soixante-dix personnes entre 1590 et 1592, il est allé jusqu'à assister aux séances de torture. Persuadé des progrès de Satan, il publie en 1597 une *Démonologie*. Devenu roi d'Angleterre, il durcit la loi anglaise qui, désormais, condamne à mort là où elle condamnait à la prison.

D.R.

Sorcière au bûcher en 1571.

C'est l'Allemagne qui est de loin la région d'Europe où les procès en sorcellerie font le plus de victimes. La persécution commence dans le courant du XVIe siècle. En Saxe, l'électeur Auguste de Saxe (1526-1586) renforce les dispositions pénales du code criminel de Charles Quint, appelé en l'honneur de ce dernier la « Caroline ». Désormais, les sorciers sont condamnés à mort (cent ans plus tard, dans le même État, Benoît Carpzov aura à son « actif » la mort de vingt mille sorcières). L'exemple de la Saxe est suivi par d'autres princes allemands. Ross, président de la cour de l'État ecclésiastique de Fulda, fait périr entre 1603 et 1606 des centaines de personnes. Selon lui, deux cent cinquante « seulement » sont condamnées, mais nombre d'autres meurent sous la torture. Dans la principauté de Bade, les procès en série commencent dans les années 1600. Ils durent trente ans.

En Suisse, dans le Valais, la persécution contre les sorcières a commencé bien avant le *Malleus* : en 1428, deux cents hommes et femmes sont accusés à la fois d'être vaudois et sorciers, responsables d'avalanches, d'intempéries et de mauvaises récoltes. Ils sont brûlés. Un procès identique se déroule dans le Haut-Tessin en 1457. Puis cent ans s'écoulent. Un siècle plus tard, en 1545, dans la Genève de Calvin frappée par la peste, trente-quatre personnes « avouent » qu'elles ont semé la maladie et sont mises à mort. En 1562, onze autres sont brûlées, puis trois en 1609 (huit autres vont l'être en 1615), toujours lors des retours offensifs de la peste. À Lucerne, entre 1562 et 1572, une soixantaine de personnes sont exécutées. Dans le canton de Berne, au début du XVIIe siècle, les chiffres annuels d'exécutions varient entre onze et cinquante et un.

Les Provinces Unies font figure d'exception avec un seul procès à Amsterdam en 1555, et deux à Utrecht en 1595 et 1600 entraînant trois exécutions. Les rares procès qui ont ensuite lieu, au début des années 1600, se terminent par des relaxes.

Quand Pierre de Lancre est chargé de la mission d'extirper la sorcellerie en Labourd, on voit qu'il s'inscrit dans une continuité européenne et française.

Il faut pourtant souligner à nouveau que dans son premier ouvrage, *Tableau de l'inconstance et de l'instabilité de toute chose*, on ne trouve que peu de références à la sorcellerie, pas plus qu'on ne rencontre la mention de procès la concernant. Cela ne veut pas dire qu'il ne les connaît pas, mais ce n'est pas pour lui un sujet sensible de préoccupation ou d'intérêt.

Une interrogation demeure. Pourquoi a-t-il été choisi par Henri IV ? Quelqu'un a-t-il signalé au roi son goût pour l'étrange ? Lui-même, dans ses séjours à Paris – ne serait-ce que pour discuter avec son éditeur – s'est-il mis en avant, a-t-il noué des contacts ? Sinon, qui a pu le signaler au roi ? Pour le moment, il n'est pas de réponse à ces questions. Une certitude cependant. Cet homme de foi ne peut ignorer les condamnations multiples de la sorcellerie par l'Église. Ce juriste a lu les textes de ses illustres prédécesseurs, Bodin, le Loyer, del Rio, Rémy. Ce juge ne peut pas ne pas avoir connaissance des procédures menées en France, et plus précisément en Guyenne. C'est sur les procès qui se sont déroulés en France, et plus spécialement en Aquitaine dans les années précédant 1609, qu'il faut maintenant se pencher.

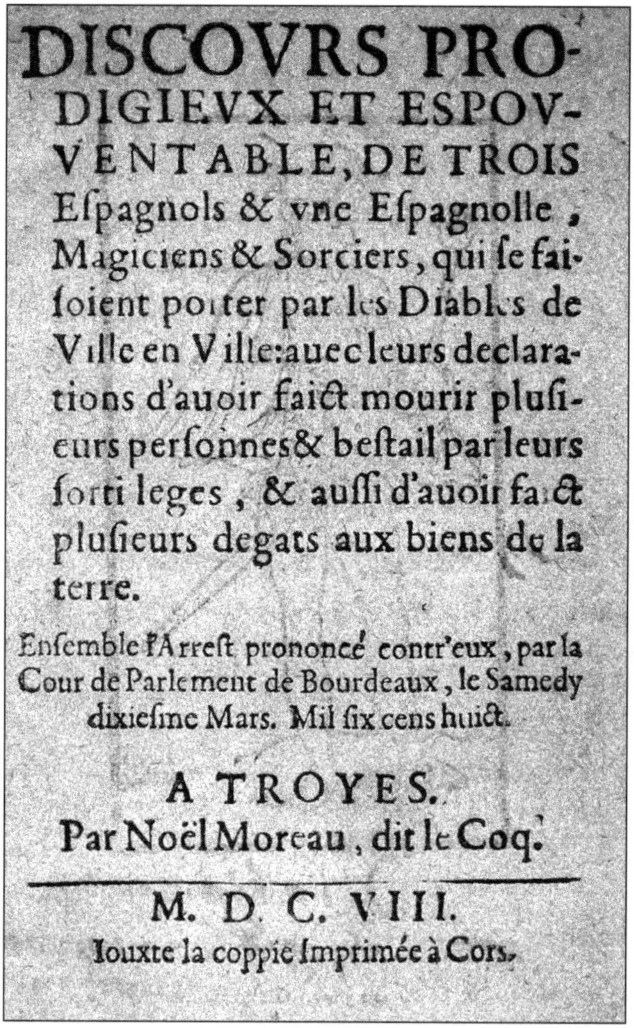

DISCOVRS PRODIGIEVX ET ESPOVVENTABLE, DE TROIS Eſpagnols & vne Eſpagnolle, Magiciens & Sorciers, qui ſe faiſoient porter par les Diables de Ville en Ville: auec leurs declarations d'auoir faict mourir pluſieurs perſonnes & beſtail par leurs ſorti leges, & auſſi d'auoir faict pluſieurs degats aux biens de la terre.

Enſemble l'Arreſt prononcé contr'eux, par la Cour de Parlement de Bourdeaux, le Samedy dixieſme Mars. Mil ſix cens huict.

A TROYES.
Par Noël Moreau, dit le Coq.

M. D. C. VIII.
Iouxte la coppie Imprimée à Cors.

Ce Discours prodigieux et épouvantable de trois Espagnols et une Espagnole… *est un arrêt prononcé à Bordeaux le 10 mars 1608 et publié dans la foulée, pour informer les juges et instruire les populations. Les quatre Espagnols furent condamnés à être brûlés vifs.*

Chapitre 5

Le 20 juillet 1582, un noueur d'aiguillettes

LE 20 JUILLET 1582, un noueur d'aiguillettes, Abel de la Rüe, 22 ans, est condamné à être brûlé vif au marché de Colomiers. La procédure est connue, parce que le malheureux Abel a interjeté appel du jugement prononcé contre lui. Mais le parlement de Paris confirme. Abel est brûlé vif. On ne plaisante pas avec l'impuissance masculine.

Onze ans plus tard, en 1593, Marie le Fief fait appel d'une condamnation prononcée par le lieutenant criminel du sénéchal d'Anjou à Saumur. Le parlement de Paris la condamne à la même peine : elle a fréquenté le sabbat ; elle est brûlée vive.

Cette même année 1593, une autre sorcière, Laurence Boullaud, d'Argenton, accusée de sortilège, est condamnée à être pendue et étranglée, son corps devant être ensuite brûlé. Elle fait appel. Le jugement est identique.

Dix jours après, nouvel appel, de Michel des Rousseaux et sa fille Renée. Eux aussi ont fréquenté le Diable au sabbat. Ils peuvent le décrire : c'est un homme noir appelé Lubin qui « se transforma en bouc et se fit baiser le derrière ». Le père et la fille sont aussi accusés d'avoir utilisé des poudres magiques pour rendre le bétail malade ou le guérir. L'arrêt du parlement, qui confirme la condamnation, précise les conditions du supplice de Michel des Rousseaux : « Faire amende honorable en chemise, tête et pieds nus, devant la principale porte de l'église Saint-Gratien de cette ville de Tours, ayant en sa main une torche de cire ardente d'un poids de deux livres, et là, à genoux, dire et déclarer que, par une abominable impiété, il a oublié Dieu et s'est laissé séduire et tenter par le Diable, l'a servi et adoré. Qu'il s'en repent, en demande pardon à Dieu, au roi et à la justice. Et, ce fait [après que cela a été fait] être mené et conduit par l'exécuteur de la haute justice au grand marché de la ville de Tours, pour y être pendu et étranglé à une potence qui pour cet effet y sera dressée, et son corps mort et réduit en cendres. » Le parlement décide aussi que les « biens meubles et revenus d'un an des immeubles » sont saisis pour couvrir les frais de justice. Quant à la fille, elle doit assister à l'exécution de son père et être ensuite bannie.

Les détails précisés par cet arrêt sont intéressants. On peut identifier deux niveaux d'accusation : maléfices et participation au sabbat. La description de l'exécution est aussi précieuse, car elle n'apparaît pas dans tous les arrêts : marche dans les rues de la ville en chemise, repentance devant l'église un cierge à la main, mort par pendaison, le corps étant ensuite brûlé. En effet, contrairement à une idée reçue, sorciers et sorcières ne sont pas forcément brûlés vifs, même si cela arrive. Ils sont souvent pendus, le corps étant ensuite réduit en cendres pour empêcher toute inhumation et donc la résurrection.

En 1596, un certain Simon Achard fait lui aussi appel. En vain tente-t-il de se défendre des accusations d'être un guérisseur et d'avoir chez lui un ouvrage suspect, *Le Livre des conjurations*. Condamné une première fois à mort le 21 octobre 1596, il voit sa peine confirmée. Et exécutée. En novembre 1598, voici Jacques Roulet, lycanthrope. Le thème des loups-garous fascine les populations, et les juges aussi, qui se demandent s'ils ont à faire à de vrais hommes loups (hommes le jour, loups la nuit) ou à des simples d'esprit. En 1521, deux « loups-garous » ont été brûlés à Besançon par jugement de l'inquisiteur Jean Bois[118]. Depuis, les juges locaux condamnent à mort : c'est le cas pour Jacques Roulet à Angers. Mais en appel, il est déclaré fou et échappe à la peine capitale.

En décembre 1598 – les jugements de sorciers sont nombreux cette année-là à Paris –, un homme de Chalons voit sa condamnation à mort confirmée en appel : accusé d'anthropophagie, il a tué, puis mangé plusieurs enfants (rôtis ou bouillis, précise le jugement). Détail horrible, « on a trouvé un baril plein d'os d'enfants ». Il est condamné au bûcher, et le procès doit être brûlé avec lui, « tant il y avait d'ordure, de vilenie et d'impiété ».

En août 1599, c'est un « insigne sorcier », noueur d'aiguillettes et familier du sabbat qui, condamné à mort à Montmorillon, fait appel. On n'en connaît pas le résultat. À Riom, un autre noueur d'aiguillettes, accusé d'avoir chez lui *Le Testament de Judas*, d'avoir ensorcelé une accouchée et d'avoir empoisonné et ensorcelé Hugues Pradelles de Villeneuve, est condamné à mort. En 1603, c'est une femme de Romorantin, dont le mari est maçon, qui fait appel contre une condamnation à mort pour avoir « nourri une marionnette ». Les archives ne disent pas ce qu'il en advient.

En 1606, les incubes – démons masculins censés abuser des femmes pendant leur sommeil – entrent en scène. « Quelque chose » se jette sur le lit d'une femme « couchée avec son mari dans la maison de Justin Vaillot ». Cet incube se dit « capitaine du saint-esprit » et affirme qu'il a été envoyé par le Diable pour « jouir d'elle comme son mari ». Du coup, elle incite les voisines à venir coucher avec l'esprit. « Elle fut condamnée à être pendue, puis brûlée, ce dont elle appela ». En vain, car la sentence est confirmée.

En 1608, deux hommes – le père et le fils – sont jugés. Une femme les accuse de maléfices : il lui semble que des rats la mangent depuis la ceinture jusqu'à l'extrémité des orteils. Pour se venger, la femme fait mourir la chatte du sorcier (les chats sont réputés être des animaux spécialement diaboliques). Les deux hommes sont ensuite accusés d'avoir participé à des sabbats. Ils nient, subissent la question, passent aux aveux, sont condamnés à être pendus et leur corps réduit en cendres. La sentence est confirmée en appel.

Tous ces procès, ou plutôt ces arrêts du parlement de Paris jugeant en appel, sont soigneusement consignés par Pierre de Lancre qui conclut avec eux son quatrième ouvrage *Incrédulité et mécréance du sortilège pleinement convaincues*, paru en 1622, soit plus de dix ans après sa commission en Labourd.

Le précédent chapitre a rappelé l'ampleur qu'a prise la lutte contre la sorcellerie en Europe. Nous en avons ici une série d'exemples concrets, qui ont de plus l'intérêt d'être cités par notre juge. Douze arrêts, quatorze personnes condamnées à mort, certains arrêts concernant deux personnes jugées ensemble (le père et la fille, le père et le fils, ce qui illustre que l'on peut avoir à faire à des familles de sorciers). Le jugement en appel ne modifie qu'une seule fois la sentence du juge local : dans le cas du lycanthrope, les parlementaires estiment que ce « loup-garou » est davantage fou que loup. Le lecteur d'aujourd'hui s'arrête avec effroi sur les motifs des condamnations. La ligature d'aiguillettes, où le pouvoir du sorcier est censé empêcher un homme d'avoir des rapports sexuels (Abel de la Rüe, l'homme de Riom) ; le sortilège (Laurence Boulleaud) ; les sorts jetés au bétail (Michel des Rousseaux et sa fille) ; la fréquentation du sabbat (Marie le Fief, Michel des Rousseaux, les deux hommes père et fils, l'« insigne sorcier » de Montmorillon) ; les rapports sexuels avec des incubes en présence du mari. À noter la présence aggravante de livres suspects, comme *Le Livre des conjurations* ou *Le Testament de Judas*. Les accusations de meurtre sont rares : deux cas seulement, dont l'horrible histoire de l'anthropophage.

Pierre de Lancre cite de nombreux autres arrêts, mais postérieurs à 1609. Je n'ai retenu ici que ceux dont il pouvait avoir connaissance au moment de sa mission. Nous n'avons pas la certitude qu'il les connaissait dans le détail. Quel que soit son goût pour l'étrange, sa curiosité ne semble pas encore se porter sur la sorcellerie. Mais il n'y a pas que le parlement de Paris qui juge en appel la sorcellerie. Celui de Bordeaux le fait aussi, et Lancre ne peut qu'y être attentif. Nous en avons connaissance grâce à plusieurs sources : Pierre de Lancre, Étienne de Cruseau, et d'autres documents parmi lesquels un « procès extraordinaire » qui passionne l'opinion en 1608 et dont l'arrêt est publié la même année.

Remontant jusqu'aux années 1580, arrêtons-nous sur un texte concernant le président Lagebaton, mort en 1583, soit un an après l'entrée de Lancre au parlement. Le président du parlement de Bordeaux s'est livré sur des sorciers à la recherche de la marque du Diable « laquelle expérience (…) a été faite par plusieurs, même par le sieur de Lagebaton, lequel, comme premier président en la Cour du parlement de Bordeaux, la secte de Luther et celle de Calvin étant en quelque vogue, désirait découvrir toutes sortes d'hérésies et d'impostures que le Diable allait semant partout, et régler le Parlement sur ce qu'on devait croire et juger[119] ». Ce texte souligne les liens qui existaient dans les esprits entre la sorcellerie et le schisme religieux. Si Pierre de Lancre dit vrai, il renvoie à des procès en sorcellerie à Bordeaux vers 1582.

Il faut attendre la fin du siècle pour trouver trace effective de procès. En 1595, un arrêt est « prononcé en robe rouge » sur « l'infestation des maisons par les mauvais esprits et démons ». Une maison de Bordeaux, rue de la Rousselle, est hantée par un esprit prenant la forme d'un petit enfant qui fait trembler meubles et ustensiles, se jette sur l'estomac des personnes, transporte les servantes du grenier à la cave, bat les gens. L'arrêt, signé du président Nesmond, concerne des conflits de location : les locataires ne veulent pas payer le loyer de la maison hantée, au grand dam des propriétaires. À la même époque, un procès désigne une autre maison, située rue de l'Échafaud-Neuf, qui a été hantée pendant quarante ans par des apparitions. Les maisons hantées sont un phénomène très ancien, et vécu comme tel déjà à l'époque. « Et pour ne nous éloigner de notre ville de Bordeaux, ceux qui ont dressé la *Chronique bourdelaise* ont trouvé dans leur Maison de ville certain registre qui disait que dans la même ville il y a quelque temps furent surpris une certaine troupe de voleurs de nuit, enchanteurs et sorciers, lesquels dérobaient les églises, désenterraient les petits enfants desquels ils prenaient les bras. » Ils sont condamnés à la pendaison par le maire et les jurats[120]. Ce document non daté, mais ancien, rappelle la multiplicité des lieux de justice (ici, une justice municipale qui peut condamner à mort) et la peur de la nuit qui hante l'époque : nuitamment, les voleur pillent les églises et déterrent les morts de cimetières. S'ils narguent ainsi Dieu et la mort, c'est qu'ils n'ont pas peur du Diable et sont ses alliés. Quant à l'accusation de déterrer des cadavres de petits enfants, elle renvoie aux innocents, ces nouveau-nés enterrés avant le baptême qui attendent dans les limbes. S'attaquer à leurs restes, c'est les priver de la vie éternelle.

En 1594, le 10 février, le parlement de Bordeaux juge en appel une femme de La Souterraine « accusée d'être sorcière ». Elle nie pendant deux jours, puis « confessa avoir accointance avec le Diable, la semence duquel elle sentait être très froide et avoir été portée au luch de Doume ». Dans ce lieu du sabbat, elle rencontre une vingtaine de personnes, « le grand bouc menant la danse ». « Elle y reconnaît un prêtre, curé de la paroisse de

Lybrac» et décrit quelques aspects d'une messe noire : ornements noirs, signe de croix fait de la main gauche, cierges et chandelles noirs. « La sentence de mort fut confirmée », écrit sobrement le juge de la Tournelle, qui n'est autre qu'Étienne de Cruseau[121].

À une date inconnue, mais qui se situe au plus tard en novembre 1599, Lancre assiste au procès de Jeanne Bodeau – « au jugement de laquelle j'assistais à la Tournelle » – dont le rapporteur est son beau-frère Florimond de Raymond. Les aveux de l'accusée permettent à Raymond de préciser les modalités de la messe noire. Il est en effet le premier « moderne », selon Pierre de Lancre, à en décrire le déroulement : « On disait quelque sorte de messe au sabbat, le prêtre étant revêtu tout aussi que les nôtres, et lui étant tout au côté du Diable : qu'on y faisait l'élévation avec une hostie noire toute simple[122]. »

En 1603, le 6 septembre, le parlement rend l'arrêt dit du loup-garou, prononcé par le premier président Daffis, « en la séance solennelle (...) en robe rouge ». Cet arrêt, dont Michelet fait état dans *La Sorcière*, est très proche de celui que Paris a rendu quelques années auparavant sur le même sujet. Il s'agit d'un garçon, Jean Grenier, qui s'accuse de se transformer en loup et de dévorer en ces occasions des enfants et des chiens. L'arrêt présente d'abord l'opinion des anciens, cette transformation des hommes en loups étant contredite par Hérodote, Pline, saint Augustin et des conciles. Saint Jérôme et Sénèque sont aussi appelés à la barre, sans oublier Ovide et ses *Métamorphoses*. Heureusement, la cour, tout en citant ces illustres références, a le bons sens de faire examiner Jean Grenier par deux médecins qui concluent à une pure imagination de sa part. Le parlement de Paris ayant conclu dans le même sens en 1598, le garçon est déclaré fou et condamné à l'enfermement, au grand regret de Lancre, qui pense que les victimes sont réelles et non imaginaires : « Les personnes qu'ils [les lycanthropes de Paris et de Bordeaux] confessaient avoir égorgées et mangées en partie se trouvassent véritablement morts ou estropiés, qu'ils en eussent la gorge chaude et toute sanglante lorsqu'ils furent menés devant les juges[123]. »

Il existe également un arrêt prononcé à Bordeaux le 10 mars 1608 et publié dans la foulée, pour informer les juges et instruire les populations.

C'est le *Discours prodigieux et épouvantable de trois Espagnols et une Espagnole, magiciens et sorciers, qui se faisaient porter de ville en ville : avec leurs déclarations d'avoir fait mourir plusieurs personnes et bétail par leurs sortilèges, et aussi d'avoir fait plusieurs dégâts aux biens de la terre.* Le récit de ce procès, qui précède de quelques mois à Bordeaux la mission de Pierre de Lancre, vaut qu'on s'y attarde.

Passons sur le préambule qui invoque Dieu, Moïse et le Diable…

Ce sont quatre Espagnols, trois hommes et une femme. Guérisseurs et jeteurs de sorts, ils ont le pouvoir, quand ils reçoivent « quelque déplaisir de quelques-uns », de « faire sécher les bleds, et de même les vignes ». Quant au bétail, « il languissait quelque trois semaines puis demeurait mort ». Les accusés voyagent à travers l'Europe : Piémont, Provence, Franche-Comté, Flandres… avec un mode de transport fort original : « ils se faisaient porter par les Diables dans les nuées de ville en ville, quelquefois faisant 100 ou 120 lieues le jour ». Mais voilà que les Espagnols veulent faire aimablement profiter de cette faculté un curé bordelais. Celui-ci, sommé par les juges de rendre de l'argent qu'il devait, se trouve à Dôle où il court après un créancier. Il est bien en peine : les juges lui ont donné un mois de délai pour rembourser, et ce mois est sur le point d'expirer. Qu'à cela ne tienne, disent les sorciers espagnols, bons princes : « Ne vous déconfortez nullement ; il est près de midi, mais je veux que nous allions coucher à Bordeaux ». Et la magie agit : « Néanmoins après s'être assis tous ensemble ils se mirent à sommeiller ; au réveil du curé, environ les six heures du soir, ils se trouvèrent aux portes de Bordeaux. » Le curé ébaudi parle à ses amis de ce fabuleux voyage. Las, l'affaire arrive aux oreilles d'un conseiller au parlement de Bordeaux. Quand prêtres et juges se donnent la main, les sorciers n'ont qu'à bien se tenir. « On fouille leurs bagages où se trouvent plusieurs livres, caractères, billets, cire, courts parchemins, et autres denrées servant à magie ; ils sont examinés, ils confessent le tout et plus qu'on ne leur en demandait. » Le lecteur appréciera la naïveté ou l'ironie de la dernière remarque…

Ils avouent « avoir fait périr les fruits de la terre, aux endroits où il leur plaisait, d'avoir fait mourir plusieurs personnes et bétail ». Et surtout, ils « étaient résolus (…) de faire plusieurs maux du côté de Bordeaux ». Le jugement tombe. Diego Castallin, Francesco Perdillo, Vincento Totrados et Catalina Fiesola sont condamnés à « être pris et menés par l'exécuteur de la haute justice à la place du marché aux porcs et être conduits sur un bûcher pour y être brûlés tout vifs et leurs corps être réduits en cendres, ensemble avec leurs livres, caractères, couteaux, parchemins et autres servant magie[124] ».

La morale de cette histoire est qu'il vaut mieux ne pas rendre service à un curé, surtout endetté (celui-ci s'appelait messire Benoît de la Faye, natif d'Ambuy près de Bordeaux). Car il est bien possible que ledit curé ait trouvé une solution pour éviter de payer ses dettes en accusant les quatre Espagnols, qui ont été brûlés pour des crimes qu'ils étaient accusés de vouloir commettre…

En novembre 1608, et pour une année, Pierre de Lancre siège à la Tournelle, où se succèdent par roulement les conseillers des différentes chambres. Dans les jours qui suivent fin novembre, il est rapporteur d'une affaire de sorcellerie, concernant « un nommé Léger Rivasseau, lequel confessait avoir vu plusieurs fois le sabbat, mais de loin (disait-il !), (…) même y avoir vu Jeanne Perrin, sa compagne ». Léger Rivasseau est accusé d'avoir fait un pacte avec le Diable, « cet homme noir ». En échange de la promesse de « guérir et désensorceler, (…) il fallait qu'il lui baillât deux doigts et demi de son pied ». Et Pierre de Lancre le constate personnellement : il manque bien « les deux doigts et demi que le Diable avait emportés. Et il savait fort bien guérir ».

En janvier 1609, il juge une autre sorcière, Stevnote de Audebert, qui, dit-il, « *nous montra* une promesse contenant le pacte et la convention qu'elle avait faite avec le Diable qui l'avait séduite, écrite en sang de menstrues[125] ». Les procès en sorcellerie se multiplient alors : « Cette année 1609, la cour du parlement de Bordeaux en a condamné une infinité ». La même année 1609, en effet, c'est la célèbre affaire d'Isaac de Queyran, « sorcier notable » et protestant de surcroît, originaire de Nérac, domestique de son état. Un enfant de la bonne bourgeoisie de Nérac (« de bonne maison ») devient muet, tombe en léthargie, et accuse le domestique : celui-ci l'a ensorcelé grâce à « quelque drogue dans une noisette », de sorte que l'enfant en « demeura presque muet et longtemps aux abois de la mort ».

Chassé, placé chez un nouveau maître à Bordeaux, Isaac de Queyran revient à Nérac pour perpétuer ses maléfices par la voie des airs, le Diable mettant à sa disposition « un petit démon qui l'accompagnait toujours ». Questionné, le domestique avoue l'ensorcellement, le transport aérien et la participation au sabbat : « Il avait été aussi transporté par-dessus la porte Daufin et de là qu'il allait au sabbat au carrefour du palais Galiène[126]. » Cette porte Daufin, élevée à l'initiative du maréchal d'Ornano, a été ouverte dans l'enceinte du XIVe siècle en 1605 en l'honneur du futur Louis XIII, alors âgé de quatre ans[127]. Quant aux ruines du « palais Galiène », l'amphithéâtre romain que les Bordelais appellent le Palais Gallien, elles sont situées en un lieu extérieur aux remparts, propice aux prostituées, aux voleurs et aux sorcières[128].

Isaac de Queyran, condamné, est pendu et brûlé.

Lancre souligne à plusieurs reprises le double caractère, récent et massif, de la sorcellerie. « La susdite secte des sorcières a commencé à pulluler il n'y a guère plus de cent cinquante ans », écrit-il dans *Incrédulité et mécréance*, ce qui ramène à la seconde moitié du XVe siècle, au moment où sévissent Sprenger et Krämer, auteurs du *Malleus maleficarum*. Et il précise : « Du temps du roi François, il fut déféré en France plus de cent mille sorcières[129]. » Il fait allusion a des arrêts du parlement de Toulouse qui aurait fait procès en 1577 à quatre cents sorcières, c'est du moins ce qu'il a lu dans un livre.

Attestée à Paris et à Bordeaux, où les parlementaires jugent soit en appel soit directement, la sorcellerie l'est aussi dans des villes moyennes, où se déroulent des procès comme on les a vus à Tours, Saumur, Montmorillon, Angers ou La Souterraine, sans que l'on puisse savoir s'il s'agit du lieu de jugement ou de l'endroit où vit le sorcier. Il est temps de plonger dans une Guyenne plus rurale, vers les Landes, le Béarn, le Pays basque.

Le plus ancien texte béarnais date du XIVe siècle. Il concerne une femme de Lucq poursuivie comme « posoère ». Il faut attendre 1452 pour trouver un autre texte sur la sorcellerie, précisant qu'un sorcier est emprisonné, sans que l'on connaisse son sort. Quels que soient les « trous » des archives, cela ne fait jamais que deux allusions en cent ans. Rurale, orale, à base de boissons magiques et de prédictions, la sorcellerie n'intéresse pas encore les maîtres de l'écrit.

« Posoère » vient de *potio* – potion, drogue, poison. On dit aussi « faytilhère », de *factura*, le maléfice. Le mot vient sans doute de *fatum*, le destin, d'où vient *fata*, la fée, et *faturarii*, les devins, ceux qui prédisent l'avenir. Elles sont aussi appelées brouxes, ou brusches, ou brouches, mot très proche de l'espagnol *bruja*, la sorcière.

À partir de 1550, les procès s'accélèrent, du moins au vu des documents d'archives. Dans les Landes, à Souprosse, le 24 mai 1554, une famille est obligée de vendre des terres pour payer les frais de procès contre « cinq sorcières maléfiques qui comme telles ont été condamnées à souffrir à mort[130] ». La même année, à Dax, un document présente les dépenses qui doivent être remboursées à l'avocat du roi par le receveur de la sénéchaussée des Landes, pour la mise à la torture de vingt-cinq sorcières, et l'exécution de dix-huit à vingt d'entre elles : achat de cordes, de paille, fagots et gros bois, paiement du barbier qui rase les corps pour la recherche de la marque du Diable, salaires des bourreaux qui pendent et étranglent six des sorcières exécutées, puis brûlent leurs corps, achat de bois, de résine, de souffre, de poix, de goudron. Sans oublier les frais de charpente, les échelles doubles pour le gibet, le salaire de la trompette qui assiste aux exécutions, le prix des cierges portés par les sorcières allant au supplice.

Seulement six des sorcières sont pendues. Soit les autres sont brûlées vives, soit elles sont exécutées en un autre lieu et relèvent d'un autre registre de dépenses. L'approximation (dix-huit à vingt sorcières exécutées) se trouve dans le document, ce qui prouve le peu d'attention qu'on y accordait. Il est intéressant de rapprocher cette note de frais de l'arrêt du parlement de Paris qui précisait les modalités d'exécution de Michel des Rousseaux[131]. À quarante ans de distance, les deux faces d'une même réalité : le décor et son envers.

Deux ans plus tard, en 1556, le roi Henri II envoie un courrier à ses officiers de justice de Dax, par l'intermédiaire de Jean de Daillon, comte de Lude, pour « procéder au fait des sorcières et des sorciers ». Le comte répond qu'il a bien diffusé le courrier royal et que les officiers vont « faire justice ». Il ajoute qu'il « en est bien besoin, car je ne vis jamais si grand pitié de ce que l'on en dit et du grand nombre qu'il y en a[132] ». En 1565, deux sorcières d'Orthez, Bourguine et Guirautine, sont condamnées à être « traînées sur la claie, puis pendues et brûlées[133] ». Entre 1566 et 1576, le lieutenant du bailli du Labourd, Boniface de Lasse, juge et fait exécuter une quarantaine de sorcières, dont, en 1576, Marie de Choropique et Marie Camboue à Ustarritz[134].

En 1582, une lettre des jurats de Bayonne demande au parlement de Bordeaux d'envoyer une commission pour juger la sorcellerie[135]. En octobre 1583, les États du Béarn supplient Catherine de Navarre de protéger le pays contre les actes « abominables » des sorcières, qui sont en nombre considérable dans certaines localités, *« diffamatz d'estar remplies de posoères »* : des villages entiers ont la réputation d'être remplis de sorcières. Catherine de Navarre fait ordonner « de vives poursuites » pour que « bonne et brève justice soit rendue ». Peu après, les États engagent une nouvelle démarche : « les sorcières commettant des crimes extraordinaires, il faut qu'elles soient poursuivies extraordinairement », écrivent-ils à la princesse[136].

À la fin du XVIe siècle, la sorcellerie est donc vécue comme un phénomène insupportable, que le pouvoir est appelé à réprimer sévèrement. Les différentes actions de justice locale, malgré l'importance des chiffres des exécutions, semblent insuffisantes pour l'enrayer. En 1592, un arrêt de la chambre criminelle du Béarn condamne deux sorcières à être pendues, puis brûlées : Arnaudine Trouill et Johanne de Carrère. La même année, un sorcier béarnais est emprisonné, sans que l'on connaisse son sort. L'année suivante, en 1593, une commission parlementaire part de Bordeaux pour aller juger des sorciers à Bayonne. Étienne de Cruseau est un des juges. Il y retourne en 1605 : « Le 13 septembre 1605, je partis de la présente ville [Bordeaux] pour aller vaquer à l'instruction du procès criminel fait contre les sorciers en la ville de Bayonne, en compagnie de messieurs Joseph de Terneau et de Desaigues, conseiller et procureur au parlement de Bordeaux. » Cruseau, qui est accompagné du procureur et d'un autre juge, Terneau, ne dit rien de plus sur la procédure. Mais il indique l'origine de cette commission, une double requête émanant de Guiraud de Sanso le Jeune, bailli de Saint-Jean-de-Luz, et du maire et de conseillers municipaux de la ville, qui se nomment Lasson pour le syndic et d'Auriol pour un des jurats.

Cette mission, qui dure cinq jours[137], concerne dix-sept sorcières qui ont été transférées à Bayonne. Décision est prise de remettre en liberté cinq des accusées, et d'envoyer les douze autres à Bordeaux pour jugement, sans que l'on sache ce qu'il en advient[138]. En 1609 enfin, Laurens, juge à Capbreton, condamne une sorcière à être « fustigée par cantons et carrefours » jusqu'à Bayonne, où elle est exécutée[139]. Or, Pierre de Lancre parle d'une femme « exécutée un peu avant notre commission », nommée Saubadine de Saubiette. Est-ce la même ? C'est possible.

En conclusion, on peut dire que sur le plan théorique, après le coup de tonnerre du *Malleus maleficarum*, les premières bulles papales et les controverses initiales (Agrippa, Wier), il faut attendre les vingt dernières années du XVIe siècle pour que les livres se multiplient, avec une place notable prise par des juristes. L'Église accompagne le mouvement. En 1585, une bulle de Sixte V dénonce les pratiques des astrologues et des devins (Nostradamus, mort depuis vingt ans, ne risque plus rien !). La même année, le concile de Tours jette l'anathème contre les magiciens, les devins et les sorciers. En 1609, au concile de Narbonne, cette excommunication est solennellement renouvelée contre tous ceux qui usent de maléfices, sortilèges et enchantements. Parallèlement, on a vu les procès se multiplier, la théorie et la pratique se nourrissant l'une l'autre. À partir de 1575, de grandes vagues de procès entraînent des persécutions massives : Jean Bodin à Paris, le Loyer au présidial d'Angers, Nicolas Rémy (le terrible Remigius) en Lorraine avec un millier d'exécutions, Henri Boguet et les six cents sorcières exécutées à Saint-Claude. Ces vagues massives autour de terribles exécuteurs masquent une répression plus ordinaire, qui apparaît à travers les arrêts des parlements et des présidiaux : des procès plus rares, et plus épars et moins massifs, mais qui connaissent eux aussi une accélération.

Dans les présidiaux, les procès s'intensifient à partir des années 1550, dans les parlements à partir de 1590, comme on l'a vu dans les exemples de Paris et Bordeaux. Cela veut-il dire qu'avant il n'y avait pas de procès en sorcellerie ? Rien n'est moins sûr. D'abord parce que les sources ont souvent disparu. Ensuite parce qu'à ce moment-là, la procédure d'appel commence à se généraliser. C'est net pour Paris : tous les arrêts cités par Lancre sont des appels de jugements locaux établis par les tribunaux de Montmorillon, Colomiers, Tours, Saumur ou Chalons. Cette procédure peut sembler être une garantie pour les accusés. Il n'en est rien puisque Paris confirme toujours la condamnation, sauf dans le cas du lycanthrope Jacques Roulet. Dans un monde judiciaire complexe en train de se remodeler, les parlements organisent et hiérarchisent, en se plaçant à la tête de la hiérarchie, mais ne modifient que peu les jugements locaux.

À Bordeaux, les exemples connus vont dans le même sens. En appel, Bordeaux confirme la condamnation à mort de la sorcière de La Souterraine, et casse la condamnation du lycanthrope, comme l'a fait Paris. Si l'on écarte les affaires de maisons hantées, on note aussi une accélération des condamnations en première instance en 1608-1609, avec Léger Rivasseau, Isaac de Queyran, Stevnote de Audebert et les quatre Espagnols.

On peut ainsi déterminer deux moments charnières : une accélération des procédures locales à partir de 1550, un début de généralisation de l'appel à partir de 1590. Avant, les sorciers condamnés sont immédiatement exécutés ; après, ils sont jugés à nouveau par les parlements, mais cela ne fait que différer leur exécution. Soulignons enfin dès les années 1550 la relative fréquence de jugements collectifs : vingt-cinq sorcières à Dax vers 1554, cinq à Souprosse, quarante entre 1566 et 1576 en Labourd. Certes, on n'en est pas aux centaines de Bodin, Rémy ou Boguet. Mais une tendance lourde est en train de se profiler.

Les accusations contre les sorcières concernent des atteintes portées aux biens et aux personnes, comme la ligature des aiguillettes ou les maladies du bétail, mais aussi les accointances avec le Diable, dont le portrait se dessine en filigrane, homme noir qui se transforme en bouc, dont la semence est froide, et qui a le goût de se faire baiser au derrière. Cette image d'inversion se confirme dans la cérémonie du sabbat, avec les ornements sacerdotaux, noirs, comme les chandelles, ou le signe de croix fait de la main gauche. Une menace pèse sur les enfants, dont les sorciers déterrent les cadavres ou qu'ils entraînent au sabbat.

Pierre de Lancre a-t-il une connaissance précise de tout en juin 1609 ? La réponse est, me semble-t-il, positive. Il est présent au procès de Jeanne

Bodeau, entre 1590 et 1599, rapporteur à celui de Léger Rivasseau et de Stevnote de Audebert en 1608 et 1609. Ami et beau-frère de Florimond de Raymond, qui précise les modalités de la messe noire, il ne peut qu'être attentif à tous les procès qui se multiplient à Bordeaux, que ce soit celui de Jean Grenier, d'Isaac de Queyran ou des quatre Espagnols. Il sait qu'Étienne de Cruseau, ce collègue qui ne l'aime guère, a participé à deux commissions à Bayonne pour juger des sorciers, en 1593 et en 1605. Pourtant, on ne peut le considérer alors comme un spécialiste. Pour quelle raison, dans ce cas, Henri IV l'a-t-il désigné ? Son nom a pu lui être « soufflé » par cet officier domestique, ce protestant chez qui Lancre descend plusieurs fois à Paris. À moins que ce ne soit par Villiers, que Lancre a croisé à Rome en 1600, et qui est devenu depuis président du parlement de Paris. La piste la plus probable reste pourtant Sillery. Il le rencontre à Rome en 1600, il le connaît suffisamment pour que Sillery lui obtienne une audience avec le pape Clément VIII. Depuis, Sillery est devenu garde des sceaux d'Henri IV et Pierre de Lancre devait lui dédicacer les deux éditions du *Tableau de l'inconstance des mauvais anges et démons*, en 1612 et 1613. Les deux dédicaces sont différentes, mais celle de 1612 est explicite : « Vous en avez décerné la commission souveraine par le commandement de Sa Majesté, et la nous avez donnée[140]. » Chargé par Henri IV de désigner un juge du parlement de Bordeaux, le chancelier a pensé spontanément au conseiller qu'il connaît plus spécialement.

Une autre question se pose, celle des réticences du parlement à enregistrer les deux premières lettres du roi. Il est possible que la personne même de Pierre de Lancre ne plaise guère à ses collègues. Les attaques virulentes qu'il a produites deux ans auparavant contre « l'instabilité des juges » ont de quoi les rebuter. Le président Daffis a dû apprécier tout particulièrement la mention marginale affirmant que « les présidents de cour n'ont pouvoir que sur les âmes sordides », et s'en souvenir au moment où est arrivée la première lettre d'Henri IV désignant le seul Pierre de Lancre pour la commission de justice. Mais cette réserve vis-à-vis de l'homme ne suffit pas à expliquer la lenteur de l'enregistrement, surtout après la désignation d'un deuxième conseiller, d'Espaignet. Il faut prendre la protestation du parlement au pied de la lettre : il rechigne à laisser la commission juger jusqu'à la peine de mort inclusivement tout simplement parce que son pouvoir est remis en cause. Depuis vingt à trente ans, les parlements jugent en appel les cas de sorcellerie – au moins 1582 pour le parlement de Paris et 1594 pour celui de Bordeaux. C'est vrai tant pour les jugements rendus par les présidiaux que pour ceux des commissions parlementaires. Le débat a dû être rude au parlement et Pierre de Lancre vexé, car il justifie la décision du roi à plusieurs reprises. Ainsi, il se réfère aux condamnations prononcées entre 1566 et 1576 par Lasse, qui fait mourir les sorcières « sans avoir égard à l'ordonnance et style des parlements » – la phrase est-elle ironique ou acerbe ? – et s'étonne des pratiques selon lesquelles, si le condamné ne fait pas appel, « le substitut du procureur général (...) doit interjeter appel de la condamnation à mort ». Dans la foulée, il cite Henri Boguet pour qui la sorcellerie étant un crime « qui se commet de nuit et toujours à cachettes, il faut qu'il soit traité extraordinairement, sans y observer l'ordre du droit ni des procédures ordinaires[141] ». Le débat est vif entre les cours qui tiennent pour la « procédure ordinaire » – l'appel – et les juges qui, délégués sur place, sont partisans de la « procédure extraordinaire » qui leur donne tout pouvoir et leur permet de juger sans appel. Il va durer tout le siècle.

Quant à la décision d'Henri IV de donner tout pouvoir à la commission, elle est sans doute due à son exaspération. La situation se dégrade depuis plusieurs années dans une zone frontière qui touche le Béarn ; les précédentes commissions de justice n'ayant rien résolu, il souhaite à la fois éradiquer le mal et éviter aux plaignants les frais d'un déplacement à Bordeaux.

Les mois d'atermoiements s'achèvent, la lettre est enregistrée, les bagages sont prêts. Pierre de Lancre et Jean d'Espaignet quittent Bordeaux le 27 juin 1609. Ils ont envoyé une lettre disant au lieutenant du sénéchal qu'ils pensent arriver à Bayonne le 2 juillet, après une semaine de voyage.

Quittant Bordeaux, ils auraient pu longer l'Océan, chevauchant à travers « les sablons et les bois », les bruyères et les fougères, et déjà les pins. Ils se seraient arrêtés à Belin et à Laboueyre pour changer de monture. En deux jours, ils auraient été à Dax, et le troisième à Bayonne. Mais ils ont

Carte de la Guyenne en 1595.

pris l'autre chemin, plus long mais plus confortable, la route des « petites landes ». Ils ont remonté la Garonne jusqu'à Langon, logé à Bazas à l'auberge du Chapeau-Rouge, qui porte le même nom que la célèbre auberge de Bordeaux. À travers sables et forêts, les voici à Captieux, puis Roquefort, Mont-de-Marsan. Là, ils prennent un bateau pour descendre la Midouze jusqu'à l'Adour, traversant ainsi la Chalosse, ses étangs et ses vignes. Ont-ils goûté aux vins de Chalosse et de Maransin qui s'exportent par Bayonne depuis le Moyen Âge et même l'Antiquité ? Ils arrivent à Dax, riche et marchande, avec les eaux thermales qui dès l'époque romaine lui ont donné son nom. Ils y rendent visite à l'évêque François de Noailles[142]. Au-delà du confluent du gave de Pau, commence le bailliage du Labourd. Ils sont en vue de Bayonne[143].

L'ironie du sort, qui est grande comme chacun sait, ou la fantaisie du Diable, qui ne l'est pas moins, amènera quelque deux cents ans plus tard le grand historien Jules Michelet sur les pas mêmes de Pierre de Lancre. En août 1835, Michelet, faisant le tour de France des services d'archives, passe par Bordeaux. Il en part le 3 septembre à 7 heures du matin, dîne à Bazas, couche à Roquefort. Le lendemain, il indique dans son journal : « Tartas, 1 heure. Une vieille femme (…) nous fait descendre la rapide descente et traverser la rivière. Dax à 4 heures. (…) À 7 heures, une jolie grisette de Bayonne passe de la diligence qui nous croisait dans la nôtre. (…) Bayonne, à 10 heures[144]. » Deux cents ans ont passé, et Michelet est un homme pressé. Il met deux jours (en partant chaque fois à 7 heures du matin et en arrivant à 10 heures du soir), là où Pierre de Lancre a mis une semaine. Mais il a pris le même chemin, sans savoir que, vingt ans plus tard, il consacrerait des pages d'une force inouïe, dans *La Sorcière*, à ce juge qui chemine et arrive, en ce 2 juillet 1609, aux portes de Bayonne, dans ce Labourd où, pendant quatre mois, des centaines de personnes, hommes, femmes, enfants, par leurs aveux sous la torture, leurs dénonciations, vont faire de lui un des grands juges bourreaux du XVIIe siècle et un des grands spécialistes de la sorcellerie.

Le château de Saint-Pée-sur-Nivelle, où le Diable tint sabbat le 24 septembre 1609.

Photo Studio de la Nivelle.

Chapitre 6

Jeannette d'Abadie a seize ans

JEANNETTE D'ABADIE A SEIZE ANS. Elle est de Ciboure. Le 13 septembre 1609, elle a été transportée avec d'autres filles au sabbat en plein jour. Ce n'est pas faute d'avoir veillé pour déjouer les ruses du Malin. Mais voilà, à force de veiller la nuit pour lui échapper, elle s'est endormie le jour, chez elle, pendant que tout le village était à la messe. Elle portait pourtant à son cou un « certain brevet contre la fascination ». Mais le Diable le lui a arraché. La preuve ? Elle l'a retrouvé sur le seuil de sa chambre où il l'avait laissé tomber. Et il a emporté Jeannette au sabbat.

Elle peut donc être transportée à midi comme à minuit. À minuit, « la plus obscure de toutes les heures (...) lorsqu'on est aux plus profondes ténèbres, comme presque chacun est en son premier sommeil ». À midi, qui, comme minuit, « sont les heures esquelles les démons terrestres ont le plus de pouvoir[145] ». Il faut dire que le Diable use de toutes les ruses : quand Jeannette veille chez elle la nuit, il l'emporte le jour. Et ce malgré ses efforts : « Il y a environ neuf mois qu'elle veille, et fait tout ce qu'elle peut pour y remédier[146]. »

Dans le cas de Jeannette, la première fois, c'était il y a près de quatre ans – elle en avait donc douze. Une sorcière l'a amenée, une certaine Gratianne. Gratianne lui a demandé de renoncer au Christ et de le renier, de même que pour la Vierge, les saints, le baptême, le ciel, la terre, son père confesseur, son père, sa mère, ses parrain et marraine. C'est la première renonciation, « la plus ample ». Il en est d'autres, certaines « amples », quand elle a changé de sorcière « accompagnatrice » par exemple, d'autres plus « simples ».

Cette Gratianne qui pousse notre jeune impétrante à la « renonciation » a une certaine connaissance des bases du protestantisme. Luther et Calvin eux aussi ont « renoncé » à la Vierge, aux saints, aux confesseurs. Gratianne a touché de l'argent pour emmener Jeannette au sabbat, « une grand poignée d'or en récompense[147] ». Mal lui en a pris, car elle est morte, et a été remplacée par une autre sorcière qui a pris le relais[148].

Accompagnons au sabbat Jeannette d'Abadie, en prenant garde d'éviter le sort de Gratianne…

Le lieu du sabbat ? Il est parfois très proche, situé sur les hauteurs de Ciboure. Elle cite le lieu de Bordegaïna[149]. Parfois plus éloigné : Gratianne l'a portée « fort souvent à Terre-Neuve », et il est arrivé que le Diable transporte « toutes [les sorcières] à la fois ». Dans ces déplacements massifs, elle a vu « des sorcières transportées de toutes les paroisses du Labourd, qu'elles y allaient exciter des orages et tempêtes pour perdre des navires[150] ». Les participants peuvent être plusieurs centaines, bien plus lors des grandes fêtes : « Elle en a bien vu une fois douze mille en la côte de Underalse près d'Hendaye[151]. » Parfois, il y a « autant de gens que d'étoiles au ciel[152] ».

Le Diable ? La première fois qu'elle le vit, il « était en forme d'un homme noir et hideux, avec six cornes en la tête, parfois huit, et une grande queue derrière, un visage devant, et un derrière, comme peint le dieu Janus[153] ». À l'arrivée, « bien souvent il lui faisait baiser son derrière, puis son nombril, puis son membre viril, puis son derrière[154] ». Ce n'est que le commencement. Car le Diable demande à tous de « se mêler promiscuement », de « s'accoupler et se joindre », « la fille au père, le fils à la mère, la sœur au frère, la filleule au parrain, la pénitente à son confesseur ». Jeanne a été dépucelée au sabbat dès l'âge de treize ans et a été « connue une infinité de fois au sabbat par un cousin germain de sa mère et par infinité d'autres, que c'est une perpétuelle ordure, en laquelle tout le monde s'égaillait comme elle ». Ces orgies ont au moins un avantage : « de ces accouplements, on n'engrossait jamais, soit qu'ils fussent avec le Maître, soit avec d'autres sorciers ». Elle n'a jamais senti que le Diable « eut aucune semence, sauf quand il la dépucela qu'elle la sentit froide[155] ». Celle des autres hommes est « naturelle, ayant été accouplée avec le Diable, et cent fois avec d'autres hommes audit sabbat[156] ». D'ailleurs, « elle a vu tout le monde se mêler incestueusement, et contre tout ordre de nature » et elle a été « connue une infinité de fois par un sien parent ». Elle prend « un merveilleux plaisir en ces accouplements ; voire, elle prenait un merveilleux plaisir à le dire et le conter, nommant toutes choses par leur nom plus librement et effrontément que nous ne lui osions faire demande, chose qui confirme merveilleusement la réalité du sabbat[157] ». Dans ces folies orgiaques, « le père dépucelle la fille sans vergogne, la mère arrache le pucelage du fils sans crainte, le frère de la sœur[158] ». Jeannette est intarissable sur le sexe du Diable : il est fait « à écailles comme un poisson », qui « se resserrent en entrant, s'écartent et piquent en sortant ». Lorsque le Diable « connaît charnellement » les femmes, elles « souffrent une extrême douleur ». Cette « extrême douleur » lors de l'accouplement avec ce Diable au « membre fait en écailles » revient à plusieurs reprises. Elle donne une autre description du sexe du Diable, « long d'environ une aune » – un peu plus d'un mètre –, « mais il le tient entortillé et sinueux comme la forme d'un serpent ». Parfois, il « interpose quelque nuée quand il veut se joindre à quelque femme ou fille[159] ».

L'orgie n'est qu'un aspect du sabbat. Un autre grand moment en est la messe noire. De la messe catholique, le Diable conserve l'élévation, avec une hostie noire, et l'offrande dans un « bassin des offrandes », qui revient avec insistance : « Un homme de Siboro qu'elle nomme (...) tenait le bassin. » « Cet homme emporte cet argent en sa maison. Il s'en sert pour défendre les sorcières de toute accusation[160]. » Interrogé, l'homme avoue qu'il a bien rempli d'argent un plat, puis son chapeau, et qu'il l'utilise pour défendre les sorcières lors des procès. Jeannette a vu faire la messe à « plusieurs prêtres qu'elle nomme ».

On baptise les enfants des sorcières, raconte-t-elle, « lesquelles ont accoutumé faire plutôt baptiser leurs enfants au sabbat qu'en l'Église, et les présenter au Diable plutôt qu'à Dieu ». Mais on baptise aussi des crapauds. Ceux qu'elle décrit sont habillés « de velours rouge, et parfois de velours noir, avec un parrain qui tenait la tête dudit crapaud, et une marraine qui le tenait par les pieds[161] ». Dans la série animalière, Jeannette a vu des démons se transformer en « menus vers[162] ». Et des sorcières se transformer en chats, en chiens et « autres animaux[163] ». Enfin, les « insignes sorcières » se distribuent « le poison » et « les poudres » qui servent pour les enchantements.

Elle ne doit jamais assister à une messe à l'église du village sans dire pendant l'élévation « corbeau noir, corbeau noir », ce que font tous les sorciers.

Accouplements, baptêmes, messes noires, échanges de potions ne sont pas les seules activités dont Jeannette est spectatrice ou actrice. Elle y mange également, mais si les tables sont « dressées avec force vivres », la nourriture disparaît comme un mirage, sauf quand ce sont des enfants : elle « en a vu fort souvent servir et manger, même un qu'on tenait être fils de maître de Lasse[164] ». Des petits démons jouent à faire de grands feux où ils jettent les sorcières, qui sortent des flammes sans mal.

Jeannette d'Abadie, dite aussi Jeannette de Siboro, ne se contente pas d'accuser Gratianne, une sorcière morte. Au fil des dépositions, les dénonciations vont bon train. Les mots « corbeau noir » pendant l'élévation ? Elle les a « ouï dire à l'église de Siboro par Mariacho de Bernatena[165] ». Le baptême des crapauds ? Elle ne peut citer le parrain, « mais bien la marraine, la dame de Martibelserana, laquelle dame elle a vu danser avec quatre crapauds, l'un vêtu de velours noir avec des sonnettes aux pieds, et les trois autres sans être vêtus, lesquels elle portait, savoir le vêtu sur l'épaule gauche, l'autre sur la droite, et les deux autres un à chaque poing comme un oiseau[166] ». Jeannette dénonce « le petit aveugle de Siboro » qui joue « du tambourin et de la flûte ». Elle s'est accouplée avec « des gens qu'elle nommait », parmi eux « Pédra Detcheverrito qui est encore vivant[167] ». Un certain Anduitse, toujours de Siboro, « donne les assignations à apparaître au sabbat[168] ». Quant à la messe noire, elle est dite par deux prêtres, « Migualena et Bocal ». Un troisième, François de Bidégarray, a eu le pied percé par le Diable avec un poinçon, ce qui est un moyen de ne pas parler sous la torture, car il est interdit de révéler ce qui se passe. Elle a été violemment battue par deux sorcières qu'elle nomme, pour avoir parlé au juge.

L'interrogatoire de Jeannette de Siboro dure deux jours. Dans la nuit, alors qu'elle est en prison, le Diable vient la chercher pour l'amener au sabbat[169].

De cet interrogatoire, Pierre de Lancre a tiré de très nombreux enseignements. D'autres interrogatoires les modifient et complètent. Tous sont tirés de ses ouvrages, qu'il faut les citer à nouveau, tant ils sont une source essentielle pour connaître ces procès. Rappelons le premier d'entre eux, paru en 1607 chez Abel Langelier, *Tableau de l'inconstance et instabilité de toute chose où il est montré qu'en Dieu seul gît la vraie confiance, à laquelle l'homme sage doit viser.* Pierre de Lancre travaille à la deuxième édition dans les années 1608 et 1609. Il part en mission à Bayonne de juillet à novembre 1609. Six mois après son retour, le 7 avril 1610, il obtient l'autorisation de faire paraître l'édition complétée, chez le même éditeur, ou plus exactement chez sa veuve, étant donné, précise le texte du privilège royal, qu'Abel Langelier a imprimé cette deuxième édition. L'ouvrage est ainsi titré : *Revu, corrigé et augmenté, avec un livre nouveau de l'inconstance de toutes les nations principales de l'Europe. Quelle nation est la plus inconstante. Et la comparaison entre elles.* Cette deuxième édition paraît après sa mission, mais l'auteur n'y a rien incorporé de sa récente expérience, la seule allusion aux événements de 1609 étant le récit d'une rencontre qu'il eut à Bayonne avec le général des Cordeliers. De même, *Le Livre des princes*, en 1617, n'évoque pas la mission en Labourd.

C'est essentiellement dans deux ouvrages que nous trouvons une masse de renseignements sur les quatre mois de procédures : le *Tableau de l'inconstance des mauvais anges et démons, où il est amplement traité des sorcières et de la sorcellerie* (paru chez Nicolas Buon, Paris, 1612 ; réédité en 1613 chez Jean Berjon, sans changements majeurs)[170] ; et *De l'incrédulité et de la mécréance pleinement convaincues*, paru en 1622 chez Nicolas Buon, consacré au sujet, tant en Labourd qu'en France. L'auteur y fait le point sur de nombreux procès, certains auxquels il a participé, d'autres dont il a connaissance.

Ces deux ouvrages ne racontent pas à proprement parler la commission. Ils se veulent théoriques, au même titre que ceux de Bodin, Rémy, del Rio, Boguet qui, depuis trente ans, écrivent sur le sujet. Les références aux procès ne sont que des illustrations ou des preuves. On ne peut en attendre ni le déroulement de la procédure, ni la présentation exhaustive des lieux, des personnes jugées, des témoins, des condamnations. En fonction des interrogations et de ses centres d'intérêt, il donne des exemples, cite parfois des noms de personnes ou de lieux, rarement des dates. À la fois riches de détails et frustrants sur bien des points, les deux livres permettent de faire le point sur les interrogations que se pose le juge plus que sur les jugements eux-mêmes.

Un des questionnements principaux de Pierre de Lancre concerne le sabbat. On se souvient que le débat avait été clos par l'Église au Xe siècle, le canon *Episcopi* ayant décidé que le sabbat était imaginaire. Il réapparaît au XIVe siècle : en 1335, un procès retentissant à Toulouse condamne soixante-trois hérétiques qui se seraient envolés jusqu'aux Pyrénées[171]. En 1475, le *Malleus maleficarum* confère au sabbat une place importante. Cent ans après, la question est au cœur de la réflexion des juristes français, qui s'interrogent sur certains points : par exemple, y a-t-il transport du corps ou de l'esprit seul ? L'inquisiteur del Rio tient pour le transport effectif des sorciers. Bodin, lui, tient pour le transport du seul esprit.

Il est aussi des débats plus subtils, comme celui qu'a lancé le terrible Nicolas Rémy, grand pourfendeur de sorcières en Lorraine : « Les transports faits par les bons anges sont tranquilles et sans douleur, et ceux des mauvais toujours inquiets, accompagnés de lassitude, de frayeur[172] ». Il est donc naturel que Pierre de Lancre interroge les accusés sur ces questions, en esprit curieux de prouver, infirmer ou compléter les connaissances des juristes de son temps. Mais aussi en homme chargé d'une mission capitale : pourchasser le Diable.

Des sorcières, nous ne connaissons donc que ce que nous dit Pierre de Lancre. Et il ne les cite que pour répondre à ses interrogations propres. Prenons son livre pour ce qu'il est, une démonstration intellectuelle et non le récit d'une série de procès.

Jeannette d'Abadie, interrogée pendant deux jours, parle du lieu du sabbat ; de la forme du Diable ; des pratiques sexuelles ; du cannibalisme ; des messes noires ; des animaux liés au Diable – on a vu cette histoire de crapauds digne de Grimm ou de Perrault. Elle dénonce nombre personnes. Que devient cette femme ? A-t-elle été finalement condamnée ? Ses nombreuses dénonciations lui ont-elles sauvé la vie ? Nous n'avons pas d'éléments pour le savoir.

Il en va tout autrement pour Marissans, tantôt dite de Tartas, tantôt de Sarrauch[173]. Marissans est une « notable sorcière » qui est condamnée à mort.

Elle habite à Urrugne – Urrogne, écrit le juge, qui s'y trouve le 20 juillet pour instruire son procès « avec toute la diligence et ardeur qui est requise en semblables affaires ». Marissans fréquente assidûment le sabbat, tous les témoins l'affirment. Accusée, elle accuse aussi, et raconte d'étranges histoires. Le Diable est tellement occupé à contrecarrer les efforts des juges qu'il est absent du sabbat à trois reprises. Un sabbat sans le Malin n'a guère d'intérêt. Mais la nuit du 22 juillet, il réapparaît, et « tous les sorciers et sorcières se réjouissent de sa venue ». Il plaide « contre le Sauveur, lequel par blasphème il appelait Janicot, comme qui dirait Petit Jean » et promet qu'il évitera à tous le bûcher à une condition : que les sorciers rassemblés lui amènent quatre-vingts enfants, « lesquels on donnerait à un prêtre qui était lors présent au sabbat, que les témoins nous nommèrent[174] ».

L'épisode se situe à Urrugne, au sud de Ciboure. On retrouve la présence d'un prêtre, qui est dénoncé par Marissans de Tartas et d'autres personnes, car ils étaient « en grand nombre », et aussi le goût immodéré du Diable pour les enfants – cette fois il en veut quatre-vingts : est-ce pour les convertir ou pour les manger ? Peut-être l'un, puis l'autre...

Marissans est accusée par Marie de la Ralde, vingt-huit ans, qui « confesse qu'elle a fréquenté les sabbats puis l'âge de dix ans, que Marissans l'y mena pour la première fois[175] ». « Six enfants nous dirent qu'ils avaient été menés au sabbat par une sorcière d'Urrugne prisonnière, qui avait accoutumé de les mener, nommée Marissans de Tartas, et un maître d'école qui avait été régent au même village, lequel s'était fui en Basse-Navarre appréhendant notre venue. » Le maître d'école entraîne dans sa fuite un des six enfants. Les cinq autres, lors de la confrontation avec Marissans, affirment « qu'elle les y avait menés la nuit précédente sur la montagne de la Rhune » et qu'au retour elle et le maître d'école les ont fouettés « en une borde ou maisonnette ». Mais, objecte le juge, ce n'est pas possible : Marissans était alors prisonnière. « Ils nous dirent tous d'un commun accord qu'ils avaient été fouettés si outrageusement que le sang en sortait ». Mais « elle leur avait frotté le derrière avec une certaine eau, qui leur avait ôté tout vestige du fouet[176] ». Marissans, prisonnière à Urrugne, a pourtant mené les enfants au sabbat. Jeannette d'Abadie aussi été amenée au sabbat tout en étant prisonnière, et a été battue pour avoir parlé.

Ce sont les seules accusations que le juge rapporte. On ne sait rien d'autre sur Marissans. Rien de ce qu'elle avoue au cours des terribles interrogatoires. Ils durent deux jours, et le jugement tombe dans la foulée : elle est exécutée. Accusé avec elle, un prêtre. Un de ceux qui vont être exécutés ? Un régent aussi, c'est-à-dire un enseignant, qui doit son salut à la fuite. Son amant ? On sait en revanche qui l'a dénoncée : Marie de la Ralde, des témoins qui l'ont vue au sabbat, et des enfants.

Ces enfants accusateurs, on les trouve à de nombreuses reprises. Ici, cinq enfants accusent Marissans, et leurs mères se disent obligées de les mettre la nuit dans l'église pour éviter le transport au sabbat[177]. Ailleurs, Bertrand de Handuch, habitant Sare, âgé de dix ans[178], raconte lui aussi : il y a toujours au sabbat deux diables, un grand et un petit, ce qu'il « interprète » – le mot est du juge – comme le fait que « le grand maître a toujours plusieurs démons pour satellites ». Il en est d'autres : « Douze ou quinze enfants ou filles qu'on nous avait menés de Sare pour servir de témoins (...) allaient tous les jours au sabbat[179]. » Corneille Bronic, douze ans, « beau et civil enfant », « violenté » pour baiser le derrière du Diable[180], dépeint Satan comme « ayant quatre cornes en la tête, et sans bras, et assis dans une chaire avec quelques femmes de ses favorites[181] ». Jeanne de Hortilpitz a quatorze ans. Elle aussi a adoré le Diable. Catherine d'Arreioäque habite Ascain. Elle a quatorze à quinze ans. Elle a été amenée au sabbat par une femme qui a été condamnée à mort. Sur son témoignage ? Son père, pour éviter qu'elle ne soit transportée au sabbat, la laisse dans l'église d'Ascain. Après l'exécution, rassuré, il la ramène à son domicile. Et voilà qu'une autre femme, qu'elle nomme, vient la chercher pour le sabbat. La deuxième femme dénoncée en meurt-elle ? C'est bien possible.

Dojartzabal, « fille d'Ascain (...) âgée de quinze à seize ans (...) maintint à une de nos prisonnières, laquelle a depuis été exécutée à mort, qu'elle la menait au sabbat même la nuit devant son confrontement ». La veille de la confrontation, cette fille de quinze ans était menée au sabbat par l'accusée. Celle-ci se défend. Comment aurait-elle pu le faire, alors qu'elle était « attachée aux pieds avec de gros fers, et veillée par plusieurs personnes qui ne l'avaient jamais perdue de vue » ? Bien plus, elle était veillée par sa mère qui n'avait cessé de lui parler !

Cette femme, jeune encore, n'a pas avoué. Pas encore. Enfermée, les fers aux pieds, avec des gardes dans cette chambre qui la surveillent, sa mère près d'elle qui la soupçonne (« tenant son transport en soupçon », écrit le juge). Et Dojartzabal qui l'accuse. Même enfermée, dit-elle, la sorcière mène au sabbat « les enfants ou filles qu'elles ont ensorcelés et gâtés ». Elle vient les chercher en prenant la forme d'un chat. Le Diable en personne vient « les consoler en prison » et « s'accouple avec elles dans ladite prison », malgré la présence des gardiens. Cette femme dont nous ne connaissons pas le nom finit par avouer. Oui, le Diable est si fort qu'il l'enlève, ne laissant en prison que son apparence, son « corps fantastique ». Elle est exécutée. En tout, dit Pierre de Lancre, « deux mille enfants » dénoncent des femmes qui, pour « la plupart, ont été exécutées à mort comme sorcières ».

Omniprésents, les témoignages des enfants.

Surprenant, le silence sur les aveux. Lancre les cite rarement, donnant plus de place aux dénonciations. C'est le cas pour Marissans. C'est aussi le cas pour Pétry d'Aguerre, sa femme et sa famille.

Pétry d'Aguerre et les siens sont accusés par Marie de Naguille, seize ans, dont la mère est une sorcière condamnée à mort à Bordeaux. Selon elle, sorciers et sorcières vont au sabbat en s'oignant le corps, et le Diable, les emportant en l'air, les dépose près de la maison d'un certain Haitze, dans un petit bois qu'on appelle Barrendeguy. De là, Pétry d'Aguerre, sa femme et toute sa famille, « la plupart desquels ont été depuis exécutés à mort pour sorcellerie », revenaient « en devisant, et passaient devant la maison de ladite déposante, et la laissaient là, et les autres poursuivaient leur chemin[182] ». Paisible promenade du soir, qui mène au bûcher. Voilà les d'Aguerre expédiés. On n'en saura guère davantage sur eux. Johannès d'Aguerre – sans doute le fils – dit que le Diable est « en forme de bouc » et qu'il a « son membre au derrière (...) et que sa coutume est de connaître les belles par devant et les laides tout au rebours[183] ». Très proche sur le plan orthographique (il arrive au juge d'orthographier différemment le nom d'une même personne) Marie Daguerre, qui a treize ans, avoue qu'au milieu du sabbat il y a « une grand cruche d'où sort le Diable en forme de bouc[184] ». Meurt-elle comme le reste de la famille ? Quant à Pétry, devenu plus loin Pétri, il a soixante-treize ans, et, « insigne sorcier », est condamné au bûcher lors de la procédure d'Ustarritz. Deux témoins l'ont reconnu comme « maître de cérémonies et gouverneur du sabbat. Le Diable lui mettait en main un bâton tout doré, avec lequel comme un maître de camp il rangeait et les personnes, et toutes choses au sabbat[185] ».

Pierre de Lancre est plus attentif aux accusateurs qu'aux accusés, du moins plus prolixe sur les premiers. Nous ignorons ce qu'avoue ou non Pétri ou sa femme, dont nous savons seulement qu'elle est exécutée. Seuls quelques passages des interrogatoires de Johannès et de Marie apparaissent.

Passons à une autre « insigne sorcière », la célèbre Nécato, jugée à Bayonne. Elle aussi amène des enfants et des jeunes filles au sabbat, notamment une certaine Marie de Castagnalde, quatorze ans, dont le témoignage la conduit à la mort. Mais cette fois, contrairement à Marissans ou à la famille Pétri d'Aguerre, nous pouvons lire les aveux de Nécato. Oui, elle l'avoue – « elle confessa devant nous » –, elle a amené « certaine nuit désignée » cette Marie au sabbat[186]. Oui, elle l'y a battue pour que celle-ci ne révèle pas certaines choses. D'ailleurs, d'autres témoins confirment que Nécato a battu Marie : deux garçons, âgés de quinze à seize ans, Cristoval et Aspilevera. Voilà donc bien qui prouve l'authenticité de la chose. Quatre personnes « sont d'accord du lieu, du temps et des coups, et de toutes autres circonstances du sabbat », écrit le juge à l'implacable logique.

Nécato, accusée, passant aux aveux, dénonce. Elle dénonce un certain Detsail, qu'elle a vu une nuit où elle a été transportée sur la côte près d'Hendaye. Ce Detsail, déjà emprisonné à ce moment-là, est pourtant allé au sabbat, tout prisonnier qu'il était. Le pouvoir du Diable est bien terrifiant ! Pierre de Lancre est alors à Urrugne. Débordé, il demande à Laurent de Moisset, qui se trouve à Bayonne, d'aller chercher des preuves de ce transport. Et Moisset en trouve : « Étant allé vers la côte d'Hendaye, [il] rencontra deux femmes qui lui dirent que Detsail (...) prisonnier, avait été la nuit (...) précédente au sabbat, qu'il y avait battu à outrance ladite Nécato ». Comment ces deux femmes (« non sorcières », précise le juge) ont-elles reconnu Nécato ? À la voix tout simplement. « On se veut éclaircir de cela », dit le juge. Nécato est remise « sur la sellette » et confirme l'accusation. Oui, elle a été « transportée au sabbat audit lieu », et « Detsail la battit outrageusement». Confrontée à Detsail, elle maintient l'accusation : elle l'a toujours vu au sabbat porter et tenir le bassin[187].

Accuser Detsail ne détourne pas Nécato de ses néfastes habitudes. « À Urrugne, (...) étant prisonnière, elle allait presque toutes les nuits au sabbat. » Le juge précise qu'elle y allait sans onguent, ni graisse, ni commodité d'en avoir, ce qui complique terriblement les choses. Ainsi, pour aller au sabbat, il est tantôt nécessaire d'avoir un onguent, tantôt non ? Pauvre Pierre de Lancre. Il est si difficile de connaître la vérité, quand Satan est l'adversaire. Et Satan est résolu à se jouer de la justice des hommes ! Nécato était « prisonnière sous la clef et seule dans une chambre en une maison d'honneur ». À côté d'elle, « vingt ou vingt-cinq témoins » sont enfermés « dans deux chambres en même maison ». Et ces témoins l'affirment : bien qu'enfermés, ils vont au sabbat. Ils y rencontrent Nécato, « au Lacova en la côte d'Hendaye, le pénultième et dernier de juillet 1609 ».

Le 30 et 31 juillet 1609, enfermée à Urrugne seule dans une chambre où elle est « enfermée sous la clef», torturée sur la « sellette », Nécato est encore vivante. On la confronte. Une fille de quatorze ans, Gastagnalde, l'accuse d'être « sa marraine de sabbat » où, la nuit précédente encore, tout enfermée qu'elle était, elle l'a portée et battue. Nécato cède. Elle « confesse ingénument »[188]. Elle est exécutée.

Livrée à la question pendant les interrogatoires, elle a dénoncé Esteban Detsail. Il l'a accompagnée au sabbat sur la côte d'Hendaye, l'a battue et tenait le bassin des offrandes. Cela fait plusieurs fois que nous tombons sur ces relations entre le sabbat et l'argent. Elles sont présentes dans un certain nombre de témoignages.

La messe sabbatique est le pendant de l'office religieux catholique, l'offrande en fait partie. Detsail est accusé de recueillir l'argent. Par Nécato, mais aussi par Jeannette de Belloc, dite Atsoua, fille de vingt-quatre ans. Terrible, cette Atsoua, faite sorcière depuis son bas âge, et qui décrit le sabbat avec force détails en insistant sur les transformations animales. Pour elle, le sabbat ressemble à une foire célèbre – celle de Bayonne ? – où certains humains se promènent transformés en chiens, chats, ânes, chevaux, pourceaux ou crapauds. Mais il est des humains qui gardent leur forme. C'est le cas pour Ansugarlo d'Hendaye, qui joue du tambourin. Mal lui en prend. Il est « exécuté à mort comme insigne sorcier ». Elle dénonce également Esteban Detsail, qui tient le bassin des offrandes, tout prisonnier qu'il est. Et, « disait-on qu'il s'en était enrichi[189] ». Il est « un des plus riches de la paroisse », lit-on dans un autre passage du livre[190], car « chacun porte de bon argent qu'il porte de leur logis ». Que fait-il de cet argent ? Il s'en sert pour défendre les sorcières, mais certains pensent qu'il « l'employait à ses propres usages », d'où sa fortune.

Des paysans ou des artisans se sont-ils enrichis durant ces années où, les guerres de Religion apaisées, l'économie se développe ? N'en cherchez plus la cause : ils tenaient le bassin des offrandes au sabbat ! Ce Detsail a d'ailleurs des circonstances aggravantes : il a « été nourri sept ou huit ans à la Rochelle ». Une nourriture qui ressemble bien à du calvinisme. De plus, il a une sœur qui, elle, avoue qu'elle a été reine du sabbat et qu'elle s'est souvent accouplée avec le Diable. Le frère et la sœur sont condamnés à mort et exécutés.

Jeannette d'Abadie, toujours si prolixe, a accusé des prêtres. C'est à eux qu'il faut en venir maintenant.

Du premier prêtre jugé, nous savons qu'il est de la paroisse d'Arguibel. Son jugement intervient vers la fin de la commission. C'est, selon le juge, « la plus noble pièce de nos procédures ». Ce « vieux prêtre de fort honnête maison » a des rapports avec le Diable depuis longtemps. Quinze à seize ans, avoue-t-il, avant de « confesser » qu'il faut ajouter au moins quatre ans à cette durée. Cela fait donc vingt ans qu'il fréquente le sabbat, où il a « renoncé et renié son Créateur ». Deux témoins affirment l'avoir vu au sabbat quinze jours avant l'interrogatoire. Chez lui, où se rend le juge, une croix de bois, qui sert de portemanteau sur la porte de sa chambre, est cassée. C'est ainsi que le vieux prêtre traite le crucifix ! Il réitère sa confession et la signe à trois reprises, en trois lieux différents, ce qui est la « preuve générale ». En audition, puis au supplice au moment de mourir, et même devant le grand vicaire de l'évêque de Bayonne, il persiste dans ses aveux, désignant des personnes qu'il a vues au sabbat.

L'évêque de Bayonne, Bertrand d'Etchautz, est alors en voyage à Bordeaux où il rend visite à l'archevêque François de Sourdis. Or, avant d'être exécuté, le vieux prêtre doit être dégradé. C'est l'évêque de Dax qui se déplace et le dégrade dans l'église du Saint-Esprit « qui est de son diocèse ». « La mort de ce prêtre fit grand éclat à Bayonne, bien qu'il fût défait à Ascain pour servir d'exemple[191]. »

Ce premier jugement de prêtre en appelle d'autres. La porte est ouverte. Les dénonciations affluent. Sept autres sont jugés, « des plus notables » dont deux de Siboro (Ciboure).

Maître Bocal est celui sur lequel nous avons le plus de renseignements. Il pratique des messes noires, ce qui lui permet de récolter du « bon argent » qu'il porte à sa mère[192]. Car « l'argent qu'on donne au sabbat est fort bon, (...) si bien qu'on dit qu'il emporta plus de deux cents écus de la messe qu'il fit semblant de dire au sabbat[193] ». Âgé de vingt-sept ans, il a « vu, reconnu et agréé » qu'il a fait des « sacrifices abominables » en l'honneur de Belzébuth devant des assemblées de deux cents personnes, les mêmes qu'il retrouvait, le lendemain, à la messe dans son église. « Outre le gros de la sorcellerie » – qui visiblement n'intéresse que peu notre juge –, on l'a vu officier « cent fois » à ces messes sataniques, vêtu en prêtre[194]. « Après avoir renoncé son Créateur, l'avoir renié, (...) après avoir (...) dansé salement et impudemment, après avoir mangé en leurs festins le cœur de quelque enfant (...) étouffé par violence, après cent mille accouplements impudiques, sodomites et endiablés », il a distribué du « poison et des poudres infectées pour les hommes et leurs fruits ». Mais tout cela n'était pas suffisant : « il y ajoutait pour dernier trait d'abomination la risée du plus auguste et précieux sacrement que Dieu ait donné aux hommes pour acquérir leur salut[195] ». Dix témoins parlent contre lui. Puis sept autres, pendant le procès à Saint-Jean-de-Luz.

Mais ce n'est pas l'unique accusation qui mène maître Bocal à la mort. Des témoins l'accusent de changer l'office de la messe dans l'église : il a levé l'hostie face aux fidèles, et non dos à eux. Il a jeté l'hostie à terre. Parmi les témoins, « une fille âgée de quinze à seize ans maintint audit Bocal qu'elle avait assisté et ouï sa première messe au mois de mars 1608 où on amassa une infinité d'argent pour lui. Et que, la nuit ensuivant, le Diable ayant convoqué un sabbat solennel, elle ouït aussi de lui-même une seconde messe nouvelle qu'il fait avec une élévation avec une hostie noire non gravée ; qu'il se fait aussi une grand collecte ou plus[196] ».

Maître Bocal est condamné à mort sur ces témoignages. D'ailleurs, toute sa famille est accusée de sorcellerie. Sa mère ? C'est pour elle que le prêtre amasse l'argent. Elle a dû en faire un sorcier dès sa naissance, « comme le font la plupart des autres mères sorcières ». Outre la mère, « les sœurs, toute la famille de Bocal étaient sorciers[197] ». Comme d'autres, il est accusé de fréquenter le sabbat en étant en prison. Torturé, entouré de témoins que l'accablent, il ne parle pas, ne confesse rien, reste muet. « Et Bocal méritait bien la mort », conclut le juge qui répète qu'il a dit des messes nouvelles tant au sabbat qu'à son église de Siboro[198]. Il est dégradé par l'évêque Bertrand d'Etchauz, revenu de Bordeaux.

Le Diable au cœur de l'Église, dans l'église. Infestant le corps spirituel, présent dans l'édifice même qui est le lieu suprême de la protection. Son agent, le prêtre, officie la messe noire au sabbat, la messe « nouvelle » à l'église, recueille de l'argent ici et là, pendant la messe du Christ et celle du Diable. Quant aux sorcières, elles aussi viennent témoigner à la messe, au milieu des fidèles, de leur attachement au Diable. Le 4 octobre 1609, dans l'église de Cambo[199], le procureur du roi à la chambre mi-partie de Nérac, Bourdieu, et un greffier de cette même chambre, de Bedat, assistent à la messe aux côtés de Pierre de Lancre et Jean d'Espaignet. Un sorcière se glisse derrière eux (justement !) et au moment où le prêtre lève l'hostie sainte, elle dit très distinctement « Barrabam, Barrabam ! », ce qui est un des noms du Diable ! Et c'est un procureur qui l'entend. On ne peut pas douter…

Maître Bocal, prêtre de Ciboure, est condamné à mort, dégradé et exécuté. Il a vingt-sept ans. Le même sort arrive à Migalena, à l'âge de « soixante et quelques années » pour les mêmes accusations. Les témoins, au nombre de vingt-quatre, l'ont vu au sabbat « chantant la messe ou aidant et servant celui qui était près de leur faux autel ». La fin du vieux prêtre est bouleversante : « Il fut dégradé (…) par le sieur évêque de Bayonne, dans l'église Notre-Dame[200], et lorsqu'il fut exécuté (…) jamais il ne voulut confesser. (…) Il ne sut jamais (…) faire une prière entière, ains (mais) il disait toujours et redisait perpétuellement : *Pater noster qui es in coelis. Ave Maria, gratia plena. Confiteor dei omnipotenti. Pater noster. Credo in unum deum. Ave Maria gratia plena*, recommençant et reprenant à diverses fois, tantôt le *Pater,* tantôt l'*Ave Maria*, tantôt le *Confiteor*[201]. »

Marie d'Aspilcouette est en veine de confidences. Il y a deux ans qu'elle a secoué le joug de Satan. Grand bien lui fasse. Mais son témoignage est en train de conduire à la mort Catherine de Molères : elle l'accuse de l'avoir amenée au sabbat et de s'y être vantée « d'avoir donné le haut mal à un chanoine de Notre-Dame de Bayonne[202] ». Le chanoine de Notre-Dame a-t-il été inquiété ? Ce n'est pas impossible.

Le Diable, poussé dans ses retranchements, décide de frapper rudement. Il ne se contente pas de venir chercher les sorcières emprisonnées pour les amener au sabbat à la barbe des gardiens. Il décide de tenir sabbat dans les maisons mêmes où vivent ses adversaires. Par exemple le sieur d'Amou, bailli du Labourd, est à l'origine de la venue de la commission. Satan lui envoie d'abord, de nuit, une sorcière qui lui « perça la cuisse et lui suça le sang, lui étant couché dans son lit ». Cela ne suffit pas pour l'effrayer. Alors, les nuits des 23 et 24 septembre 1609, Satan joue le grand jeu.

Nous ne nous rappelons plus ce qu'est la peur de la nuit. Sauf les malades, sans doute, qui comptent les heures et affrontent les tourments des idées noires qui hantent leurs insomnies. Mais la nuit, la vraie nuit, sans lumière sur les chemins, sans lumière aux alentours, avec parfois la chandelle dans la maison, parfois rien, ou quelques tisons, nous ne pouvons plus l'imaginer. Notre souci est inverse. Parfois, nous voudrions quitter le halo lumineux des villes, omniprésent, qui cache la lune et les étoiles, et masque les ciels lourds. Mais jusqu'au XIXe siècle, l'homme a peur de la nuit. Ne nous moquons pas de ce bailli à qui une sorcière vient sucer le sang. Et qui en est glacé d'effroi. Ni de la suite de l'histoire. Pourtant, elle fut bien souvent raillée.

Pierre de Lancre est à Saint-Pée en ce 23 septembre 1609. Quant au bailli, il est dans son château, à un peu plus d'une lieue, quelques kilomètres. Dans l'hôtel où se trouve le juge (il loge dans une chambre, avec une cuisine attenante), d'autres membres de la commission, peut-être Jean d'Espaignet. Et Maître de Ségure, assesseur criminel à Bayonne, envoyé par le parlement de Bordeaux. Dans la chambre au-dessous de la sienne, « enfermés sous clefs », dix-huit à vingt enfants et jeunes de huit à vingt-deux ans.

Le 23 septembre, au sabbat, les sorcières se plaignent des procès et des exécutions. Ne vous inquiétez pas, leur dit le Diable : le feu ne vous brûlera pas. Et il ajoute qu'il fera brûler les juges : « il nous ferait brûler nous-mêmes », écrit Pierre de Lancre. Satan se livre à un simulacre d'exécution sur les seigneurs d'Amou et d'Urtubie : « il fit pendre en apparence les sieurs d'Amou et d'Urturbie ». Exécution symbolique que raconte Marguerite, fille de Sare, âgée de dix-sept à dix-huit ans, qui accuse « une femme nommée Sansinena de dire souvent la messe au sabbat[203] ».

Le lendemain, dans la nuit du 24 au 25 septembre, le Diable en personne entre dans la maison où dorment les juges. À l'entrée de l'hôtel, il « connaît (...) par un sale accouplement » cette dame Sansinena, « assez belle », qui est sa « première concubine ». Il ne s'en tient pas là. Il monte vers la chambre du juge, ouvre la porte à la troupe des sorcières qui, pendant deux heures et demie, se mettent sous les rideaux, vont et viennent du lit vers le Diable qui se tient toujours à la porte, essaient par leur magie d'empoisonner le juge. Deux messes noires sont dites, une dans la chambre par un prêtre de Saint-Pée (les accusations contre les prêtres, parties de Siboro, ont atteint Bayonne et maintenant Saint-Pée-sur-Nivelle), l'autre dans la cuisine par la dame de Sansinena. De là, toute la troupe se rend dans la chambre de l'assesseur criminel, puis dans le château où dort le sieur d'Amou : trois sorcières, la dame de Sansinena, la dame vieille d'Arrostégui et celle de Laurensena, l'accostent et lui mettent la corde au col. « Néanmoins », écrit le juge étonné, « le sieur d'Amou ni moi n'en sentîmes jamais rien. »

Les forces du Mal se déchaînent contre la justice en un combat qui prend ainsi des allures fantastiques. Pierre de Lancre, ou l'homme que le Diable essaya en vain d'abattre...

Chapitre 7

La marque du Diable

La marque du Diable. Chez les sorcières, chez les témoins, les juges la cherchent. Car, comme pour tous les procès criminels, la procédure repose sur les témoignages, les aveux et les preuves. Parmi elles, ces signes tangibles de l'alliance avec Satan : la cicatrice de la signature du pacte, la marque de l'insensibilité.

Témoignages, aveux, preuves. Pierre de Lancre ne fait rien en cela que d'habituel[204]. La procédure pénale, lentement dégagée de ses pratiques médiévales, est maintenant bien fixée. Oubliées les pratiques des transactions, quand la justice était d'abord un arrangement entre des personnes, un mode de règlement privé. Abandonnées les ordalies, qu'elles soient au fer rouge ou à l'eau bouillante. Méprisés les serments purgatoires, où l'on pouvait se purger d'une accusation d'homicide en prêtant serment, comme on le faisait encore à Bordeaux au XIIIe siècle en jurant son innocence sur le « fort de Saint-Seurin ». Quant au duel judiciaire – « la bataille » – où Dieu désigne l'innocent à travers le vainqueur du duel ou son champion, il disparaît à la fin du XIVe siècle.

La procédure qu'applique Pierre de Lancre est celle qu'emploient tous les juges de son époque pour les procès criminels. Elle s'est lentement dégagée au cours du Moyen Âge : peut-on condamner sans preuve, sur la seule conviction du juge ? Non, disent certains juristes, imbibés de droit romain. D'où l'importance de l'aveu. Peu à peu, la *confessio* devient la « reine des preuves », la preuve « raisonnable », c'est-à-dire fondée en raison. Cette nécessité de l'aveu – aux dépens de ce qu'on appelle aujourd'hui l'intime conviction – amène les juges de la fin du Moyen Âge à réintroduire dans la procédure une pratique qui a disparu depuis près de mille ans : la torture. La torture comme moyen pour arracher un aveu, pour questionner un prévenu, d'où le nom de « question » qui la désigne.

Dès le XIVe siècle, la question est utilisée dans certains procès criminels. La question, ou plutôt « les » questions, car il y en a deux. La première prépare le jugement définitif. C'est la « question préparatoire ». La seconde, dite « question préalable », est appliquée après la condamnation et avant l'exécution, pour extorquer au condamné les noms de ses complices. Elle se donne par extension, avec des cordes et des poids attachés aux pieds ; ou par pression, avec des « brodequins » sur les membres inférieurs et des « menottes » sur les membres supérieurs ; ou par ingestion d'huile et surtout d'eau[205].

Parallèlement, la procédure pénale se durcit[206]. Mise au point au cours des XIVe et XVe siècles, elle est consacrée par les ordonnances royales de 1498 (Blois) et de 1539 (Villers-Cotterêts) qui reflètent ce que Jean-Marc Carbasse appelle joliment une nouvelle « crise de croissance de l'État[207] ». Si les procès civils restent publics et contradictoires, les procès criminels relèvent de la voie dite extraordinaire, qui se caractérise par le secret : le procès se fait le « plus secrètement que faire se pourra en manière qu'aucun n'en soit averti ». Outre le juge, seul le greffier (ou son commis) peuvent y assister. Il en est de même pour la question et pour le délibéré. Du début à la fin, le prévenu est seul devant le juge, sans défenseur, sans qu'une personne extérieure puisse être présente. L'instruction est menée par un juge unique, maître du procès. Le jugement est ensuite prononcé « le siège assemblé », le tribunal n'entendant pas les témoins et se déterminant à partir des procès-verbaux d'interrogatoires. Pour résumer, la procédure est secrète, utilise la torture, exclut la présence des avocats.

Le XVIe siècle assiste donc au pouvoir triomphant du juge sur l'accusé en matière criminelle, pouvoir que pratiquement personne ne remet en cause tant il semble important de « terrifier les méchants » et « rassurer les gens paisibles[208] ». À la fin du XVIe siècle, quelques juristes critiquent le secret de la procédure, le pouvoir excessif du juge d'instruction, les difficultés de la défense, l'emploi de la torture. Un juriste lyonnais, Lebrun de la Rochette, dénonce « l'inhumanité de la géhenne », ce que fait aussi Montaigne : « C'est une dangereuse invention que celle des géhennes, et semble que ce soit plutôt un essai de patience que de vérité[209]. » Cher Montaigne, nous sommes toujours si heureux de te trouver dans les combats justes… Encore que la question semble, malgré la légende, relativement peu utilisée[210].

La procédure qu'applique Pierre de Lancre au Labourd est fixée par la lettre de mission d'Henri IV : c'est la procédure « extraordinaire ». Les deux conseillers doivent « procéder extraordinairement à l'entière instruction et jugement de leur procès jusques à jugement définitif de condamnation à mort et d'exécution d'icelle inclusivement ». L'instruction se divise en deux phases : une première collecte d'indices et de témoignages, c'est l'information préalable, puis l'enquête elle-même. Elle consiste à enregistrer les témoins à qui on demande de confirmer leurs déclarations antérieures, à examiner les charges, à questionner les prévenus. L'usage de la question, habituel dans les procès en sorcellerie, est donc forcément inclus dans la lettre de mission d'Henri IV qui précise la responsabilité globale des deux juges, depuis l'instruction jusqu'au jugement et à l'exécution.

Rappelons que les traités de Pierre de Lancre sont des livres théoriques : l'objet de leur auteur n'est pas de raconter les procès, mais de prouver ce qui lui tient à cœur. C'est incidemment que nous connaissons les procédures, les noms de sorciers, le lieu des jugements ; d'autant que Pierre de Lancre, qui écrit pour des érudits, et surtout pour des juristes, ne se donne pas la peine de décrire ce que ses lecteurs connaissent et qui n'a d'intérêt ni pour eux ni pour lui. Or, souvent, il tait précisément ce qui intéresserait le lecteur d'aujourd'hui.

Les lieux, les dates, les procédures sont donc difficiles à établir et imprécis. Les voici, en l'état actuel des recherches.

Pierre de Lancre et Jean d'Espaignet arrivent le 2 juillet 1609 à Bayonne. Ils sont reçus, dit-il, par Charles de Soraindho, lieutenant du sénéchal de Bayonne. La famille de Soraindho est très implantée dans la ville et plusieurs membres de la même famille portent ce nom. Il est possible que Pierre de Lancre se soit trompé de prénom, car le lieutenant général du sénéchal se prénomme alors Pierre : il vient d'acheter « une partie de la maison du poids de la ville, située sur la place publique, vis-à-vis de l'église ». Charles Soraindho est pour sa part lieutenant du maire : l'année précédente, la municipalité lui a acheté une livrée sur les deniers publics[211]. Il a remplacé dans cette fonction Jean de Soraindho. La famille semble truster les postes publics dans cette ville en pleine expansion, qui compte 6 000 habitants à la fin du XVIe siècle et sans doute plus de 8 000 lors du passage de la commission[212].

À la demande des deux juges, le maire leur a retenu des logements en « maison bourgeoise », c'est-à-dire chez l'habitant. C'est la pratique à une époque où les hôtelleries sont rares et jamais pourvues de chambres individuelles. Pour loger les juges chez des bourgeois ayant une maison vaste et confortable, le maire a eu le choix. Certains documents parlent de trois cents bourgeois bayonnais au début du XVIe siècle. Les juges sont logés dans deux maisons situées, à leur demande, près l'une de l'autre, où ont lieu les premiers jugements. Dans chacune des maisons, deux pièces sont réquisitionnées : une d'entre elles, « une petite salle », sert à recevoir les plaignants et les accusés (« les parties »), l'autre sert de chambre et doit avoir deux lits, l'un pour le juge, l'autre pour « un homme », qui est sans doute un domestique, à moins que ce ne soit un greffier.

Pierre de Lancre et Jean d'Espaignet quittent ensuite Bayonne, après avoir constitué le tribunal itinérant. Ce tribunal regroupe-t-il beaucoup de personnes ? Jean Bernou le pense, qui cite dans son étude sur la chasse aux sorcières en Labourd « la milice sous les ordres du lieutenant du bailli (le bailli est ce sieur d'Amou qui a fait appel au roi), mais aussi syndic, assesseurs, abbé, interprète, official, huissiers, chirurgien, sans oublier la Morguy et le bourreau de Bayonne et ses aides[213] ». Peut-être Jean Bernou exagère-t-il dans cette description. Ce qui est sûr, c'est qu'un décorum accompagne l'action de la justice. Nous savons que maître Laurent de Moisset, avocat à la cour du parlement de Bordeaux, se trouve avec eux, au moins une partie du temps, ainsi qu'un certain Gestas, qui est juge, et le substitut du procureur général[214]. Une série d'auxiliaires, permanents ou ponctuels, les accompagnent. Des greffiers, sûrement. Des interprètes, car Lancre les mentionne, même si les juges qui l'accompagnent et les « assistants (…) entendaient presque tous la langue basque[215] ». Un barbier pour raser les corps. Un chirurgien qui recherche la marque. Du personnel de justice : Lancre évoque la présence de « huit juges personnes notables[216] ».

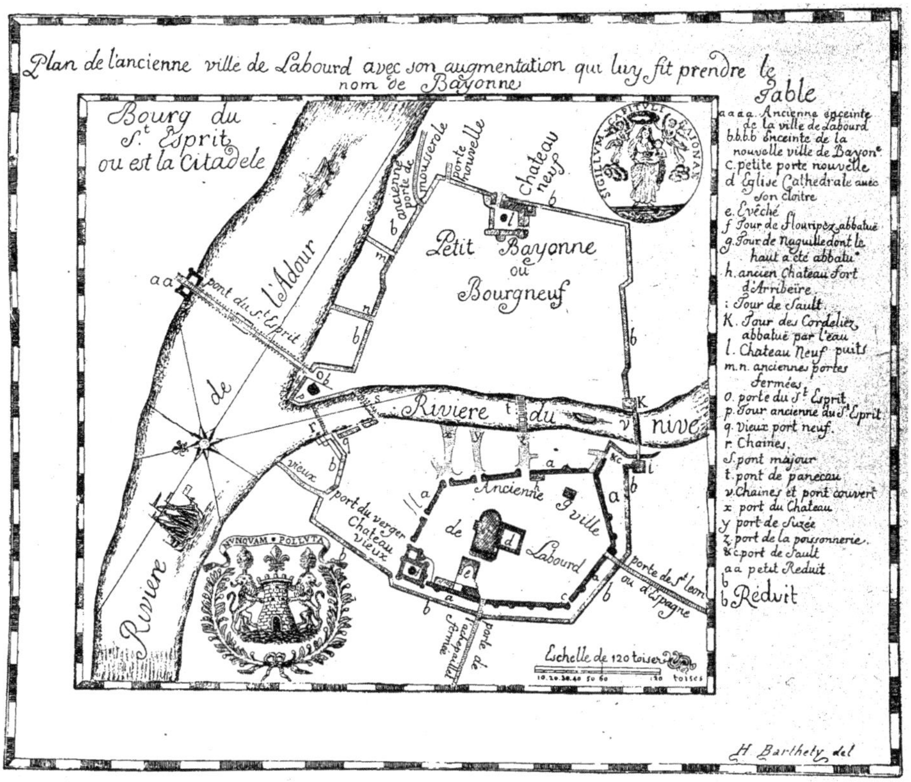

Plan de la ville de Bayonne, d'après le chanoine Veillet, dans Recherches sur la ville et l'église de Bayonne *(1686-1714).*

Des bourreaux, encore que les distances ne sont pas si grandes qu'on ne puisse les faire venir. Également « maître de Ségure », assesseur criminel à Bayonne, « en vertu d'un arrêt du parlement de Bordeaux[217] ». On rencontre aussi, associés à la procédure ou y assistant, un syndic – maire – d'une ville, ainsi que la Morguy et les gardes des prisons.

Cette caravane impressionnante, passant près d'Hendaye, effraie les Espagnols de Fontarabie qui, « voyant tant de chevaux et de peuple qui paraissait sur la côte[218] », se demandent si une opération militaire ne se prépare pas.

Il est difficile de connaître précisément les étapes de ce périple de quatre mois.

Très vite, Lancre se retrouve seul juge bordelais. Le roi délègue Jean d'Espaignet pour tenter de régler un différend qui oppose pêcheurs français et espagnols de part et d'autre de la Bidassoa. Le conflit porte sur les îles de sable du cours d'eau et sur la caractéristique des bateaux – à quille ou à fond plat – qu'Espagnols et Français peuvent utiliser. Les Espagnols profitent de la forteresse de Fontarabie pour intimider les habitants d'Hendaye, parfois à coups de canon, et tentent de récupérer à leur usage les îles de la Bidassoa, « et crois qu'à la fin ils les voudront toutes[219] », écrit Lancre, qui a visiblement suivi le dossier confié à son collègue, dont la mission lui laisse la totale responsabilité de la commission. Jean d'Espaignet dresse une « carte et figure exacte » et un procès verbal qu'il envoie au roi, où il conclut que les uns et les autres ont le droit d'utiliser des bateaux à quille, et que la propriété des îles doit être respectée scrupuleusement de part et d'autre du milieu du cours d'eau[220].

Le 19 juillet, la commission est à Hendaye. Célèbre par la fabrication de ses eaux-de-vie, ce bourg situé sur les bords de la Bidassoa se développe. On y compte environ deux cents « feux », soit un millier d'habitants[221]. Sur la côte, tout près de la frontière espagnole, la commission tente de trouver le dépôt des poudres magiques des sorcières.

Du 20 au 22 juillet, Lancre est à Urrugne, siège de la seigneurie de la maison d'Urturbie, gros bourg de plus de 2000 habitants dominé par le château. Il s'y trouve toujours les 30 et 31 juillet et 1er août. C'est alors que sont jugées les sorcières Nécato et Marissans de Tartas.

Le 11 septembre, la commission est à Bayonne, où la municipalité leur offre une collation et leur donne en cadeau une barrique de vin[222]. Peut-être est-ce à ce moment-là qu'on mène à Lancre « une sorcière célèbre nommé Mandiboro[223] ». Le 13 septembre, il est à Ciboure, lors du jugement de Jeannette d'Abadie, dans cette ville de plus de 2000 habitants située dans la baie et reliée par un pont à Saint-Jean-de-Luz : Subiboro signifie « au bout du pont ». À ce moment-là sans doute sont instruits les procès des prêtres Bocal et Migalena, condamnés à mort et exécutés. Les 23 et 24 septembre, il est à Saint-Pée-sur-Nivelle. Là se trouve le seigneur d'Amou, dont le château domine le bourg. C'est à ce moment-là que le Diable tient sabbat au château et tente de faire assassiner Pierre de Lancre. Le 29 septembre, il est à Labastide (sans doute La Bastide-Clairence) où sont exécutés « quelques sorciers et sorcières ». Le 4 octobre, la commission est à Cambo. Le 7, Pierre de Lancre est de retour à Bayonne où il rencontre un Sicilien, général des Cordeliers[224]. À ce moment, probablement, lors de la procédure contre Jeanne Mondens, il reçoit la déposition de la fille de cette femme qui accuse de sorcellerie de nombreuses personnes, dont la mère de Charles de Soraindho, le lieutenant du maire. Peu de jours avant la fin de la mission, des prêtres prisonniers récusent les juges et Lancre doit se rendre à Dax, siège de la sénéchaussée des Lannes. Le 1er novembre 1609, la commission quitte définitivement Bayonne.

Cet itinéraire reconstitué comporte nombre d'incertitudes. Rien de ce qu'il fait entre le 2 août et le 10 septembre ne nous est connu. On est sûr de son passage dans certaines villes, mais sans pouvoir préciser les dates : Pétry d'Aguerre est exécuté – quand ? on l'ignore – lors de la « procédure d'Ustarritz », dans cette ville d'environ deux mille habitants où, entre 1565 et 1575, une quarantaine de sorcières ont péri. Pierre de Lancre juge aussi à Biarritz où, écrit-il, « presque toutes les sorcières qui se trouvaient de notre temps étaient marquées à l'œil[225] ». Toujours à Biarritz, il s'occupe d'une « des plus rusées », qu'il ne peut condamner ; mais ce n'est que partie remise car, « s'étant échappée de nos mains, [elle] vint mourir en celles du parlement de Bordeaux[226] ». À Ascain, sur la Nivelle, en amont de Saint-Jean-de-Luz, ont lieu des exécutions, en particulier celle du premier prêtre. Une sorcière de Villefranche « persévère à la torture et au supplice[227] ». Il ne peut être ici question que de Villefranque, située dans la vallée de la Nive en amont de Bayonne. Mais cette sorcière a peut-être été jugée et exécutée à Bayonne. À l'extrême fin de sa mission, pour répondre aux récusations de certains accusés, Lancre doit se rendre auprès du sénéchal de Dax.

Si le siège du présidial est à Bayonne où se trouve le lieutenant criminel qui accueille les juges, l'essentiel de l'action judiciaire se déroule dans l'extrême sud, dans ces « dix paroisses » situées près de la frontière, entre Hendaye, Ciboure, Saint-Pée-sur-Nivelle, Saint-Jean-de-Luz. Quatre lieues – une vingtaine de kilomètres – séparent Saint-Jean-de-Luz de Bayonne. C'est pourtant dans un espace encore plus réduit que l'essentiel se passe : Saint-Jean-de-Luz et Ciboure, la corniche basque où se tient le sabbat et où la commission cherche les « poudres » des sorcières, la Rhune, Sare, Saint-Pée et Ascain.

Pour faire parler sorciers et sorcières, Lancre utilise la question. Notons que, s'il utilise la question préparatoire pendant les interrogatoires pour faire parler l'accusé, il ne parle quasiment jamais de la question préalable, à laquelle on procède juste avant l'exécution pour obtenir les noms de complices. Il ne donne aucun élément sur la forme qu'il emploie. S'agit-il du supplice de l'eau, et fait-il noyer l'estomac de ses victimes ? Ou fait-il briser des membres sous la pression des brodequins aux pieds, des menottes aux mains ? Les deux procédés sont faciles à mettre en œuvre, puisqu'il travaille avec le lieutenant général du sénéchal de Bayonne, de Soraindho, chargé des procès criminels, qui a avec lui le personnel et les moyens techniques d'interroger les prévenus.

Ces méthodes aboutissent à la « confession ». Les femmes, écrit le juge, avouent « sur la sellette[228] ». Il est des « confessions volontaires et d'autres validées par la torture[229] ». Mais l'aveu ne lui suffit pas. Il veut toujours plus de détails : qui était au sabbat, comment était le Diable, comment se font les accouplements ? Et il est nécessaire de pousser les interrogatoires, « car encore qu'elles confessent, elles taisent toujours quelque chose[230] ».

Savoir…

Qu'il y ait chez Lancre comme chez les autres juges de son époque une obsession de la sexualité est évident. Elle est partout dans ses discours, même s'il ne peut tout écrire : « Les délices des accouplements (…) sont si horribles et accompagnés de tant d'ordure (…) qu'ils ne se peuvent bonnement coucher par écrit[231]. » En ce domaine, les références littéraires et religieuses sont multiples, au premier rang desquelles *Le Marteau des sorcières*. Sprenger et Krämer ont souvent vu « des sorcières couchées par terre le ventre en feu, remuant le corps avec la même agitation que celles qui sont en cette sale action, prenant leur plaisir avec ces esprits et succubes[232] ».

Pauvres hommes, que peuvent-ils face aux succubes ?

Le juge se livre à ces interrogatoires avec un plaisir dont il avoue la perversité : « Quelque impudente ou sordide question ou sale interrogatoire qu'on leur fasse » – c'est de lui-même qu'il parle – les femmes « ne rougissent du tout point. » Et c'est le pauvre truchement, le malheureux interprète, un prêtre basque, qui « avait plus de honte à faire nos interrogatoires, qu'elles d'y répondre[233] ».

« Quiconque demande reçoit et qui cherche trouve » : Pierre de Lancre connaît l'évangile selon saint Mathieu. Et il trouve ce qu'il cherche. L'aveu, unique globalement, différent dans le détail. Oui, les accusés fréquentent le sabbat. Oui, ils s'accouplent avec le Diable, avec père et mère aussi. Oui, le Diable a deux visages. Oui, son sexe est un long serpent replié. Oui, son sexe en écailles fait mal au moment du rapport sexuel. Oui, le Diable marque ceux qui le servent. « Ceux d'Ascain, d'Urrugne, de Saint-Pée, d'Ustarritz, Biarritz, Saint-Jean-de-Luz, Subiboro [Ciboure] et autres disant tous mêmes choses avec même circonstances et étaient tous marqués[234]. » Et ce discours n'est pas seulement celui des accusés du Labourd : « Et après tout, la France, l'Italie, l'Espagne, l'Angleterre, les Flandres et les Pays-Bas, bref toute l'Europe étant touchée de cette maladie, est-il possible que tous les peuples rêvent, se peut-il faire que tant de gens si éloignés et dissemblables disent mêmes rêveries et mêmes grotesques[235] ? »

Devant un discours unique des accusés, le juge a une explication : un mal unique se répand dangereusement en Europe. L'historien en a une autre : le juge arrache par la torture à l'accusé qu'il domine par sa culture, par sa langue, par tout l'appareil judiciaire, un même aveu, répété avec des variantes qu'il fait surgir et préciser. Monde urbain contre monde rural, monde du français et du latin contre la langue d'oc, le basque et les parlers locaux, monde du masculin contre un monde empreint de féminité. Robert Mandrou comme Jean Delumeau ont montré ce choc de cultures, que symbolise un homme comme Jean Bodin, érudit, historien, économiste, fondateur du droit, et en même temps auteur d'un discours paranoïaque sur les sorcières et responsable de nombreuses exécutions. Comme Bodin, Rémy, Pierre de Lancre a trouvé ce qu'il cherchait. A élaboré un système de preuves pour asseoir son discours. A arraché dans leurs cris de douleur les aveux qu'il imposait aux sorcières.

Lancre ne parle quasiment pas de ces longues séances de torture durant lesquelles, accompagné de son interprète, il pose et repose des questions sur le sabbat, le lieu où il se déroule, le Diable, ses formes et ses fantaisies érotiques, les accouplements contre nature… À peine évoque-t-il les « confessions volontaires et autres validées par la torture[236] ». Il indique longuement les résultats des interrogatoires, mais ne donne aucun détail sur leur déroulement.

Il n'en est pas de même pour la marque du Diable.

Les sorciers sont doublement marqués. Quand ils signent le pacte avec le Diable, il reste sur leurs mains une égratignure de cette signature infâme. La recherche de ce signe est habituelle dans les procès en sorcellerie ; pourtant Lancre n'y fait pas allusion. Autant le sabbat le passionne, autant le pacte avec le Diable le laisse de marbre.

Ce qu'on appelle communément la marque du Diable est autre chose. Quand une partie du corps a été touchée par le Diable, ce contact funeste laisse la zone de la peau insensible. D'où une recherche bien spécifique : on dénude l'accusée, on la pique avec une aiguille sur l'ensemble du corps, provoquant ses cris de douleur. Si elle se tait, c'est que la zone est insensible : on a trouvé la marque du Diable. Lisons Pierre de Lancre. La marque des sorciers occupe tout le discours 2 de son Livre troisième du *Tableau de l'inconstance des mauvais anges et démons*. Elle concerne tant les insignes sorciers que les témoins qui, étant allés au sabbat, sont également marqués.

« Des chirurgiens expérimentés qui en faisaient l'épreuve » en présence de huit personnes[237] finissent par trouver « les marques insensibles que nous avons vues et dont l'épreuve a été faite en notre présence[238] ». C'est un chirurgien engagé à cet effet qui pique toutes les parties du corps. L'un de ceux qui suivent la commission habite à Bayonne, mais est « étranger ». Cet homme, « à force de rechercher les marques, y devint merveilleusement entendu et suffisant ». Pendant sa recherche, il bande les yeux des sorcières pour qu'elles ne sachent pas à l'avance où il va piquer. Il les pince violemment pour leur faire croire qu'il les pique en un endroit, et, dans le même temps, il enfonce une « aiguille, ou une alène bien déliée » dans le corps, parfois jusqu'à l'os. Si la femme déjà torturée, à nouveau sauvagement pincée, ne dit mot, n'en doutez pas : le chirurgien a trouvé la marque. Lancre le charge des sorcières. Plus âgées, accusées, elles ont subi la question. Torturées, elles sont devenues des « charognes en vie, si horribles que c'est merveille que le Diable même veuille les connaître ». Le médecin ne risque pas devant ces corps de douleur d'être saisi de « concupiscence » comme il pourrait l'être devant de jeunes corps. Par contre, les témoins sont de jeunes hommes et des jeunes filles, des enfants. Lancre charge de la recherche une fille de dix-sept ans. Ce sont les curés des paroisses qui l'ont adressée au juge. Elle a fréquenté le sabbat, mais n'y va plus depuis quelques années, cette « fille nommée Morguy, que nous avions appelée près de nous pendant notre commission parce qu'elle était merveilleusement suffisante et entendue pour connaître et trouver la marque du Diable[239] ». Il répète les mêmes mots dans *Incrédulité et mécréance* : « elle était merveilleusement suffisante et entendue pour connaître et trouver la marque du Diable[240] ». C'est elle dont la violence a tant frappé Michelet. Lancre insiste sur son rôle, devenu prédominant au fur et à mesure que se déroulent les procès : « C'était principalement elle qui visitait les jeunes filles et enfants de sa sorte, qu'elle avait reconnus au sabbat, qui nous étaient donnés pour témoins. » « Elle leur mettait une aiguille longue dans le centre de la marque, laquelle était parfois grande, parfois aussi petite qu'une tête d'une épingle. » Les témoins ont-ils connivence avec la Morguy ? Ils n'ont ni douleur ni plainte.

À l'occasion, des curieux de passage peuvent manier l'aiguille. Ainsi, l'ambassadeur de France en Espagne, le sieur de Vausselas, et sa femme, « enfonça une épingle bien longue dans le bras d'une sorcière appelée Jeannette de Belloc, que toute la compagnie et lui-même en avaient quelque commisération ». Mais ce n'est pas la peine d'en avoir, dit le juge, puisque, sorcières, elles ne sentent rien[241]...

Il n'est pas difficile de trouver la marque du Diable. Ici, douze enfants accusant des sorcières de les avoir menés au sabbat sont trouvés « marqués de la marque du Diable[242] ». Au total, « ce sont bien soixante à quatre-vingts insignes sorcières et plus de cinq cents enfants, que l'on trouve marqués ». La marque se trouve dans n'importe quelle partie du corps. On est marqué à l'œil : « À Biarritz, toutes les sorcières se trouvaient (...) marquées à l'œil, la marque en forme de chat ou de crapaud[243]. » Mais on sait à quel point le Diable est lié à la sexualité : c'est dans les parties cachées du corps qu'il cache souvent sa marque. Car il fait tout pour qu'on ne les trouve pas : il « les ensevelit et cache dans telle partie et endroit du corps qu'il faudrait mettre ce même corps en pièces pour la trouver. Voire pour éluder la justice et ses officiers, il les imprime souvent, ou en des parties si sales qu'on a horreur de les y aller chercher, comme le fondement de l'homme et la nature de la femme, ou bien comme il est extrême et dénaturé, au lieu le plus noble et le plus précieux qui soit en toute la personne, où il semble impossible de l'imprimer comme ès yeux, ou dans la bouche[244]. »

Il nous faut revenir maintenant sur les jugements. Les décisions peuvent être de trois ordres : bannissement, renvoi au parlement de Bordeaux, condamnation à mort[245]. Seules, quelques exécutions sont racontées par le juge. Il est peu de renseignements sur leur déroulement : il fait « mettre la potence » sur la place d'Ascain. « Étant perché au haut de la potence », dit-il dans un autre cas[246]. Si les enfants se plaignent que les mères « sont brûlées et réduites en cendres », l'expression sans doute concerne les cadavres des condamnés[247], la condamnation à être brûlé vif étant assez exceptionnelle. Il semble ne pas l'avoir employé, même s'il dit que les sorciers « ne peuvent expier par autre feu que celui que la justice divine a logé en enfer »[248]. De même si on lit : « Le nombre de sorciers qu'on condamne au feu est si grand (me dit un jour l'un d'eux) qu'il sera malaisé que je n'aie part aux cendres [249]», cela ne signifie pas que le sorcier est brûlé vif. Ailleurs, l'expression utilisée par le juge, « entre la géhenne, la corde, le gibet, et les plus vives flammes de l'exécution[250] », semble indiquer la suite logique des événements : torture, étranglement, pendaison des corps, mise au bûcher.

La mort est un spectacle qui instruit. Elle attire un vaste public. Le juge choisit pour les exécutions les moments où la population est rassemblée comme les jours de marché : le 29 septembre, le « maître des hautes œuvres » doit se déplacer à La Bastide-Clairence parce que « le lendemain, qui sera le jour de marché de cette ville, nous désirerions faire exécuter quelques sorciers et sorcières[251] ». Mais de toute façon, la foule accourt. À Saint-Jean-de-Luz, Marie Bonne est portée sur une charrette, en présence des baillis, des jurats, des abbés, des officiers de justice et d'une immense foule[252].

Certains clament leur innocence au pied du gibet. C'est avec un peu d'étonnement que Lancre voit « des criminels confesser en privé des crimes dont ils étaient prévenus et plusieurs autres, et néanmoins au supplice (...) s'en dédire tout à fait ». Il attribue ce retournement au désir « de conserver la bonne réputation à leurs familles[253] ». La plupart du temps, les accusées ont persévéré dans leurs confessions « à la torture et au supplice[254] », mourant parfois « comme des bêtes sans assistance », dans les cris des personnes leur criant de revenir sur leurs aveux pour éviter de « faire mourir toute leur famille[255] ».

En ce qui concerne le nombre des exécutions, les estimations sont extrêmement variables. Les plus basses tournent autour d'une quinzaine. Elles se fondent sur les personnes expressément citées comme condamnées à mort. Ce sont : Pétry d'Aguerre et sa famille, d'Ustarritz ; Detsail et sa sœur, d'Urrugne ; Nécato, d'Urrugne ; la « sorcière de Villefranche » ; une femme d'Ascain dénoncée par Dojartzabal ; Catherine de Molères ; Marie Bonne ; les trois prêtres Bocal, François de Bidégarray, Migalena. Il faut y rajouter « quelques sorciers et sorcières » qui « par arrêt ont été condamnées à mort » à La Bastide-Clairence. Quand on compare aux grands procès de sorcellerie, cela est faible.

Le chiffre, si souvent repris, lancé par le chanoine Veillet, de six cents exécutions serait-il hautement fantaisiste ? Beaucoup insistent sur la faible durée de la commission – quatre mois – et la lenteur des procédures en disant qu'il est impossible matériellement de juger et d'exécuter six cents personnes en quatre mois. L'argument est à retenir, mais avec des réserves. Les cinq cents témoins qui ont été entendus (sauf si le chiffre est inexact) ont tous la marque du Diable, ce qui signifie que le juge a bien procédé sur eux à cette recherche ; quant aux procédures, elles sont expéditives et la condamnation est immédiatement exécutoire, dans l'heure ou les deux heures qui suivent[256]. De plus, certaines exécutions sont collectives. Cela dit, six cents en quatre mois, cela fait une moyenne de plusieurs exécutions par jour, et cela semble peu crédible, d'autant que Lancre évoque des difficultés qui ont entraîné l'arrêt des procédures pendant un mois : « Les exécutions étaient si malaisées pour le grand nombre de sorciers (…) que nous demeurâmes plus d'un mois sans pouvoir contraindre ni sergent ni trompette d'y aller[257]. » Le chiffre de six cents victimes cité par Veillet, qui écrit près de cent ans après les faits, a sans doute été gonflé. Toutefois, il me paraît illustrer, tant d'années après, la traînée de terreur qui a suivi le passage de la commission. La vérité doit se situer entre ces deux marges, sans doute tout aussi fausses l'une que l'autre, quinze et six cents. Il ne faut pas trop tirer les chiffres vers le bas cependant, car Lancre évoque les « infinités » de sorcières qu'il rencontre, et parle « de tous ceux qu'on a fait mourir[258] ». Il faut sans doute retenir un chiffre un peu inférieur à une centaine : « Je puis bien dire ce que soixante à quatre-vingts insignes sorcières et cinq cents témoins marqués du caractère du Diable (...) nous ont dit de ce que Satan leur a fait faire[259]. » Cette fourchette de soixante à quatre-vingts semble plus raisonnable, avec une moyenne – même si cette notion ne rend pas la réalité du rythme et des caractéristiques des procès – d'une exécution tous les deux jours. Toutefois, un chiffre supérieur n'est pas à exclure.

En tout cas, l'importance de la répression a entraîné des réactions vives. Elles ont été de quatre ordres. La terreur et la fuite, les émeutes, un redoublement de dénonciations suivi de recours à des procédures.

« Aux premiers jugements que nous donnâmes contre les sorciers d'Ascain (...), les enfants et filles des sorcières exécutées, et autres parents, lui reprochaient [au Diable] quoi, vous nous promettiez que vos mères prisonnières ne mourraient point, néanmoins les voilà brûlées et réduites en cendres[260]. » Les gens, dit Pierre de Lancre, effrayés par tant de « bourrelage, de gibets et de flammes » (on verra dans le mot « bourrelage » l'œuvre des bourreaux) « s'enfuyaient par caravane et par mer et par terre ». Ils s'enfuient à Terre-Neuve, dit-il (il est plus probable qu'ils se précipitent au devant des marins qui sont sur le chemin du retour). Ils se réfugient en Espagne aussi, où l'Inquisition leur semble – à juste titre – moins inquiétante que les juges bordelais.

Fin septembre, les marins reviennent de Terre-Neuve, au nombre de cinq à six mille et s'opposent violemment à certaines exécutions. « Il y eut un désordre et une si grande foule qu'il n'y avait ni ordre ni sûreté en ces exécutions ». Une véritable émeute accompagne l'exécution de « Marie Bonne de Saint-Jean-de-Luz, sorcière insigne, qui avait librement confessé et servi de témoin contre plusieurs autres », car on craint les conséquences de ses accusations : « On lui porta souvent le poignard à la gorge pour la faire dédire, et décharger plusieurs personnes qu'elle avait accusées[261]. »

L'exécution des premiers prêtres libère la parole de certains témoins – ou leur imagination – qui en dénoncent d'autres : « plusieurs prirent liberté et assurance d'accuser d'autres prêtres ». Certains prennent la fuite sous différents prétextes, ou sans prétexte du tout : « plusieurs prêtres prirent leur essor, d'autres forgèrent leurs vœux à Notre-Dame de Montserrat (...) d'autres prirent la mer[262] ». L'évêque de Bayonne, Bertrand d'Etchauz, réagit tardivement mais vivement, même s'il a procédé en personne à la déchéance de deux des prêtres exécutés. Il s'oppose en cela à son grand vicaire, « particulièrement affectionné à chasser les sorciers de sa patrie[263] ». L'évêque se plaint au parlement de Bordeaux. Les dénonciations continuent à se développer, elles concernent désormais des bourgeois de Bayonne, la famille Soraindho en particulier. Des accusés font alors appel au présidial de Dax, où un de leurs avocats récuse les juges. Pierre de Lancre doit se déplacer à Dax. Le sénéchal n'osant prendre position contre la commission du parlement, les avocats des prêtres accusés portent l'affaire au présidial de Saint-Sever. C'est alors qu'on atteint la date limite fixée par le roi. Le 1er novembre, les deux juges quittent le Labourd. Pierre de Lancre revient vers Bordeaux, Jean d'Espaignet prend la route de Nérac où il doit présider la chambre mi-partie.

Mais la répression de la sorcellerie n'est pas terminée.

Pierre de Lancre a-t-il manqué de temps ? Une solution de repli a-t-elle été envisagée devant les réactions de la population et celles de l'évêque ? Contrairement aux ordres du roi, en tout cas, des sorcières du Labourd prennent le chemin de Bordeaux. « Le palais et cour du parlement de Bordeaux en ont été remplis, si bien que, ne pouvant trouver prisons capables pour les enfermer dans la conciergerie de la cour, on fut contraint de les mettre au fort du Hâ ». Elles y sont « une infinité ». De quelles villes viennent-elles ? La seule réponse est un passage d'*Incrédulité et mécréance*, où il est écrit : « en l'an 1609 et 1610, on mena tant de sorcières d'aucunes paroisses qui sont vers la ville d'Acqs au parlement de Bordeaux[264] ». Mais elles devaient venir de bien d'autres lieux.

Lancre ne se lasse pas des sorcières. Il les retrouve dans les prisons du parlement et au fort du Hâ. Elles y restent longtemps tant elles sont nombreuses. En 1613, il y a encore à Bordeaux des sorcières qu'il y a envoyées et qui ne sont pas jugées : « plusieurs personnes déférées en nos procédures traînent encore en leurs liens[265] ».

De ces procès, nous n'avons que peu d'échos. Le 10 juillet 1610, une sorcière est condamnée à mort (huit juges ayant voté pour la mort, deux contre) sur la seule accusation d'avoir participé au sabbat. Lancre se rend aux interrogatoires, « épiant et écoutant ce qu'elles confessaient de nouveau et de rare ». Il transcrit les interrogatoires de l'une d'entre elles, qui dépose devant lui « sur la sellette » et complète utilement ses théories.

En septembre 1610, Catherine de Barrendeguy, dite Cathalin de Bardos, de la paroisse de Haltsou, soixante ans, est jugée par la chambre de la Tournelle. Catherine est depuis un an enfermée à Bordeaux. Loin des siens, loin de son village – Haltsou est proche de Cambo –, dans une prison urbaine, elle qui vivait dans un bourg, entourée de gardiens qui ne comprennent pas sa langue, de détenus qui racontent les séances d'interrogatoires. Comment a-t-elle vécu pendant cette année ? On ne sait rien de ce qu'elle vit, dans cette prison dont elle ne sort que pour être jugée à la chambre criminelle. Elle ne parle que le basque. On fait appel pour traduire ses aveux à un religieux, un augustin originaire du Labourd et vivant à Bordeaux. Il sert d'interprète aux commissaires qui « firent donner la torture » à la vieille Catherine.

Voici ce qu'elle dit, sous la torture, dires confirmés en dehors des séances de torture, et au moment de l'exécution. La déposition peut sembler un peu longue. Mais, dans sa cruelle simplicité, elle résume de manière significative l'ensemble des accusations qui sont portées contre les sorcières. On y sentira aussi, sous-jacente, une autre réalité, celle des femmes accusées, torturées, qui vont périr sur le gibet.

Voici ce que dit la vieille Catherine.

« Dit qu'elle a vu au sabbat Marie Pipy d'Olgarray, laquelle servait d'échanson (…) et baillait à boire aux autres sorcières. »

La dénonciation d'autres sorcières est un des éléments constants des aveux.

« Que la première fois que les jeunes filles et enfants vont au sabbat, le Diable leur fait renoncer Dieu. »

Cette renonciation déjà longuement évoquée par certains témoins, est désormais pour Pierre de Lancre un fait bien établi.

« Et après, les marque toutes d'une de ses cornes dans l'œil gauche, comme nous vîmes clairement en la personne de sa fille Marie de la Rat, jeune fille âgée de dix-sept ans, laquelle elle confessait avait menée au sabbat, comme faisait aussi la jeune fille qui était présente, laquelle montrait visiblement l'œil louche et hagard, avec une marque au dedans comme une patte de crapaud, ou autre petite caractère à la vérité bien malaisé à discerner. »

Marie de la Rat confesse aussi, donc elle avoue. Sans doute sous la torture, dans les mêmes conditions que sa mère.

« Elle disait que le Diable caressait fort les jeunes femmes, et ne tenait pas grand compte des vieilles. »

Toujours cette obsession sexuelle dont on a vu qu'elle est dominante dans l'esprit des juges qui traquent le sabbat. Le sabbat a pour eux trois aspects fondamentaux : la renonciation à Dieu ; la messe noire qui est l'inversion, le reflet maudit de l'office religieux ; la licence sexuelle symbolisée par les relations avec le Diable, dont on connaît le sexe par le menu et par les relations libres et contre nature sans aucun danger de procréation.

« Que le Diable induit les petits enfants à accuser ceux mêmes qui ne sont pas sorciers pour les perdre. »

Cette partie de la confession est le seul moment où il soit envisagé que les accusés ne soient pas tous coupables.

« Qu'un Joannes d'Olgaray est le maître dépensier du Diable. »

Derrière cette accusation, comme derrière d'autres, l'argent. Le sabbat est l'explication d'enrichissements soudains et non tolérés. L'accusation de sorcellerie peut ainsi concerner des personnes aisées ou récemment enrichies.

« Qu'elle a vu au sabbat Hirigoyen, prêtre et vicaire de la paroisse de Fasso, qui dansait et adorait le Diable. A vu au sabbat Marie de Haussy avec laquelle ce prêtre dansait, comme aussi dit avoir vu une femme veuve nommé Salbouhouria laquelle ledit prêtre entretient, et en a eu un enfant, lequel comme le bruit commun est, il fait nourrir : ce qu'elle dit être véritable pour avoir souvent parlé audit prêtre, lequel l'a priée de ne le vouloir découvrir. Dit aussi avoir vu au sabbat plusieurs autres prêtres qu'elle a nommés par nom et surnom et sont couchés ès registres de la Cour. »

À nouveau, une accusation touche des prêtres. Ces accusations sont apparues en fin d'enquête, comme si une parole était libérée. Avec en fond, les deux réformes, la protestante et la catholique. Nous avons là, outre des jalousies villageoises, un effet du concile de Trente. Réuni avec des intermittences de 1545 à 1563, il a renouvelé des exigences de formation et de chasteté vis-à-vis d'un clergé qui met un certain temps à s'y plier.

« Que les enfants ne font du poison et ne sont initiés à si haut mystère qu'à l'âge de vingt ou vingt-quatre ans. »

Cette femme de soixante ans fait elle aussi référence à des enfants, présents mais non coupables, et à des fabrications de potions, ou poisons.

« Qu'elle a vu au sabbat la figure de Petty de Lysalde qui ne se remuait aucunement. Et que les sorcières qui veulent mal à quelconque personne lorsqu'elles sont au sabbat ont pouvoir de représenter la figure de celui auquel elles veulent du mal. Mais la figure ne bouge point : et que le Diable le fait et forme ladite figure à la prière desdits sorciers, pour les faire accuser de sortilège, mais en ces cas ladite figure ne bouge jamais, qui est un point de sorcellerie bien notable. Dit aussi y avoir vu la figure d'Estebenot de Bourhry laquelle ne se bougeait non plus, et au contraire les vrais sorciers vont et viennent et se remuent. »

On a là un écho de magie sur des figurines que l'on transperce des maux que l'on veut transmettre à la personne réelle. Cet Estebenot de Bourhary a certainement été l'objet d'une opération maléfique.

Catherine est condamnée à mort. Elle a parlé sous la torture, elle a avoué hors de la torture, elle confirme au supplice. Affolée par les sévices, par cette aiguille qui a fouaillé son corps à la recherche de la marque du Diable, elle avoue une dernière fois. Elle parle dans cette langue basque qui est la sienne, elle qui ne comprend pas la langue de ses accusateurs. Car le même religieux qu'elle a vu dans la chambre de torture pour traduire ses aveux, elle le retrouve comme confesseur au moment de la mort. Elle confirme. Comment ne confirmerait-elle pas ? « Et au supplice elle dit à son confesseur basque de l'ordre des Augustins que tout ce qu'elle avait dit à la torture était vrai, et de plus qu'elle avait vu au sabbat la figure de Jeanne Biscaréna sans aucun mouvement, tout ainsi qu'elle a dit des autres ci-dessus. »

C'est la seule apparition de Jeanne Biscaréna dans les livres de Pierre de Lancre. Ici, elle est présente au sabbat, mais en esprit seulement d'après les théories du temps, puisqu'elle est « sans aucun mouvement ».

Le fort du Hâ, où sont enfermées les sorcières basques qui n'ont pu être jugées par Pierre de Lancre.

Au pied du gibet, avant que son corps cesse de vivre et, étranglé, soit mis sur un bûcher, Catherine de Bardos parle une dernière fois : « Et ayant par plusieurs fois accusé et déchargé une sorcière nommée Caruart, enfin étant aux abois de la mort, elle dit qu'elle était sorcière, l'ayant vue plusieurs fois au sabbat menant ses enfants propres : disant qu'elle ne voulait damner son âme pour personne : voilà ce qu'elle dit à la torture et au supplice. »

Le dernier cadeau de Catherine de Barrenteguy, dite Cathalin de Bardos, et aussi Cathalin de Hilsou : une accusation.

Que la sorcière Caruart prenne garde à elle…

Catherine de Barrenteguy est exécutée le 3 septembre 1610.

Comme toutes les sorcières, elle fait d'abord amende honorable en chemise, tête et pieds nus, devant la principale porte d'une église – Saint-André peut-être – située tout près de la prison du Hâ. Elle a en sa main une torche de cire ardente d'un poids de deux livres. Là, à genoux, elle déclare que «par une abominable impiété» elle a oublié Dieu et s'est laissé séduire et tenter par le Diable, l'a servi et adoré. Elle s'en repent, en demande pardon à Dieu, au roi et à la justice. Elle est ensuite menée et conduite par l'exécuteur de la haute justice au lieu d'exécution et là pendue et étranglée à une potence qui pour cet effet y a été dressée. Son corps mort a été ensuite réduit en cendres[266].

Car les juges condamnent à la mort sur la terre et pour l'éternité. Il n'est pas de résurrection pour les sorcières.

Une sorcière amenant des enfants au sabbat
(détail de la Description et figure du sabbat, voir p. 28).

Chapitre 8

La sorcière est prise en tenailles

« LA SORCIÈRE EST PRISE EN TENAILLES entre deux mouvements : la lente conquête culturelle, religieuse et politique des campagnes (...), les mutations socio-économiques du monde rural qui aboutirent à une redistribution du pouvoir à l'échelon local. » D'un côté, les juges et l'Église qui vont dans les campagnes imposer leur vision du monde, leur culture, leur langue, leur mentalité d'urbains ; de l'autre, « les paysans aisés, partiellement gagnés à la civilisation de l'écrit, profitant d'ailleurs de la chasse aux sorciers pour montrer leur puissance à toute la communauté rurale. La suppliciée servait de bouc émissaire et son martyre avait pour objet de rétablir la cohésion interne de la société environnante et de la cellule villageoise[267]. »

Ces lignes déjà anciennes de Robert Muchembled dans *La Sorcière au village* sont toujours d'actualité. Il y rappelle l'offensive que l'on peut qualifier d'urbaine et culturelle, où des juges fabriquent un discours et le plaquent sur une réalité qu'ils méprisent et redoutent à la fois, comme l'a montré Robert Mandrou dans *Magistrats et Sorciers*. Mais, derrière cette réalité incontestable, il en décèle une autre : celle de milieux ruraux en transformation, lieux de rivalités et d'affrontements, dans lesquels la sorcière joue un rôle de bouc émissaire.

Chacun aura senti à quel point le discours de Lancre est prégnant dans les procès. Quand il arrive en Labourd, il a une théorie élaborée, et ne retient de ce qu'il voit et entend que ce qui conforte cette théorie. Son pouvoir semble n'avoir pas de limites, puisqu'il est maître d'une procédure dont la rapidité frappe comme l'éclair et dont la rumeur répand l'effroi. Il exerce son pouvoir par l'usage du français face à des accusées comprenant mal la langue, par sa culture classique qui lui donne le sentiment de l'appartenance à une élite face à des personnes incultes. S'y ajoutent le secret, qui interdit aux accusées toute connaissance du dossier d'accusation et tout défenseur, et une spécificité qui rapproche les procès en sorcellerie du XVIIe siècle des procès staliniens : l'accusé doit avouer non seulement ce qu'il n'a pas fait, mais une histoire fantastique et abominable dont il devine peu à peu les contours monstrueux dans les questions dont on le harcèle dans les salles de torture.

Au cœur du discours du juge, la condamnation de la femme. « Les femmes sont plutôt sorcières, et en plus grand nombre que les hommes. C'est un sexe fragile (...) Elles abondent en passions âpres et véhémentes, outre qu'elles sont ordinairement de nature humide et visqueuse (...) Les hommes entretiennent moins obstinément leurs imaginations[268]. » Aux généralités assénées comme des évidences, Pierre de Lancre ajoute la force de la démonstration scientifique avec ses « on a observé de tout temps... ». « On a observé de tout temps qu'il y a plus de sorcières femmes que d'hommes[269]. » La femme accusée : inquiétante, dangereuse, mais aussi diabolique et inférieure. « Le Diable emprunte bien souvent la beauté de la femme, qui est le plus beau masque et le plus attrayant qui soit parmi le genre humain, pour séduire les hommes sujets à l'amour[270]. » « Il est très vrai que le malin esprit tire plus facilement l'esprit volage des femmes à la superstition et idolâtrie que celui des hommes[271]. » « La femme ne peut faire la moitié si forte que l'homme : si bien que le mariage (...) est une conjonction en liaison de deux cordes inégales : une forte qui est le mari et une faible qui est la femme[272]. »

Le Diable, dit-il aussi, « donne moyen à des femmes de nous jeter en des amours si sales et si abominables ». Il « nous fait rencontrer des femmes qui nous charment tellement, empoisonnent et altèrent les sens ». Dans d'autres passages, il évoque « cette passion d'amour, qui nous violente parfois si rudement qu'il semble que nous soyons non seulement charmés mais forcenés[273] ». A-t-il eu les sens empoisonnés par les sorcières du Labourd ? Dans son poème dédié à Pierre de Lancre, Jean d'Espaignet y fait écho :

« Pires que la tempête et que ces fiers autans
Elles font échouer les navires flottants : Et puis après ces folles
Nous content leurs sabbats, leurs vices et leurs tours
Las, leurs seules paroles
Nous ensorcelleraient sans le divin secours (…)
Les vices pervers
de ces sorcières pâles
Pervertissent du tout l'ordre de l'univers[274] ».

Tentatrice, la femme est obsédée par le sexe : « Toutes sortes de femmes mécontentes pour quelque légère occasion que ce soit (…) produisent des enfants qui sont souvent l'ouvrage d'autrui[275]. » Il en est de même quand vient sous sa plume cette remarque : « Ainsi disent les dames que parfois les maris sont si saouls que les meilleurs morceaux restent au plat et que les valets s'en gorgent[276]. » Elle poursuit les hommes de ses désirs inassouvis : « Elles te poursuivent avec une telle violence ou artifice qu'il serait presque impossible d'échapper et de t'en défendre », avoue-t-il dans *Le Livre des princes* en 1617. Si le castor poursuivi s'arrache, paraît-il, les génitoires, Lancre donne le même conseil « à qui se trouverait trop poursuivi de ces Dianes chasseresses[277] ».

L'approcher est dangereux, car elle suscite la concupiscence et fait tomber dans le péché. Elle ne doit donc se mêler ni des affaires civiles, ni des religieuses. Or, en Labourd, des marguillières s'occupent des églises et jouent un rôle dans le service religieux. « Je vis en un certain village dix femmes à la suite l'une de l'autre portant les bassins (pour les aumônes) puis (…) une certaine femme qu'ils appellent bénédicte faisant la marguillière, s'approcher des autels, apporter des aubes, du luminaire. » La marguillière a « beaucoup de commerce avec les prêtres », étant « dès l'aube » « la première à l'église pour mettre les nappes blanches et autres ornements sur l'autel ». La conclusion s'impose : « Satan, qui a eu de tout temps quelque mégère pour abuser le monde, s'est avisé d'une ruse en ce pays de Labourd (…) pour prendre pied dans les églises[278]. »

L'observation est exacte. La marguillière, que l'on appelle également « benoîte », est « une fille ou une veuve, nommée par le patron de l'église ou les paroissiens, [qui] balaie l'église, blanchit le linge, sonne les cloches.

(...) En retour, elle est logée, elle touche un casuel de chaque baptême, mariage ou enterrement, un abonnement en grains de chaque maison. » Elle joue, selon Anne Zinc, le rôle d'un « curé parallèle », « distribue parfois le pain bénit, lève le deuil et les interdits au moment des funérailles[279] ».

Pour le juge, il est anormal que des femmes jouent un tel rôle : « Et puisque la loi civile enjoint à la femme de s'abstenir de toutes charges civiles et publiques, combien serait-il plus séant qu'elle s'abstînt de s'approcher des ornements de nos églises, de la personne de nos prêtres et de la sainteté de nos autels. » Il cite un arrêt du parlement de Paris de 1600 interdisant qu'une femme mariée puisse être marguillière sans le consentement de son époux et conclut : « Il ne faut souffrir (...) fille ni femme, de quelque condition, âge ou qualité, pour bénédicte ou marguillière[280]. » Comment s'étonner que, parmi ces femmes, il se soit trouvé deux sorcières ?

Ces citations sont suffisamment parlantes. La femme est bien au cœur des accusations. Et pourtant le lecteur se souvient que nombre de sorcières sont des... sorciers. François Borde, qui s'est livré à un travail minutieux d'analyse des personnes citées dans le *Tableau de l'inconstance des mauvais anges et démons*, a dénombré parmi les accusés et les témoins dûment cités les noms de cinquante femmes, vingt-neuf hommes et vingt et un enfants ou adolescents[281]. Le rapport hommes/femmes est donc de un tiers/deux tiers. Certes, ces chiffres concernent à la fois les témoins et les sorciers, encore qu'il est difficile de faire la différence, puisque tous les témoins portent la marque du Diable. Mais le nombre d'hommes s'inscrit en faux contre l'idée d'une répression qui n'aurait concerné que les femmes. Assiste-t-on au début du XVIIe siècle à un rééquilibrage entre les sexes ? Ce n'est pas sûr : dans les procès d'appel entre 1580 et 1609 à Paris et Bordeaux que cite Pierre de Lancre et que j'ai évoqués plus haut, la proportion des hommes est importante. Le discours contre la sorcellerie cible les femmes, la procédure les concerne majoritairement, mais elle concerne aussi beaucoup d'hommes. La célèbre phrase de Michelet « pour un sorcier, dix mille sorcières », malgré sa beauté littéraire, est à corriger.

D'une réalité composite, hommes et femmes, Pierre de Lancre a souligné – et vu – un des deux éléments. Mais une autre question se pose, plus décisive : a-t-il fabriqué une réalité de toutes pièces ? C'est autour de ce questionnement que les historiens travaillent depuis une quarantaine d'années. Robert Mandrou, Jean Delumeau, Guy Bechtel, Robert Muchembled ont les uns et les autres insisté sur le fait que la sorcellerie est essentiellement connue à travers un discours, celui des juges, tant dans les arrêts que dans les ouvrages de démonologie. Les juges ont-ils inventé la sorcellerie ? Penchés sur les corps dénudés et torturés des sorcières, parcourus par le désir et le sadisme – la « concupiscence » avouée par Lancre –, ont-ils induit des aveux, inventé des discours ?

Il faut répondre de manière nuancée. D'abord parce que Lancre n'est pas le premier à voir des sorcières en Labourd. Les procès, qu'ils soient instruits au sein de la sénéchaussée ou d'une commission du parlement, se sont multipliés depuis cinquante ans et c'est à à la suite d'accusations répétées de sorcellerie qu'Henri IV a décidé d'envoyer la commission.

La sorcellerie existe, dans les campagnes, les bourgs et les villes, au XVIe siècle comme à toutes les époques. Elle a cependant une force et une présence qu'elle a perdues depuis. Connaissance des simples, rites bénéfiques ou maléfiques concernant tous les aspects de la vie quotidienne, des moissons aux portées des bêtes, des mariages aux accouchements, envoûtements, ensorcellements, la sorcière est l'intermédiaire entre ce monde et un monde magique : « Comme elle était sortie pour prier Dieu sur la sépulture de ses parents, cette sorcière, (...) faisant semblant de lui tirer (...) une petite plume ou fétu qu'elle avait sur la manche de son bras droit, (...) il lui prit aussitôt un assoupissement et un tremblement de ce bras, lequel pendant cinq à six semaines allait toujours en se formant[282]. » Lancre y fait écho, mais rarement, car cela ne l'intéresse pas. C'est par hasard qu'on lit les mots « poison » et « poudres » – une expédition est montée pour découvrir la grotte où les sorcières cachent leurs poudres. Les mauvaises récoltes ne peuvent être causées que par des « sortilèges » pratiqués sur « le bétail, les fruits de la terre, et les personnes mêmes ». La maladie, l'accident sont affaire de jeteurs de sorts. Un homme est devenu boiteux ? N'en cherchez pas la cause : il a été ensorcelé[283]. Les femmes apprennent au sabbat « à battre l'eau pour faire la grêle, et exciter des orages[284] » ? Elles provoquent la perte des bateaux à Terre-Neuve.

Une de ces femmes est évoquée, qui habite « un gros bourg » : « Le monde lui a laissé toute liberté, s'étant apprivoisé avec elle, sous le prétexte spécieux qu'elle fait semblant de s'employer à simple guérison[285]. » Il s'agit d'une guérisseuse, dont le village « s'accommode ». Le mot est intéressant, car il indique à la fois une acceptation et une distance.

Il est possible que ces procès qui s'accumulent depuis cinquante ans reflètent un moment de mutation où le monde rural commence à regarder le guérisseur avec une certaine circonspection et le dénonce. Car, à côté d'une répression officielle, la sorcellerie est l'objet de violences populaires, comme le reflète un épisode qui se situe le 8 juin 1618 : « Une sorcière étant arrivée à Bayonne donna de son seul regard (...) le haut mal à deux jeunes filles, (...) si bien que tout le peuple s'étant jeté à foule à voir ce hideux spectacle, les voyant prosternées par terre avec des élancements furieux et cruels, s'élança tellement sur elle qu'elle fut assommée à coups de pierre. Et non content de cela, ils la couvrirent de paille et la brûlèrent[286]. »

Ce qui ne veut pas dire que cette sorcellerie populaire a disparu avec les procès. Quelques auteurs ont récolté au Pays basque et en Béarn des pratiques magiques qui existaient à la fin du XIXe siècle. Ils décrivent par le menu comment guérir fièvres, gale, plaies dartreuses et autres furoncles et sciatique. Je ne citerai qu'une recette contre la fièvre : cueillir sept pieds de menthe sans rejeton, se mettre à genoux, faire un signe de croix, jeter cinq, puis sept, puis neuf miettes de pain sur la plante, cinq, sept, puis neuf grains de sel. Et dire : « Je te porte pour que tu guérisses mon mal. » Contre la gale, on conseille de se promener nu dans un champ d'avoine, le 24 juin, en disant « nettoie-moi, fraîche rosée ». Enfin, pour obtenir son pardon, ce qui est toujours utile, il faut accrocher de l'herbe de la Vierge et dire une sorte de petit poème : « Herbe qui t'est arrosée au jardin et dans la prairie, Vis longtemps dans ma main pour que j'obtienne mon pardon, Ensuite fais-moi bien mourir, Choisir mieux que je ne pourrais[287]. »

À travers Lancre, quelques échos de cette sorcellerie au quotidien apparaissent. Elle existait sûrement, même s'il y fait peu référence. Il s'affirme d'accord avec del Rio qui détermine deux types de sorcières : celles qui « se mêlent de guérir les ensorcelés et malades » et utilisent différents breuvages à cet effet, et celles qui « renoncent expressément à Dieu et se sont vouées à Satan[288] ». Ce sont ces dernières qui l'intéressent.

Après avoir esquissé une première réalité, celle d'une sorcellerie populaire, il est temps de voir quelles autres réalités sociales peuvent se deviner. Prenons l'exemple du sabbat, beau sujet de débat théorique, omniprésent chez Lancre. Le sabbat a-t-il une réalité, contrairement au canon *Episcopi,* mais conformément au *Malleus maleficarum* ? Oui, pensent les théoriciens français, ces juristes démonologues qui ont su allier le goût de la théorie et le plaisir des travaux pratiques. Mais répondre que le sabbat existe n'est pas suffisant. Y a-t-il déplacement des corps ou des seuls esprits ? Et qu'y fait-on ? Car l'image du sabbat évolue au fil des procès et des interrogatoires. De traité en traité, de procès en procès, les lieux se précisent, la description du Diable se modifie, la messe noire se complexifie. Ainsi, l'élévation est décrite pour la première fois par Florimond de Raymond, le beau-frère de Pierre de Lancre[289]. Peu à peu se construit un monde fantastique, inversé, où se pratiquent l'inceste, la sodomie, le cannibalisme, où l'on salue le maître de maison en le baisant au derrière, où l'hostie est noire. Ce monde parallèle, réalité « à rebours », où « Satan est le vrai singe de Dieu[290] », qui n'est pas sans nous faire penser à quelques grands romans de la science-fiction américaine[291], est sans doute le reflet des obsessions du monde bourgeois, masculin, urbain que représentent les juges. Lancre s'honore d'apporter sa pierre au débat.

Mais le sabbat n'est-il que cela ? N'est-il qu'une réponse aux questions que se posent les juges sur le sexe, Dieu et la mort ? N'est-il que le reflet de leurs peurs ? Quand les femmes torturées avouent leur participation au sabbat, ne font-elles que répondre favorablement, dans leur terreur, au désir obsessionnel de leur bourreau d'accumuler des renseignements sur le sabbat, ou mettent-elles derrière les mots une autre réalité, et laquelle ?

Où se tient le sabbat ? Dans la lande du bouc, au nom d'Akelarre ; au sommet de la Rhune, la plus haute montagne du Pays basque qui domine Hendaye, près de la chapelle du Saint-Esprit ; dans les brumes de cette montagne de neufs cents mètres qui attire les premiers nuages de l'Océan ; sur la place d'Ascain, où le Diable installe sa chaise dorée ; sur le pont qui sépare les deux villes si proches et si hostiles que sont Saint-Jean-de-Luz et Ciboure ; dans chacune des paroisses.

Pourquoi va-t-on au sabbat ? Une « sorcière célèbre » ne peut donner aucune raison, « sinon que c'était pour y aller danser ; puis elle nous dit, montrant le pouce passé dans ses deux premiers doigts (...) qu'elle y était allée pour faire la figue au Diable qui est un geste fort sale[292] ». Une autre « confessa ingénument qu'elle y était allée, mais c'était seulement pour danser, n'ayant pu éviter les choses qui sont communément plaisantes comme la danse (disait-elle en son basque)[293] ». Pour une autre, le sabbat est comme la célèbre foire de Bayonne. Pour une autre encore, le déplacement vers le lieu du sabbat ressemble à une paisible promenade du soir... Un des noms que les femmes donnent au Diable est lou Peccat. Le péché.

Une autre réalité s'esquisse. Comme un écho de la voix des victimes, de ce qui les faisait vivre, de ce qui était leur identité. La lande du bouc, le sommet de la Rhune, le pont qui sépare deux villes que l'on devine hostiles, la place du village : il peut y avoir là des lieux de peur et d'affrontement de ce monde que l'on dit rural, mais qui est plutôt celui de petites villes. Quant à la danse et au nom de lou Peccat... Derrière les mots du juge, des vies de femmes qui identifient le sabbat à des liaisons, des plaisirs, des danses, des promenades, vécus peut-être avec un obscur sentiment du péché.

La sexualité et l'impuissance sont deux des obsessions de Pierre de Lancre, comme de son époque, d'où une véritable fascination pour le nouage des aiguillettes. « Est-il possible que par charme, fascination ou sortilège [on puisse] énerver un homme et l'efféminer, de façon qu'il ne soit plus un homme[294] ? » « On m'a fait voir une sorcière laquelle fait merveille à délier. Car elle a délié une jeune mariée qui courait journellement les champs de plein jour (...) et avait des convulsions et des cris, et des élans si furieux et dénaturés qu'on eût dit qu'elle était possédée. (...) Elle (la sorcière) a dit qu'elle (la mariée) était liée pour la génération et non la copulation[295]. » Dans un chapitre d'*Incrédulité et mécréance* consacré à la ligature, il cite toutes sortes de « ligatures » dont les sorciers peuvent être responsables, y compris celle d'un moulin qui a été « chevillé » ou d'enfants rendus muets. Il raconte l'histoire d'un seigneur et d'une dame vivant à Bordeaux qui ont été « charmés et liés » et dont le « lieur », accusé de les avoir rendus incapables de rapports sexuels, est condamné à mort et exécuté en septembre 1618.

Il est difficile de ne voir dans cette omniprésence de la sexualité que l'obsession de juges vieillissants. Toute la société est concernée, la villageoise comme l'urbaine. Cette obsession n'est pas spécifique aux XVIe et XVIIe siècles, mais l'époque met la sorcellerie et le Diable derrière tout excès, écart, déviance, ou échec du sexe. Bien des hommes et des femmes interrogés par Lancre ont révélé désirs, rivalités, frustrations, jalousies. François Borde souligne à juste titre deux éléments qui nous renvoient à la sexualité. La douleur liée à l'acte sexuel avec le Diable, ce sexe dur, qui coupe, en écailles, la nuée qui dérobe ses rapports sexuels aux yeux des enfants. Quant à l'inceste, il frappe tant Pierre de Lancre qu'il en parle à nouveau dans *Le Livre des princes* : « Cet amour si forcené et furieux que le père n'a en horreur d'amadouer et flatter sa propre fille, pour la faire condescendre à une exécrable et désastrée jouissance[296]. » Ne décrit-il pas ici des réalités campagnardes dont il a eu des échos et dont les dénonciations ne sont pas des créations de l'esprit ?

Quant à la vie maritale d'un grand nombre de prêtres, elle devient après le concile de Trente l'objet de suspicion et de dénonciation. Si l'on reprend l'exemple des marguillières, ces femmes qui s'occupent des églises et approchent de très près (trop près ?) les prêtres, on peut deviner une double dénonciation, celle du juge mais aussi celle des paroissiens. Sur les trois prêtres condamnés, l'un d'entre eux a un enfant d'une liaison. Si Lancre a trouvé deux sorcières parmi les marguillières, c'est bien qu'elles ont été dénoncées. En 1604, un procès avait opposé la ville de Bayonne et les chanoines de la cathédrale au sujet de la nomination d'une d'entre elles, une certaine Jeannette de Molon, « femme vile et d'abjecte condition demeurant au service desdits chanoines », au dire des jurats[297].

Ainsi, quelques réalités des villages, bourgs et villes sont sensibles à travers un décryptage des propos sur le sabbat ou le sexe.

Les dénonciations aussi sont révélatrices. On ne livre pas le nom de n'importe qui, même sous la torture. Une sorcière, par exemple, est jugée par suite des dénonciations des femmes d'un village, « criant incessamment jusqu'à ce que le procès soit fait et refait[298] ». Même si nous ne savons quasiment rien des personnes jugées ou dénoncées – à part les prêtres, on ne connaît qu'une profession, celle du « régent » d'un bourg –, on devine des rancœurs et des haines.

Deux schémas permettent de mieux appréhender le système des dénonciations. L'un montre comment un nombre important de témoins entraîne la condamnation à mort d'une femme. C'est l'exemple de « l'insigne sorcière Nécato », dénoncée par au moins cinq personnes, et qui dénonce à son tour Detsail et sa sœur, chargés aussi par deux femmes.

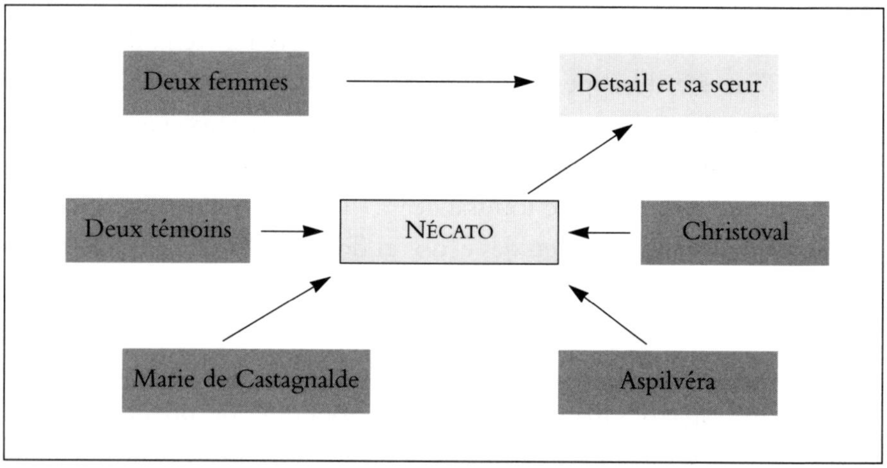

En gris clair : les accusés.
En gris foncé : les accusateurs.
Nécato : accusée et accusatrice.

Autre exemple, en sens inverse, celui du rôle de la redoutable Jeannette d'Abadie, au centre d'un système d'accusations :

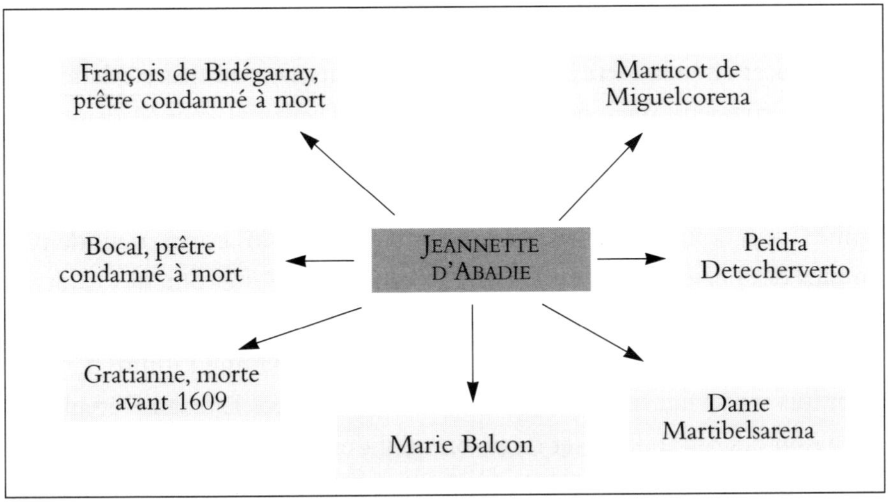

Quelles petites histoires, quelles haines recuites, quelles rancœurs, quels hasards ou associations d'idées poussent Jeannette à accuser ces personnes ? Pourquoi Nécato, sous la torture, accusée par tant de « témoins », se met-elle à charger Detsail et sa sœur ? Nous ne le saurons pas. Plus loin, on voit un maître dénoncer sa servante : « Le sieur de la maison de Joanissessa » accuse sa servante de fréquenter le sabbat. Elle le nie. Il a « veillé » toute la nuit, « attaché à sa jambe ». « Néanmoins le Diable trompa son maître car elle fut au sabbat, confessa y avoir été[299]. » Dans les inventaires d'archives de la ville de Bayonne, on reconnaît quelques noms de famille qui apparaissent plus tard dans les procès en sorcellerie. En 1604, une certaine Jeanne Daguerre est condamnée à être fouettée pour avoir volé cent vingt-cinq pièces de seize sols. La même année, Pierre Daguerre est poursuivi pour des contraventions aux ordonnances sur le courtage des marchandises. Cinq ans plus tard, lors de la venue de la commission, toute la famille d'un Pétri Daguerre est condamnée à mort pour sorcellerie. Peut-être s'agit-il des mêmes[300].

Quant aux accusations contre les familles de Soraindho, de maître de Ségure et de Crutchette, formulées en fin de commission, curieusement, Lancre est muet sur le sujet. Les Soraindho cumulent les postes à Bayonne. Ségure est assesseur criminel. Et Jean de Crutchette est « lieutenant particulier » du sénéchal. Or, dans une déposition, Marie Cornau, fille de l'accusée Jeanne Mondens, déclare que sa mère connaît plusieurs sorcières à Bayonne, et cite « la mère de Soraindho, le lieutenant du maire, Mademoiselle de Crutchette, mère de Crutchette, la grand'barbe ; sa sœur Mademoiselle de Ségure ; une autre sœur appelée mademoiselle Duprat ; la belle-fille de ladite Duprat et la mère de ladite belle-fille, appelée la donne de Hauranne[301] ». À la fin de la commission, les dénonciations concernent de plus en plus des personnes représentant le pouvoir, prêtres et officiers royaux.

Sous-jacente, la question de l'argent illustre l'importance des rivalités locales. On l'a vu pour le prêtre Bocal. « On amassa une infinité d'argent pour lui » ; « il se fait aussi une grande collecte en plus ». Esteban Detsail tient le « bassin des offrandes », « et disait-on qu'il s'en était enrichi ». Les absences au sabbat – les « défauts » – entraînent le paiement d'amendes collectées par des… receveurs. Comme quoi il plus facile d'arrêter le Diable que le percepteur ! « Nous en connaissons les receveurs en quelques paroisses, plusieurs les y ont payés en argent, et d'autres, par faute d'argent, ont baillé des gages avec quelque délai de payer[302]. » Une femme de Biarritz doit donner huit sols chaque fois qu'elle manque le sabbat. À La Bastide-Clairence, un jeune homme « ayant failli d'aller au sabbat », ne peut payer que cinq sols sur les huit. Mal lui en prend : un « sorcier qui avait la charge de livrer les défauts (…) ; le voulant forcer de payer huit sols, (…) le rudoyait ». Emprisonné à Bordeaux trois ans plus tard, un homme est accusé de « lever les défauts en la paroisse ». Certaines femmes, ne pouvant payer en argent, « payaient en bleds[303] ».

Les portraits des sorciers, tels qu'ils se dessinent, sont ceux non de marginaux ou de « périphériques » de la société – encore que certains le soient sûrement –, mais plutôt de personnes récemment enrichies. Ils peuvent être des nantis face à des paysans ou des artisans appauvris, ne voyant pas leur situation s'améliorer, ou dénonçant leurs créanciers.

Dernier phénomène, extrêmement troublant : les enfants et les jeunes. Ils sont au centre des soucis du roi et des populations. Au cœur aussi des dénonciations.

Au centre des soucis : « Les exposants n'oseraient laisser sortir leurs enfants de leurs maisons qu'ils ne soient incontinent saisis de ce mal », écrit

Henri IV. « Tant de pauvres affligés nous portaient leurs enfants que les sorcières leur ôtaient la nuit d'entre les bras par le moyen du Diable pour les mener au sabbat, tant de pauvres enfants et filles qui veillaient la nuit dans les églises étant tous en même peine et faisant même plainte[304] », écrit Pierre de Lancre, qui se souvient d'avoir vu « une douzaine de mères en un seul village accuser une sorcière [d'amener au sabbat] une douzaine d'enfants[305] ». Dans certains villages, les mères, la nuit, regroupent les enfants dans l'église pour « les prévenir du sabbat ».

Au cœur des dénonciations : ils sont de féroces accusateurs. Corneille Bronic, douze ans, ce « beau et civil enfant » que l'on obligeait à baiser le derrière du Diable, n'en est que le prototype. Car Catherine de Naguille a onze ans, Cristoval de la Garalde et Aspelvera en ont quinze ou seize. Même âge pour Dojartzabal. Marie de Marigrane a quinze ans, Jeanne de Hortilopitz quatorze, Marie Dindarde dix-sept, Marie Daguerre treize, Catherine d'Arreiouague quatorze. Le juge avance même les âges de six, sept et huit ans[306] pour des centaines d'enfants. Ils racontent qui les mène au sabbat, qui les fouette pour les empêcher de parler ou les punir de l'avoir fait. On trouve à plusieurs reprises sous la plume du juge : « Tous les enfants qui étaient menés au sabbat par les sorcières disent que… » Vingt-deux enfants affirment à une sorcière « qu'elle les a menés un tel jour, et à un tel lieu, et qu'elle les a fait renoncer à leur Créateur, et leur a fait donner le sceau et le caractère du Diable[307] ». « Un enfant de huit ans, et encore d'âge plus bas, est fort croyable », écrit le juge sans sourciller. Il suffit que l'on trouve sur lui la marque d'insensibilité, preuve qu'il a bien été mené au sabbat par une « insigne sorcière[308] ».

Non seulement leur témoignage est recevable, mais il est une preuve supplémentaire : « Tant de petits enfants innocents, et d'autres témoins étrangers à la paroisse, indifférents, et de toute sorte, nous disaient ingénument… »

Pierre de Lancre ne manque pas toujours de recul. Il se doute qu'il peut être le jouet de règlements de compte. Aussi tient-il compte de ce qu'il appelle « l'indifférence » des témoins, qui lui semble garantie par l'éloignement géographique, ou par « l'innocence », qui est celle des « petits enfants ».

Le fait que les jeunes ou les enfants ont été battus revient à plusieurs reprises. Des témoins de dix-huit à vingt ans « menés au sabbat depuis leur jeunesse » ont été battus « pour avoir déposé devant nous, (...) les marques et stigmates des coups de fouet paraissant sur le dos[309] ». Ailleurs : « Parfois, sept ou huit enfants de diverses familles (...) y étaient fouettés jusques au sang, les marques y paraissant devant nos yeux[310]. » Les sorciers sont parfois si « insignes » qu'ils fouettent sauvagement, mais arrivent à faire disparaître les traces des coups. À Urrugne, Marissans de Tartas et le maître d'école mènent chaque nuit des enfants au sabbat sur la Rhune. Au retour, « elle et lui les avaient fouettés tous six en une borde ou maisonnette. Et comme nous leur disions que cela n'était possible, vu qu'elle était prisonnière, ils nous disent qu'ils avaient été fouettés si outrageusement que le sang en sortait et que les marques de fouet y étaient grosses comme le doigt ». Mais les deux sorciers leur ont « frotté le derrière de quelque certaine eau » qui a effacé les marques[311].

Ces violences « subies » par les enfants ont beaucoup frappé le juge qui s'en fait largement l'écho, tant dans le *Tableau de l'inconstance des mauvais anges et démons*, écrit dans la foulée du travail de la commission, que dans *Incrédulité et mécréance*, qui ne paraît qu'en 1622.

Que se passe-t-il chez ces adolescents ? Prennent-ils les procès pour des charivaris géants ? ou de gigantesques règlements de comptes ? Peut-on parler d'un conflit de générations, les jeunes – témoins – contre les vieux – sorciers ? Ce serait tentant si Lancre n'écrivait pas : « J'ai vu une infinité de sorciers et sorcières qui n'avaient pas plus de dix-huit, vingt, vingt-cinq ou trente ans[312] ». Encore que nombre de ceux sur lesquels ils donnent des renseignements précis semblent nettement plus âgés.

Les textes de Pierre de Lancre, si marqués soient-ils par la personnalité et les obsessions de leur auteur, laissent donc deviner des réalités en filigrane. Il est temps de voir de plus près la situation de cette région.

C'est à la suite de demandes locales pressantes qu'Henri IV a envoyé cette mission de justice en 1609. Deux autres avaient été envoyées en 1593 et en 1605, dans le même lieu, et n'avaient pas pris la situation suffisamment au sérieux. C'est du moins ce qu'ont dû se dire les acteurs locaux. Que se passe-t-il donc depuis quelques années entre Bayonne, Biarritz, Saint-Jean-de-Luz, Hendaye et Cambo, qui explique la permanence de ces troubles ?

Le Labourd, où arrive Pierre de Lancre en juin 1609, a une première caractéristique. C'est une terre d'affrontements depuis plus de cinquante ans entre protestants et catholiques, de flux et de reflux conflictuels entre les deux religions : flux protestant sous le règne de Jeanne d'Albret, flux catholique quand Henri IV fait passer Béarn et Navarre dans le domaine royal. Il est notable que l'année 1598, date de l'édit de Nantes qui pourrait symboliser la coexistence pacifique des deux religions, est celle de l'arrivée à Bayonne d'un évêque « militant ».

Bertrand d'Etchauz, ou d'Echaux, voire de Chaux[313] – on n'est pas très fixé sur l'orthographe en ces temps-là – est issu d'une vieille famille noble de Basse-Navarre, qui resta attachée au catholicisme en dépit des pressions de la mère du futur Henri IV, la reine Jeanne d'Albret[314]. Son diocèse, bordé au sud par l'Espagne, au nord et à l'est par le diocèse de Dax, englobe le Labourd et la Basse-Navarre avec Saint-Jean-Pied-de-Port. Et chacun se souvient d'un temps pas très lointain, jusqu'en 1565, où le diocèse de Bayonne s'étendait aussi sur le Pays basque espagnol, jusqu'à ce que le roi d'Espagne, inquiet des progrès de la Réforme dans le Sud-Ouest de la France, n'en décide autrement.

Dès son arrivée dans le diocèse, comme bien des évêques de la réforme catholique, Bertrand d'Etchauz engage la lutte contre les « religionnaires ». Selon le chanoine René Veillet, qui écrit à la fin du XVIIe siècle, « il eut soin de se rendre si habile dans la controverse, qu'il disputait habilement contre les ministres [les pasteurs protestants]. Il y établissait des curés et des prédicateurs éclairés ; il en chassait les suspects en leur doctrine ; il y faisait de fréquentes visites, si bien qu'il ne resta de son temps que très peu de familles huguenotes et qu'il n'en reste à présent [vers 1700] aucune dans le diocèse[315] ».

La violence des affrontements entre les deux religions chrétiennes a ébranlé les esprits du temps. Chacun ayant Dieu pour lui et affirmant que l'autre est serviteur du Diable, catholiques et protestants s'opposent sur tout : le pape, le purgatoire, la messe, l'eucharistie, les saints, les processions, l'interprétation de la Bible, le rôle des prêtres... Le Labourd est une zone particulièrement exposée, qui a connu des avancées et des reculs des deux religions, et où le catholicisme se met à regagner le terrain perdu. Est-ce une des raisons de l'épidémie de sorcellerie qui y fleurit en ce début du XVIIe siècle ?

La personnalité de Bertrand d'Etchauz n'est pas étrangère aux tensions. Cet homme de quarante-deux ans en 1609, intelligent et ambitieux, a l'art de s'affronter avec tout le monde. Le gouverneur de Bayonne, Antoine de Gramont, est son ennemi mortel et lui mène une guerre sans merci, au point que d'Etchauz se dit « persécuté plus horriblement et honteusement que fut jamais évêque ». Parlant des relations entre les deux hommes, le cardinal de Sourdis évoque la « résurrection de leurs vieilles inimitiés[316] ». Mais l'évêque a d'autres ennemis intimes. Il est en conflit permanent avec les jurats de Bayonne. En 1605, il a frappé d'excommunication toute la population de Saint-Jean-de-Luz, pour une obscure histoire de frais de déplacements et de sépulture dans une église[317]. Même si ce type de situation est assez commun à l'époque, le moins qu'on puisse dire c'est qu'il est plutôt homme à attiser les conflits qu'à les régler.

Zone frontière entre deux religions[318], le Pays basque français est aussi une zone frontière avec l'Espagne, et une zone contestée. La France sort de près de quatre-vingts ans de guerre avec le roi d'Espagne, qu'il soit Charles Quint ou Philippe II, et la frontière a été longtemps incertaine. Déjà en 1524, quand François Ier crée la généralité de Guyenne, il évoque la « nécessité de résister aux invasions, machinations et damnées entreprises que nos ennemis conspirent faire en plusieurs lieux et endroits et mêmement en notre pays de Gascogne, *lequel* pour être *pays frontière et voisin de nosdits ennemis* est par eux continuellement menacé d'être envahi et assailli[319] ». Les zones proches de l'Espagne, le Labourd, la Navarre et le Béarn, vivent sous cette menace : la partie sud de la Navarre a été conquise avec sa capitale Pampelune en 1512 par Ferdinand d'Aragon. Le mariage de Marguerite de Valois, la sœur de François Ier, avec Henri d'Albret, a un moment inquiété les Espagnols, mais les guerres de Religion ont été pour eux l'occasion de reprendre cette offensive.

Contestées, incertaines, les frontières ne sont pas sûres. Le cours d'eau qui sépare les deux pays, la Bidassoa, est un des lieux où s'affrontent Français et Espagnols pour la possession d'îles et l'usage des types de bateaux. Les accrochages sont nombreux et les pêcheurs s'affrontent à coup d'escopette. De là à accuser les ennemis d'utiliser des sorciers… pourquoi pas ? Il semble pourtant que la nouvelle négociation menée par Jean d'Espaignet ait abouti sans grande difficulté. Il est vrai qu'elle intervient alors que la paix a été signée entre les deux pays depuis plus de dix ans.

Zone frontière entre deux religions, entre deux pays, le Labourd est aussi frontière entre terre et mer. Et quelle mer que cet immense espace à l'ouest, battu par les vents, encore fréquenté par les baleines qui viennent narguer dans le golfe de Gascogne les marins basques qui affrontent l'Atlantique sans le domestiquer et le sillonnent en le craignant. Mais le vent a poussé si loin et depuis si longtemps leurs navires ! Après les Vikings, certes, mais avant Christophe Colomb sans doute, ils auraient découvert l'Amérique. Ne raconte-t-on pas qu'un pêcheur basque, Jean de Etchéaïde, à moins qu'il ne s'agisse de Martin d'Etchevete, embarqué par Colomb aux Açores, l'a conduit jusqu'au Nouveau Monde ? Terre-Neuve, en tout cas, a été découverte par des baleiniers basques, n'en déplaise aux Bretons : tant Saint-Jean-de-Luz que Ciboure s'en glorifient, comme en témoigne un procès de 1624 où l'on peut lire : « Il y a plus de trois cents ans que les habitants dudit lieu [il s'agit de Saint-Jean-de-Luz] ont fait la découverte de la Terre Neuve, et par leurs soins, après grand nombre de pertes d'hommes et de navires, le commerce y a été établi et la pêcherie et trafic permis. » Trois cents ans, c'est beaucoup dire… cela nous ramènerait au début du XIVe siècle… Mais très longtemps, sûrement. En 1579 paraît à Bordeaux un livre qui devait être pendant deux cents ans le routier pilote des marins basques et gascons : *Les Voyages aventureux du capitaine Martin de Hoyarsabal, habitant de Ciburr.* Ce livre, écrit par un marin de Ciboure, comporte de nombreux noms de lieux d'origine basque, mais aussi charentaise et même bordelaise, puisqu'il cite à Terre-Neuve une côte dite « du Chapeau-Rouge »[320]…

Pêche à la baleine dans le golfe de Gascogne et en Norvège, pêche à la morue à Terre-Neuve. Les rôles des redevances des pêcheurs prouvent la régularité de ces expéditions lointaines. Henri III, en 1579, atteste par lettres patentes destinées aux « manans et habitants » de Biarritz et de Bayonne que « la plus grande partie desdits habitants sont pêcheurs, vivant la plupart du temps de la pêcherie qu'ils font sur mer (...) tant au pays de la Terre-Neuve que es environs de leurs maisons[321] ». En février, les baleiniers partent pour la Norvège. Le retour se fait en septembre. À Pâques, c'est le départ des morutiers, qui reviennent fin août. Des deux destinations, Terre-Neuve est la plus lointaine et la plus dangereuse. Toutes les histoires de sorcières qui y tiennent sabbat et font périr les navires ne sont que le reflet de la hantise des naufrages. À la fin du XVIe siècle, l'ensablement de l'Adour déplace morutiers et terres-neuvas de Bayonne vers Saint-Jean-de-Luz et Hendaye[322]. Cap-Breton, Biarritz, Bayonne, Ciboure, Guéthary, Saint-Jean-de-Luz arment les bateaux, fournissent les équipages. Les frais de l'expédition sont couverts au moyen des « prêts à la grosse aventure », ces capitaux, aux risques souvent partagés, que fournissent les bourgeois de Bordeaux et ceux de La Rochelle. Chaque année, arrivent à Bordeaux, au printemps, les navires calfatés de neuf. Ils viennent chercher les capitaux de la campagne de pêche. Ils reviendront vendre la morue séchée et salée. Dans un passé récent, qui sait, des capitaux ont pu venir de la famille de Lancre.

Ces marins hauturiers laissent au pays des femmes seules, assurant les tâches de chef de famille. À un moment où la France, comme le reste de l'Europe, connaît un renforcement de la misogynie, ces femmes sont le symbole d'une indépendance archaïque. Pierre de Lancre leur consacre de nombreuses pages, et ses descriptions, souvent citées, ont été confirmées par d'autres témoins, comme Gabriel de Minut, en 1587, ou Montaigne dans le livre III des *Essais*. Il les décrit se conduisant comme des hommes, portant une coiffe impudique en forme de sexe érigé, « phallique », menant une vie sexuelle relativement autonome, pratiquant des mariages à l'essai : les hommes ont l'habitude « d'essayer leurs femmes avant de les épouser ». Ce sont elles qui assument la gestion du ménage et prennent les décisions concernant les biens et les enfants.

Existe-t-il un lien entre ce statut spécial de la femme et les accusations de sorcellerie ? Ce n'est pas impossible. Robert Muchembled a souvent insisté sur le fait que si la répression est bien le fait des juges, les accusations partent de la société traditionnelle elle-même. La liberté de la femme, qui était habituelle, est peut-être en train de devenir intolérable. Il est possible que les responsabilités féminines ne soient plus supportées, notamment par les jeunes, d'où la violence des accusations portées par les enfants.

Il est un autre aspect qu'il faut aborder. Cette région, qui a vu affluer à la fin du XVe siècle les juifs d'Espagne, connaît la menace d'une nouvelle arrivée, de morisques cette fois, à partir de 1602. Les morisques sont les descendants des musulmans espagnols, convertis de force, mais toujours attachés à leur religion. À la suite de leur grande révolte de 1568, ceux qui ne sont pas tués sont disséminés dans toute la Castille, loin de l'Andalousie. En 1602, le roi Philippe III décide de les expulser mais se heurte à une opposition pontificale qui dure sept ans. La décision de 1602 a comme conséquence immédiate de faire sortir d'Espagne des juifs convertis mais toujours persécutés. Par centaines, « Portugais » ou « nouveaux chrétiens », appelés aussi « marranes », passent la frontière pour retrouver les communautés juives du Pays basque. « À propos des morisques, je remarquerai en passant que l'ordre sévère de la cour d'Espagne pour les faire sortir du royaume, en fit sortir aussi une bonne partie de juifs qui s'y étaient déguisés sous le nom de Portugais », écrit le chanoine Veillet en 1700. Les morisques ne commencèrent à affluer vers la France, mais aussi vers le Maroc et la Tunisie, qu'en 1610[323]. Mais, à partir de 1602, « un grand nombre [de juifs] s'arrêta aux environs de Bayonne, savoir au bourg de Saint-Esprit, à Biarritz, à Saint-Jean-de-Luz, à Subiboure à présent appelé Ciboure, au Boucaut vieux et ailleurs, jusqu'à huit cents ou mille familles », dit le même auteur[324]. Lancre, pour sa part, estime le chiffre des nouveaux arrivants à deux mille.

Les marchands et bourgeois de Bayonne demandent l'expulsion des juifs aux échevins, puis à Henri IV, qui ordonne par lettre patente du 6 janvier 1602 qu'ils quittent la région : « Nous avons résolu de les en tirer et mettre à leur choix d'entrer plus avant au-dedans de notre royaume[325] ». Il faut que Pierre de Sorhainde, représentant le sénéchal de Bayonne, se déplace à plusieurs reprises dans les quartiers juifs : il lit les lettres, donne un mois pour « vider les lieux », menace d'amende. Le 15 mai 1602, il constate « qu'il n'en restait que deux ou trois hommes et autant de femmes, outre ceux qui allaient et passaient journellement». Il fait de même dans deux autres paroisses de la sénéchaussée où se trouvent de nombreux «Portugais», Saint-Jean-de-Luz et Ciboure. En fait, si un certain nombre des marranes réfugiés d'Espagne quittent le Labourd pour d'autres villes de France, d'autres vivent cachés, y compris à Bayonne où certains ont recours à des prête-noms pour acheter des boutiques.

La réaction hostile des gens du Labourd peut avoir plusieurs explications. Réaction hostile à l'arrivée d'Espagnols et Portugais, hier ennemis, qui, de plus, font concurrence au commerce local, surtout s'ils arrivent en grand nombre (huit cents ou mille personnes à Bayonne, sur une population d'environ huit mille habitants). Réaction religieuse antijudaïque, traditionnelle depuis le Moyen Âge, renforcée en ce XVIe siècle qui a connu à la fois un ébranlement et une réaffirmation du christianisme. Enfin, l'arrivée des juifs espagnols et portugais chassés d'Espagne a été assimilée à celle de guérisseurs espagnols, qu'ils soient ou non juifs, recherchés comme médecins et craints comme jeteurs de sorts. Pierre de Lancre donne des exemples d'accusations contre eux, par exemple d'être «cause du mauvais temps»: «Les mariniers qui n'avaient pu s'embarquer pour la Terre-Neuve à cause de ce mauvais temps se montraient les plus acharnés contre cette nation[326]».

Un épisode qui se situe en 1619 illustre la virulence du mouvement antijuif. Il concerne une «Portugaise» de Saint-Jean-de-Luz qui, au moment de la communion, n'a pas avalé l'hostie consacrée, mais l'a cachée dans son mouchoir. Prise sur le fait, elle est arrêtée à la demande du vicaire de Bayonne. Le lendemain, alors qu'elle est transférée, elle est arrachée à ses gardes par la foule, mise dans un tonneau avec de la paille, du goudron et du bois, et brûlée vive[327].

À tous ces facteurs, il faut ajouter les rivalités locales. Elles sont été importantes, à l'origine de la commission. Henri IV en prend la décision après avoir reçu une délégation de deux hommes: Jean de Caupenne d'Amou, seigneur de Saint-Pée, et Tristan de Gamboa d'Alzate, seigneur d'Urturbie[328].

La maison d'Urturbie est une puissance seigneuriale possédant de nombreux biens en Labourd. Tristan d'Urturbie est seigneur de la paroisse d'Urrugne, sur laquelle il a de nombreuses rentes. Il y possède château, moulin, métairie, bordes, vignes, pressoir et maison « neuve ». Il s'oppose aux habitants d'Hendaye qui, depuis des années, souhaitent voir leur bourg transformé en paroisse autonome, arguant de la distance qui les sépare d'Urrugne – près de trois lieues – et de l'augmentation du nombre des habitants. D'autres différends opposent le seigneur d'Urturbie aux habitants d'Hendaye : les marécages de la Bidassoa, les droits de péage à Béhobie.

Ces conflits, Tristan d'Urturbie en a dans d'autres lieux. Ciboure, dont la population est proche des cinq cents habitants, s'est libérée de la tutelle du seigneur, mais celui-ci multiplie les chicanes pour la collecte de la dîme, l'utilisation des terres communes. Le port de Socoa, dans la baie de Saint-Jean-de-Luz, est aussi l'objet de litiges. Le seigneur, exportant du bois, du charbon et du vin, veut garder le contrôle du port et de ses revenus, et s'oppose à Saint-Jean-de-Luz et Ciboure. Tristan d'Urturbie a épousé en 1598 Catherine de Montaigne, établissant ainsi des liens familiaux avec le parlement de Bordeaux. Il ne manque pas de s'en servir[329].

Autres tensions à Saint-Jean-de-Luz. Dans ce bourg de huit cents habitants, une lutte de clans oppose les Chibau et les Lasson. L'affaire remonte à la commission du parlement envoyée en 1605 pour juger des sorcières. Cette commission est venue à la demande du bailli de Saint-Jean-de-Luz, Guiro de Sanso le jeune, du syndic et des jurats de la ville, dont un certain Lasson. Elle reste quatre jours. Sur les dix-sept sorcières, cinq sont remises en liberté, les autres envoyées à Bordeaux. C'est un relatif désaveu pour le syndic et les jurats. Les tensions, loin d'être apaisées, croissent. Le jurat Lasson accuse un des parents d'une des femmes acquittées, Jean de Goyetche, d'être lui-même un sorcier.

La crise se noue, le jeu des alliances familiales renforçant les oppositions. D'un côté, une partie de la bourgeoisie luzienne, les Sanso, les Lasson qui ont la mairie. De l'autre, Jean de Goyetche et ses alliés, les Chivau, et les alliés de ses alliés, le sieur d'Urturbie. On menace d'en venir aux mains. Le 24 juin 1607, lors des feux de la Saint-Jean – cette nuit est réputée être la nuit des sorciers –, des hommes d'Urturbie viennent à Saint-Jean-de-Luz exciter la foule contre les jurats. Ceux-ci en appellent au parlement de Bordeaux craignant une « sédition populaire[330] ». Sans résultat.

Dix-huit mois plus tard, les sieurs d'Urturbie et de Saint-Pée réunissent l'assemblée locale, le *biltzar*, qui décide de les envoyer en délégation auprès du roi. Assemblée municipale contre assemblée du Labourd, jurats contre bailli et seigneur, démarche auprès du parlement, délégation auprès du roi : voilà un schéma bien classique de conflit local, chacun faisant appel à des autorités extérieures pour faire pencher le rapport de force en sa faveur.

Ces différents éléments expliquent sans doute les accusations de sorcellerie qui se multiplient « depuis quatre ans en ça », soit depuis 1604-1605. Les « manants et habitants » se plaignant de l'existence d'« un si grand nombre de sorciers et sorcières » qu'ils sont « contraints d'abandonner leur maison et le pays ». Il faut y rajouter une étrange maladie, la layra, qui frappe le pays entre 1605 et 1609. Elle est dépeinte dans un livre écrit au XIXe siècle par le docteur Calmeil, *De la folie*. La layra est une « paralysie agitée » : « La maladie du Labourd n'était point provoquée par l'usage des végétaux somnifères, ou d'une pommade narcotique ; le délire se communiquait par voie de contagion, d'un individu à un autre. Les témoins que l'on gardait à vue ne possédaient aucun onguent, (...) les uns et les autres affirmaient cependant qu'ils faisaient des voyages aériens. Le trouble des sens et des idées succédait pour l'ordinaire à une vive impression de crainte[331]. »

Je crains que le docteur Calmeil qui, comme beaucoup de médecins aliénistes du XIXe siècle, est extrêmement attiré par les cas de possession et de sorcellerie qui se sont produits deux cents ans plus tôt, n'ait allégrement confondu plusieurs symptômes : celui de cette mystérieuse maladie, « sorte de paralysie agitée » – la layra – et le transport sabbatique, ce « voyage aérien » que Pierre de Lancre fait avouer à ses sorcières. Lancre est au courant de cette maladie : « Il s'est trouvé en une seule petite paroisse près de la ville d'Acqs quarante personnes affligées d'épilepsie par le moyen des sorciers, et une infinité d'autres affectées d'un certain mal qui les faisait aboyer comme des chiens. » Il écrit encore : « les sorciers de la même paroisse les font aviser de dérober des chiens domestiques, et les appâter et droguer, de façon qu'ils les font devenir enragés. (...) Et ainsi un enfant est mort de la rage[332]. »

Dans un contexte général de répression de la sorcellerie et d'une plus grand attention de la part de l'opinion publique à ces phénomènes, le Labourd ajoute donc des spécificités. Pierre de Lancre en est conscient. Il explique la surabondance des sorciers par la situation géographique du pays, annonçant bien des analyses d'historiens : « Pour montrer particulièrement que la situation du lieu est en partie cause qu'il y a tant de sorciers, il faut savoir que c'est un pays de montagnes, la lisière de trois royaumes, (...) le mélange de trois langues, (...) l'enclavure de deux évêchés car le diocèse d'Aqs (Dax) va bien en avant dans la Navarre. » Il est frappé par la présence de l'Océan, le souffle continu du vent : « Satan peut agir », dit-il, « d'autant que le pays est volage avec vent, cordage, et voiles[333]. » « Il y a tant de sorciers ». Cette omniprésence de la sorcellerie, Pierre de Lancre y revient sans cesse : « J'ai vu une infinité de sorcières », écrit-il[334]. « Il y a trente mille âmes en ce pays de Labourd (...) Parmi tout ce peuple, il y a bien peu de familles qui ne touchent au sortilège par quelque bout[335]. »

Les grands procès de 1609 sont au croisement de trois phénomènes : les obsessions du juge, typiques d'un certain nombre de juristes français au début du XVIIe siècle ; les mutations de la société, en France comme dans ce Labourd aux spécificités fortes (expansion démographique et économique, désir de se libérer de la tutelle des seigneurs, statut des femmes) ; le tout s'arc-boutant sur des tensions locales, politiques, religieuses, voire internationales avec les tensions avec l'Espagne. Tous ces éléments en suspension se sont soudain précipités dans un mouvement incontrôlé qu'Espaignet aura peut-être senti, lui qui se passionnait pour l'alchimie. Ce tourbillon d'imaginations débridées et de dénonciations multiples a produit une crise convulsive dont les séquelles devaient longtemps se faire sentir et qui devait laisser sa trace sinistre dans l'Histoire.

La mandragore, plante magique. D.R.

Chapitre 9

Enfin Descartes vint

ENFIN DESCARTES VINT. Mais il vint lentement. Le siècle de la raison voit encore s'élever des bûchers. Les procès en possession et en sorcellerie se multiplient. Les débats font rage.

Pierre de Lancre est un des fers de lance de la lutte contre la sorcellerie. Dans ce corps à corps avec le Diable, il affine sa réflexion, s'affronte à ses collègues, participe aux procès, nourrit le débat. Il y consacre les vingt dernières années qui lui restent à vivre. Son retour à Bordeaux, à l'automne 1609, se fait sur fond de polémique avec les autres conseillers au parlement. Celle-ci a été ouverte par les lettres royales de 1608 et 1609, la discussion tournant autour de deux adverbes apparemment anodins, « inclusivement » et « exclusivement ». La commission devait-elle juger jusqu'à exécution « inclusivement », les juges instruisant, condamnant et faisant exécuter, ou « exclusivement », le parlement de Bordeaux ayant le droit de juger en appel ? De très nombreux arguments de jurisprudence ont été utilisés dans le débat, chacun y cherchant de quoi alimenter son argumentation. Pierre de Lancre évite de rappeler la précédente commission en Labourd, celle de 1605 avec Étienne de Cruseau, où les accusés non relaxés ont été transférés à Bordeaux. Il donne par contre l'exemple de « la procédure notable de M. Pierre Augepetit, prêtre et sorcier, lequel fut condamné à mort par le visénéchal du Limousin sans déférer à son appel[336] », qui conforte sa position.

Il faut dire que le débat sur l'appel en France ne fait que commencer, que ce soit pour les commissions envoyées par les parlements ou pour les juridictions inférieures, bailliages et sénéchaussées. « La pyramide de l'appareil judiciaire royal est tout à fait régulière (...) mais son fonctionnement réel révèle sans cesse des anomalies et prouve que les cours ont quelque peine à faire respecter leurs arrêts par les juges inférieurs», écrit Robert Mandrou, qui rappelle que, longtemps, des juges locaux ont refusé de déférer à la cour des procédures de sorcellerie impliquant pourtant l'appel automatique[337]. Derrière ce constat, il y a des enjeux de pouvoir, mais aussi, en filigrane, le problème de l'harmonisation des décisions de justice dans le ressort du parlement.

On comprend mieux pourquoi le parlement a mis si longtemps avant d'accepter cet «inclusivement» qui limite ses prérogatives et risque d'encourager les bailliages et sénéchaussées à faire de même.

Avant même la fin de la commission, le débat est relancé au parlement à la suite de la «requête» de l'évêque de Bayonne, Bertrand d'Etchauz. Il aboutit à un arrêt, pris par la «chambre des vacations» qui se réunit pendant les vacances judiciaires. Cet arrêt décide, contre la volonté d'Henri IV, de «recevoir en appel contre (...) [les] procédures». Souffrant «de voir détruire ce qui s'était fait en plein Sénat», Pierre de Lancre et Jean d'Espaignet s'adressent au roi «afin qu'il ne nous pût blâmer d'avoir mal reconnu et confirmé l'autorité qu'il lui avait [de] nous mettre en dépôt[338]».

Profitant des difficultés locales de la commission et de la plainte de Bertrand d'Etchauz, le parlement de Bordeaux a réaffirmé son rôle dans la procédure. Mais il intervient alors que la commission tire à sa fin. A-t-il ou non jugé des sorcières en appel ? Il ne semble pas. Quant au nombre important d'accusés transférés à Bordeaux après le départ de la commision, il a sûrement plusieurs causes. Les deux juges ont manqué de temps. Ils ont aussi pu être saisis de crainte lors des émeutes, d'où leur décision de faire transférer les accusés. Par ailleurs, l'évêque et les jurats de Bayonne ont utilisé la décision du parlement de Bordeaux pour protéger certains accusés.

Combien de personnes sont transférées et jugées à Bordeaux ? Il est difficile de le savoir. «Une infinité», selon Lancre qui dit que les jugements s'étalent sur au moins trois ans. Trois noms seulement sont connus : Cathalin de Bardos, sa fille Marie de la Ralde et Barrendeguy[339].

Le sort des sorcières a-t-il été plus doux au parlement qu'en Labourd ? On pourrait le croire, à lire Pierre de Lancre qui dénonce «le doute, l'impunité ou la douceur que (...) les cours des parlements y ont apporté jusqu'ici [340]». Il se plaint qu'« une infinité » aient « échappé du parlement de Bordeaux par un arrêt favorable de plus ample inquisition [341]», ce qui prouve qu'un certain nombre d'accusés ont été élargis. Il s'inquiète de la mécréance des juges, qu'il dénonce au chancelier Sillery et qui selon lui « engendre l'impunité des sorciers, et l'impunité sa multiplicité ». Car la nouveauté du phénomène de sorcellerie « au lieu de les roidir à punition, les ont portés bien souvent au pardon [342] ».

Les débats qui agitent le parlement n'empêchent pas Pierre de Lancre de devenir un véritable spécialiste de la sorcellerie, reconnu comme tel par ses collègues : « Messieurs de la grand chambre me faisaient appeler, et encore messieurs de la Tournelle plus souvent, pour s'éclaircir avec moi de quelque point de sorcellerie, duquel nous aurions vu quelque preuve ou expérience en nos procédures. » Il n'en donne pourtant qu'un seul exemple : « Le 3 septembre 1610, ils m'appelèrent pour voir si je reconnaîtrais la marque dans l'œil à une jeune fille de dix-sept ans : je la reconnus dès l'entrée dans la chambre, et dis qu'elle l'avait dans l'œil gauche, lequel était aucunement louche et égaré et plus hagard que l'autre : on regarda dedans, on y trouva comme quelque petit nuage qui semblait une patte de crapaud, et la fille confessa que sa mère l'avait menée au sabbat, et fait renoncer à Dieu, et Satan l'avait marquée de sa corne dans l'œil gauche, ce que sa mère confessait aussi, laquelle était sur la sellette prévenue du même crime [343]. » Il s'agit de Marie de la Ralde qui accuse sa mère Cathalin de Bardos.

Pendant ce temps, Pierre de Lancre termine la deuxième édition de son premier ouvrage, *Tableau de l'inconstance et instabilité de toute chose*. Le *Tableau de l'inconstance des mauvais anges et démons* paraît deux ans après, en 1612. Le choix du titre, très proche du précédent, peut étonner. L'auteur s'en explique. « Ce livre parlant principalement de la sorcellerie et des sorciers semble mal à propos intitulé *Tableau de l'inconstance*. En quoi, lecteur, tu me pardonneras si, ayant donné même nom au premier tome de mes discours, j'ai voulu continuer ce même titre en ce second, étant certain qu'il n'y a rien de plus inconstant et volage que les démons. » Si les démons sont inconstants, les sorciers ne le sont pas moins, ayant des « traits d'inconstance beaucoup plus pernicieux et préjudiciables à leur salut qu'aucun autre [344] ».

Quant au corps de l'ouvrage, il s'articule autour d'un certain nombre de thèmes. On peut citer par exemple : *De l'inconstance des démons* ; *Pourquoi il y a plus de sorcières femmes que d'hommes* ; *Quand se fait le sabbat et en quelle forme le Diable s'y présente* ; *Du transport des sorciers au sabbat* ; *De la marque des sorciers* ; *Des prêtres sorciers* ; *Que le Diable (...) fait célébrer au sabbat quelque forme de messe*, etc.

Pierre de Lancre écrit à partir de plusieurs sources. Il part du corps de doctrine établi par les grands démonologues, essentiellement Bodin, Nicolas Rémy, del Rio, Sprenger et Krämer, en lien étroit avec la Bible et les pères de l'Église qu'il cite abondamment. Son expérience propre lui permet de confirmer les grandes thèses sur la présence du Diable et le sabbat, mais aussi d'infléchir la réflexion sur un certain nombre de points. Enfin, il intègre toute la procédure qui se développe alors en Europe. Il consacre par exemple tout un chapitre à l'étude d'un jugement qui se déroule en Espagne, un an après sa campagne, en novembre 1610. Il faut dire que la situation en Espagne a des particularités qui ont frappé les observateurs de l'époque avant même les historiens. Bien que les crimes de sorcellerie ne relèvent pas de la justice royale, mais de l'Inquisition, on ne trouve, comme l'écrit Joseph Pérez, « rien de comparable à la phobie persécutrice qui déferle en Europe (...) Ce qui frappe, ici, c'est la modération. On minimise la gravité des faits, on ne prononce pas de condamnations à mort (...) Les Inquisiteurs ne croient pas à la sorcellerie. Toute leur attitude découle de ce principe : la sorcellerie est à mettre au compte de l'ignorance[345] ». Tout au long du XVIe siècle, les poursuites sont rares, la torture rarement appliquée, les condamnations à mort quasi inexistantes. Aussi n'est-il pas surprenant que les sorcières poursuivies en Labourd soient allées, de l'aveu de Pierre de Lancre, y demander « asile, (...) un nombre infini se réfugiant par toute la Navarre et les villes prochaines d'Espagne[346] ». Ces hommes et ces femmes n'y sont pas inquiétés et reviennent en France après le départ de la commission.

Or, en 1610, un procès d'envergure se produit à Logroño, ville située sur l'Ebre, assez proche de Burgos et de Vittoria, à la limite sud de la Navarre. Il réunit un nombre d'accusés exceptionnel pour l'Espagne – vingt-neuf – et aboutit à six condamnations à mort, six détentions à perpétuité, et dix-sept relaxes. « Comparé aux centaines d'exécutions qu'on relève au même moment de l'autre côté des Pyrénées, en territoire français, ce verdict peut paraître clément. En Espagne, il fit scandale », écrit Joseph Perez[347]. Pierre de Lancre détaille pour sa part onze personnes relaxées ; une vingtaine condamnées à des peines diverses : amendes, prison, fouet, galères ou bannissement, pour blasphème, hérésie ou pratiques judaïsantes ; six personnes condamnées à mort auxquelles il faut ajouter cinq autres condamnées par contumace, dont les effigies sont soumises à un simulacre d'exécution. Ce qui frappe Lancre, c'est que dix-huit accusés se « réconcilient » et « confessèrent d'avoir été toute leur vie des sorciers, et demandèrent avec beaucoup de larmes miséricorde, disant qu'ils voulaient retourner à la foi des chrétiens[348] ». Cette « confession » leur permet d'échapper à la peine de mort. Une telle procédure étonne le juge qui constate qu'en Espagne ceux qui « confessent », c'est-à-dire qui avouent, ne sont pas exécutés, au contraire de ce qui se passe en France. Il en conclut que l'Inquisition « est plus instituée pour punir ceux qui errent contre la foi (...) que ceux qui font des maléfices[349] » et il vante les mérites de la procédure française par rapport à l'espagnole. Ce qui est aussi une façon de répondre à Bertrand d'Etchauz qui a essayé de sauver certains des prêtres accusés par Lancre en demandant qu'ils soient jugés par le tribunal religieux qu'est l'Officialité. Lancre ne sait pas que ce procès est le dernier en Espagne : prise à partie par Pierre de Valence dans une longue lettre à l'inquisiteur Sandoval, l'Inquisition envoie enquêter un de ses membres qui propose la suppression pure et simple des procès en sorcellerie.

En France, un autre procès bouleverse l'opinion. Une jeune ursuline d'Aix-en-Provence, Madeleine de la Palud, est possédée par le Diable. Son corps est tétanisé, des paroles incohérentes et obscènes sortent de sa bouche. C'est l'œuvre d'un sorcier qu'elle dénonce, un prêtre, Louis Gaufridy. Celui-ci est jugé à Aix-en-Provence en 1611. Le corps brisé par la question, il avoue qu'il a bien signé un pacte avec le Diable. Condamné à mort, il est brûlé vif. Pierre de Lancre voit dans cette condamnation la confirmation que le Diable s'est bien attaqué au clergé. Il ne fait pas doute pour lui que le prêtre Gaufridy soit « fameux magicien et sorcier » coupable de « la promesse qu'il fit au Diable[350] ».

Les deux éditions du *Tableau de l'incrédulité des mauvais anges et démons*, en 1612 et 1613, occupent notre juge. Désormais, trente ans après Jean Bodin, vingt ans après Nicolas Rémy et dix ans après Henri Boguet, il est considéré comme un théoricien de la sorcellerie, non seulement par ses collègues du parlement, mais par tout le milieu juridico-intellectuel qui réfléchit, écrit et discute en France sur le sujet.

Son fils naturel Pierre a grandi. A-t-il fait ses études au collège des jésuites de Bordeaux ? Tout le laisse à penser. Il se destine à une carrière ecclésiastique dans cet ordre. Depuis l'édit de Rouen en 1603 qui autorisait leur retour après neuf ans d'interdiction, les jésuites ont développé leur implantation. Le collège de la Madeleine accueille les enfants de la noblesse de robe et de la bourgeoisie marchande. Le père Richeôme, qui a commencé sa carrière à Bordeaux – il y a ouvert en 1572 une chaire de littérature grecque –, est ensuite devenu provincial d'Aquitaine avant d'aller à Rome en 1608 comme le premier assistant de France auprès du général des jésuites[351]. Le père Coton, confesseur d'Henri IV et chargé de l'éducation religieuse du dauphin, s'intéresse de près à ce qui se passe en Aquitaine. Alerté par le livre de Lancre et par les jésuites aquitains, il convainc la régente Marie de Médicis d'envoyer une mission en Labourd. Il écrit dans ce sens au provincial, le P. Claude Chambon, responsable de la province d'Aquitaine. Celui-ci envoie en Labourd deux missionnaires parlant basque.

Lancre s'en réjouit : « Je crois que de bons et savants prédicateurs y feraient plus d'exploit que les plus sévères juges du monde ». Il se félicite de ce que les jésuites choisis par « la prudente et magnanime reine » soient « des gens doctes et de très bonne vie pour instruire le peuple[352] ». Bertrand d'Etchautz, devenu premier aumônier du roi, peu présent dans son diocèse, soutient cette entreprise. Les deux jésuites font des constats effrayés, proches de ceux du juge : « Des troupes d'enfants initiés, presque en naissant, par des magiciens et sorciers, à un culte abominable ; des vieillards, soumis depuis quarante ou cinquante ans aux mêmes pratiques, accouraient auprès des ministres de la religion pour profiter des exorcisme de l'Église. (...) En moins de six mois, les missionnaires arrachèrent ainsi à la tyran-

D.R.

Le père Coton, à l'origine de la mission contre la sorcellerie en Labourd en 1613.

nie des démons plus de six cents de leurs esclaves[353]. » Forts de leurs succès, les jésuites décident de s'attaquer au protestantisme à Bordeaux et font une centaine de conversions. C'est à ce moment-là que le fils de Pierre de Lancre, Pierre Biénassis, entre à dix-neuf ans au noviciat de Rome, le 14 avril 1614. Son père a-t-il fait à cette occasion un dernier voyage dans le pays qu'il aimait tant ? Il n'en est pas de trace.

En 1615, le 7 octobre, le roi Louis XIII arrive à Bordeaux, et ce sont de grandes réjouissances. Une galère royale porte le roi et la reine, « avec princes, cardinaux, ducs, pairs, maréchaux, officiers, ambassadeurs d'Italie, Espagne, Angleterre et Moscovie ». La Cour y passe deux mois. En effet, il doit se « faire l'heureux échange d'une reine de France et d'une princesse espagnole[354] ». À Bordeaux, le duc de Guise épouse Élisabeth de France pour l'infant d'Espagne, tandis qu'à Burgos, le duc d'Usseda épouse Anne d'Autriche au nom de Louis XIII. Ce n'est que le 7 novembre que se fait l'échange des deux princesses sur la Bidassoa. Le 21 novembre, Anne d'Autriche rejoint son mari Louis XIII à Bordeaux. La nuit de noces entre le garçon de quatorze ans obsédé par le péché et Anne qui n'en avait que treize laisse chez le roi un tel sentiment de répugnance de l'amour physique qu'il n'approche de nouveau sa femme que quatre ans plus tard.

Pendant les deux mois que le jeune roi est resté dans la ville, ont eu lieu de nombreuses réjouissances. Mais tout le monde a été frappé de l'étroitesse du lien tissé avec les jésuites. Le roi loge à l'archevêché ; la reine mère Marie de Médicis rue du Mirail, près du collège de la Madeleine. Les jésuites font percer le mur mitoyen pour qu'elle puisse suivre la messe sans avoir à sortir dans la rue. Louis XIII se rend à plusieurs reprises au collège, accompagné du père Coton. Six fois, dit-on, dont deux visites officielles : la première en octobre avec sa sœur Élisabeth, la deuxième en novembre avec sa femme Anne d'Autriche.

Père d'un futur jésuite, toujours concerné par le Labourd où des membres de la Compagnie de Jésus ont pris son relais, Pierre de Lancre est très proche d'eux. D'autant qu'il se sent vieillir.

En 1616, il règle ses affaires terrestres et il se prépare à une « bonne mort ». Le 17 février, il abandonne sa charge de conseiller au parlement et la vend à François de Lescurre, avocat à la Cour. La même année, il fait une donation aux sœurs de Notre-Dame.

Cette communauté a été instituée par une parente de Lancre, où plutôt de sa femme, Jeanne de Lestonnac, marquise de Montferrand, nièce de Montaigne. La communauté a été confirmée le 7 avril 1607 par un « bref » du pape Paul V sous le nom de jésuitines, ou religieuses de Notre-Dame. Le groupe de religieuses vit d'abord près du château Trompette, puis rue du Hâ, une rue que Pierre de Lancre fréquente puisque habite là son collègue Jean d'Espaignet. Le 1er juillet 1616, Lancre et sa femme font une donation de six mille écus pour construire une église et un monastère où s'installeront les sœurs de Notre-Dame, car, dit l'acte de fondation du couvent, « les religieuses n'ont église ni maison convenable à un ordre si célèbre ». Les six mille écus doivent servir pour « bâtir l'église ou monastère et édifier une maison commode et convenable pour lesdites religieuses ». La somme est donnée « des propres deniers du sieur de Lancre », tandis que sa femme donnera ce qu'elle voudra, « le tout a été remis à son plaisir et volonté ».

Cette donation est un contrat aux termes duquel les religieuses ont des obligations : elles doivent des prières pour les donateurs ; la femme de Pierre de Lancre peut y loger et manger, y emmener « demoiselle de Raymond sa nièce par alliance », et deux autres religieuses ; plus tard, la fille de Florimond de Raymond pourra y vivre sans pension et y avoir sa sépulture. Quant à Pierre de Lancre, il a le droit d'y venir un jour par mois, soit pour y faire retraite, soit pour y retrouver son épouse.

Cette donation n'a rien d'exceptionnel. Elle permet aux religieuses, dont la directrice est membre de la famille de sa femme, de construire un couvent, où sont assurées une retraite pour sa femme et sa nièce et des prières pour l'après-vie. La séparation du couple que cela symbolise, si elle n'est pas totalement habituelle, n'est pas rare. Si la femme de Pierre de Lancre vit au couvent, ou peut y faire de longues retraites, lui se partage entre sa maison de Bordeaux et sa terre de Loubens.

Il y écrit un nouvel ouvrage, *Le Livre des princes*, dédié à Louis XIII, qu'il publie en 1617. Le privilège du roi est accordé le 26 janvier et le livre est achevé d'imprimer chez Nicolas Buon le 1er mars et contient « plusieurs notables discours pour l'instruction des rois, empereurs et monarques ». Il est consacré à l'analyse et à la dénonciation de la flatterie, « le plus grand de tous les vices ». Lancre séjourne à Paris plusieurs mois. Il y reçoit son brevet de conseiller d'État, et y est encore le 22 avril puisqu'il envoie de Paris une procuration à sa femme pour recevoir le prix de la cession de sa charge : seize mille écus sol, à trois livres l'écu. L'année suivante, il est encore à Paris. Il se souvient d'y avoir vu le 15 août 1618 lors de la fête de Saint-Louis « les rues tendues de tapisserie. (...) Le soir, ce ne fut que feux de joie par toute la ville, avec des lumières aux fenêtres. On n'entendait que des coups de canon. Il se fit un feu d'artifice sur la Seine vis-à-vis du Louvre[355] ».

Tout n'est pourtant pas que fêtes. En 1618, Marie de Médicis s'oppose au roi et s'appuie sur des grands seigneurs prêts à profiter de la situation. C'est « la première guerre de la mère et du Fils ». La même année, des pasteurs béarnais résistent aux ordres royaux de restituer au clergé les biens d'Église et molestent l'envoyé du roi. Alors que débute la guerre de Trente Ans en Europe, les affrontements de Louis XIII avec les « grands » et les guerres avec les protestants vont marquer la première partie du règne. En 1620, le roi décide une expédition en Béarn. Il arrive à Bordeaux en octobre, pour se diriger ensuite vers Pau et Navarrenx avec son armée. Quittant Bordeaux pour Pau, il remonte la Garonne et reste cinq jours dans le bourg de Preignac, en face de Sainte-Croix-du-Mont. La rumeur publique lui parle de l'étonnante propriété de Pierre de Lancre sur la rive opposée du fleuve. La maison, entourée d'un jardin à l'italienne, domine la Garonne. Au bas de la colline, une étrange chapelle a été creusée dans la « montagne d'huîtres ». Le 20 octobre, Louis XIII traverse la Garonne pour la visiter. Le lendemain, c'est au tour de son frère et d'une partie de la Cour de faire la visite et d'y entendre la messe. Mais le vieux juge n'est pas là pour recevoir le roi. Prudemment replié sur Bordeaux au « bruit de la guerre », il y est retenu par « une furieuse et violente crise de goutte[356] ».

Pierre de Lancre raconte cette visite, qu'il a immortalisée par la pose d'une plaque rappelant le passage du roi en ce lieu, dans l'Avertissement d'*Incrédulité et mécréance*. Dans ce livre publié en 1622, il reprend le flambeau de la lutte contre la sorcellerie.

Dans toute l'Europe désormais, les bûchers s'élèvent. En Angleterre, jusque-là épargnée, Jacques Ier se livre à sa furie démonomaniaque. En 1612, une dizaine de personnes sont pendues pour sorcellerie. Dans le sud des Provinces Unies, resté sous domination espagnole, une quarantaine de personnes sont exécutées à Ruremonde en 1613. Dans la principauté de Bade, les persécutions ont commencé dans les années 1600 et durent sans discontinuer pendant trente ans. Dans de nombreux États allemands, comme la Saxe, les sorciers sont condamnés à mort. Les exécutions se multiplient jusque vers 1630, la torture étant raffinée par la découverte d'une nouveau procédé : un siège en fer, garni de pointes, porté au rouge, sur lequel on assoit les accusés. À Bamberg et à Wurzbourg, les deux princes-évêques régnants se livrent à une « frénésie de persécutions[357] » dont les morts s'élèvent respectivement à neuf cents et mille deux cents en quelques années, de 1623 à 1636.

En France aussi les procès se poursuivent, avec moins de frénésie mais une grande régularité. On peut citer la condamnation du sorcier de Blaye en 1614. Avant de mourir, Jean Jordain fait progresser la réflexion théorique : on apprend grâce à lui que le Diable est un grand homme tout courbé vêtu d'un habit de soie noire, et ayant une grande barbe. En 1614, trois sorciers solognots ont fréquenté le sabbat : pendus. En 1616, des sorciers berrichons guérissent avec des poudres mystérieuses : pendus. En 1617, des Berrichons ensorcellent « par la vue et le soufflement » : pendus. En 1619, Estévène d'Audebert et Hélix de la Brüe maléficient des personnes faisant sortir de leur bouche pommes, grenouilles, œufs mollets et lards, et « chevillent » un moulin qui ne peut plus tourner : pendues. En 1620, des sorciers protestants accusés de sabbat et de maléfices, condamnés par la chambre de Nérac : pendus.

Ces procès prêtent parfois à quelques sourires. Ainsi, un jeune homme amoureux a recours à des magiciens pour se faire aimer d'une jeune fille. La magicienne lui donne un bracelet d'ambre qui doit le faire aimer. Il lui offre, elle tombe malade. Il est condamné à payer quinze écus en réparation. Il fait appel de la condamnation. Elle fait de même. On ne connaît pas la fin de l'histoire, mais le jeune homme aurait dû se méfier : tout le monde sait que l'ambre porte malheur…

La généralisation des procès en Europe est bien la preuve de l'existence de la sorcellerie. « Est-il possible que tous les peuples rêvent ? » s'interroge Pierre de Lancre qui répond par la négative. Le juge ne se demande jamais si cette unicité du discours, loin d'être une preuve de l'existence de la sorcellerie, n'est pas la preuve du système de pensée unique. Pour Lancre, les condamnations prouvent le crime, « la multiplicité des condamnés à mort jusqu'ici ayant fait voir que le sortilège est un crime[358] ». Une preuve par l'absurde qui aurait intéressé Ionesco. Pierre de Lancre n'est pas prêt à écouter les rares juristes et philosophes qui mettent en cause la peine de mort : c'est une hérésie de ne pas condamner à mort, « Dieu ayant baillé le glaive au magistrat pour la vindicte et le châtiment des méchants[359] ».

Des voix s'élèvent, demandant moins de sévérité. Certains même prétendent qu'il ne faut plus condamner à mort pour la seule fréquentation du sabbat. Il n'est que de lire le dernier chapitre, intitulé « Qu'il faut faire mourir les sorciers pour avoir été simplement au sabbat » pour voir que telle n'est pas l'opinion de Lancre. Il s'inquiète de la clémence de certains tribunaux : « Qu'est-ce que nous pouvons espérer, puisque nous voyons pulluler tant de protecteurs de sorciers maléfiques et dans les échevinats, et dans les consulats, parmi tous ordres et dignités, voire dans le conseil privé des princes », écrit-il en 1622[360]. Et il insiste, se plaignant que cette faiblesse gagne même les juges : « Plusieurs prennent les charmes, sortilèges et enchantements pour bagatelles, ou rêveries d'une personne malade ou mal sensée. (…) Mais c'est grand folie et vanité d'être juges (…) et néanmoins de vouloir plier et régler choses divines à la faiblesse de leur raison et discours[361]. » Ces juges qui mettent en doute la sorcellerie ne peuvent être que de mauvais chrétiens. Sans doute ont-ils la même attitude vis-à-vis des choses sacrées de la religion. Pierre de Lancre s'en est bien rendu compte à la messe quotidienne à laquelle il assistait avec ses collègues. Ceux-ci disent « bien souvent à leur compagnon oyant (entendant) lire l'Évangile : *Credis hoc ?* (vous croyez cela ?) Ils ne veulent rien croire, et les affaires des sorciers moins que tout le reste, et dirait-on qu'ils sont ensorcelés et charmés[362] ». Ce sont des incroyants qui mettent en cause l'existence du crime de sorcellerie…

Cela atterre Pierre de Lancre car, dans ce siècle « si fertile en sorciers », « l'impunité attire les crimes et les délits communs, et la punition exemplaire les étouffe ». En tout cas, il ne se laisse pas aller à cette faiblesse coupable : « Être toute ma vie (…) cruel et rude persécuteur (…) [des] magiciens, sorciers, devins, tireurs d'horoscopes, juifs, apostats, athées et autres ennemis de Dieu[363]. »

Incrédulité et mécréance lui permet en effet de traiter de toutes les mauvaises croyances, y compris de celles des « juifs apostats et athées » auxquels il consacre le traité 8 de son livre. Ce Bordelais, loin d'être fier que sa ville soit une des rares qui n'ait pas eu de ghetto alors que nombre de « Portugais » ou « nouveaux chrétiens » y sont installés, se laisse aller à des propos d'une grande violence : « Je dirai seulement que les juifs (…) doivent non seulement être chassés du ressort de ce parlement (…) mais sont dignes de toute exécration, comme vrais criminels. (…) Et s'il fallait égaler la peine au démérite, le brasier, le plomb fondu, l'huile bouillante, la poix, la cire et le souffre incorporés ensemble ne feraient tourments assez exacts (…) pour la punition de si grands et horribles crimes que ces gens commettent ordinairement[364]. » On peut lire également : « Le judaïsme qui est le magasin de toute impiété ne peut être puni du seul bannissement, vu mêmement qu'il se trouve qu'un juif pour avoir blasphémé contre la Vierge fut condamné à être brûlé vif à Aix-en-Provence[365]. »

Arrêtons là les citations. Il en est d'autres. Elles finissent de montrer à quel point Pierre de Lancre a un système de pensée cohérent. Le Diable est l'ennemi à abattre, un ennemi avec lequel il s'est battu dans un combat qui ne peut que lui rappeler, inversé, le combat de Jacob avec l'ange. Le Diable a des alliés puissants qui le servent : la femme, symbole du péché et de la tentation, la sorcière, qui dévoie toute une population qu'elle livre à Satan, et le juif qu'il faut au moins bannir et plutôt éliminer.

Les dernières années de Pierre de Lancre sont peu connues. Sa femme meurt, sans doute vers 1625. Il met alors de l'ordre dans ses affaires, vendant la plupart de ses biens. Il y aurait soixante-dix-sept actes de vente chez le seul notaire Mauclerc, selon Communay. Le 22 août 1626, Pierre de Lancre déclare à un conseiller au parlement qu'il a fait quelques années auparavant un testament en faveur des jésuites de Bordeaux sans qu'il puisse se souvenir de la date et qu'il souhaite l'annuler. Les jésuites disant qu'ils n'ont pas trace de ce testament, il demande au conseiller d'enregistrer que ce testament « a été consenti par artifice, importunité, surprise ». L'année suivante, en 1627, il fait imprimer *Du sortilège*, « éditions spéciale des trois traités précédents[366] ».

Pierre de Lancre a alors soixante-quatorze ans, un grand âge au XVIIe siècle. Accorde-t-il son attention à la guerre qui reprend en France, au siège de La Rochelle qui débute en septembre 1627 et se termine le 29 octobre 1628 ? Les événements ne diffèrent guère de ce qu'il a vécu une grande partie de sa vie, qui s'est déroulée sur fond de guerres de Religion. Il est sûrement toujours attentif aux procès de sorcellerie qui se poursuivent, à ce long combat contre le Diable dans lequel il a été en première ligne.

Retiré dans sa maison de Loubens, dans son « Mont Parnasse des muses », il se prépare à la mort. Il se souvient que, passant par Padoue, il vit le tombeau de Ludovic Cordisius, docteur à l'université de Padoue, « lequel défendit par son testament que le jour qu'on le porterait en terre, (...) au lieu de pleureurs, on appelât à son convoi toutes sortes d'instruments ; (...) il voulut aussi que douze jeunes filles vêtues de vert (...) portassent son cercueil[367] ». Il est peu probable que Lancre envisage pour lui-même un enterrement festif. Le 24 septembre 1630, il dépose un testament précisant à nouveau que « l'acte » en faveur des jésuites lui a été « extorqué ». Il répartit ses biens entre deux de ses petits-neveux, Jean-Léon de Raymond, petit-fils de sa sœur Catherine ; Jean-Jacques de Spens d'Estignols, petit-fils de son autre sœur, Marie. À ce dernier, il demande de prendre désormais le nom et les armes de Lancre. Le nom choisi pour une raison inconnue par Étienne de Rostégui vers 1550 ne disparaîtra pas : Jean-Jacques de Spens le portera. Les Spens d'Estignols le portent d'ailleurs toujours aujourd'hui. Quant à son fils naturel, le jésuite Pierre Biénassis, il hérite de la bibliothèque de son père.

Six mois après, Pierre de Lancre meurt à Loubens, le 9 février 1631. Il est enterré dans l'église de Sainte-Croix-du-Mont, devant l'autel.

Les procès de sorcellerie ne s'achèvent pas avec la mort du terrible juge. Longtemps, les textes s'accumulent, de philosophes, de juristes, théorisant la lutte contre les sorcières. Longtemps, les bûchers s'élèvent.

En France, en 1633, l'affaire de la possession de Loudun mobilise des milliers de personnes qui viennent assister aux exorcismes des ursulines et à l'exécution d'Urbain Grandier. En Autriche, la persécution anti-sorcière se développe sous l'impulsion du grand juriste Frölich. En Saxe, le plus terrible chasseur de sorciers protestant est Benoît Carpzov, un spécialiste du droit criminel dont l'œuvre est jugée encore aujourd'hui comme remarquable par sa cohérence. Dans le manuel de droit pénal paru en 1635, *Practica rerum criminalium*, il dénonce la sorcellerie comme un crime exceptionnel, donnant au juge le droit de s'écarter des méthodes d'instruction habituelles. Il est donc légal de s'appuyer sur des simples présomptions et d'arracher l'aveu par la torture. Carpzov serait responsable de la mort de vingt mille sorcières, selon un de ses successeurs et admirateurs, Oldenburger. Dans le Brandebourg et en Prusse, le professeur de droit Jean Brunnemann (1608-1672), professeur de droit à l'université de Francfort-sur-Oder, écrit *Instructions sur les précautions à prendre dans les procès d'Inquisition*. Proche du souverain Frédéric-Guillaume, il est responsable de la mort de nombreux sorciers. Le prince menait une politique tolérante en matière religieuse, mais extrêmement sévère à l'égard de la sorcellerie (il poussa à faire exécuter les personnes condamnées à mort par Brunnemann après la mort de celui-ci).

Dans l'Angleterre de Charles Ier, une nouvelle vague de procès a lieu sous l'influence de Matthew Hopkins, qui s'intitule lui-même « le détecteur général de sorcières ». Il est responsable de la mort de dix-neuf sorcières en 1645 et de quatre-vingt-six en 1646.

En Suisse, dans le pays de Vaud, il y a encore vingt-quatre exécutions en 1665.

La Suède, qui a été épargnée par le phénomène sous les règnes de Gustave-Adolphe et de Christine de Suède, connaît en 1669 une flambée de répression : soixante-dix femmes sont brûlées, et quinze enfants, en un seul jour, le 25 août. Quelques années après, en 1674-75, dans trois paroisses de l'extrême nord, plus de soixante-dix personnes sont brûlées ou décapitées.

Enfin, c'est à l'extrême fin du XVIIe siècle que la chasse aux sorcières se déclenche en Amérique, dans le Massachusetts. En 1692, trente-deux personnes (vingt-six femmes et six hommes) sont condamnées à mort et exécutées à Salem.

Pourtant, lentement, la tendance se renverse. La France est sur ce point tout à fait exemplaire. En 1640, les magistrats parisiens décident de ne plus poursuivre les crimes de sorcellerie pour pacte diabolique et lèse-majesté divine. Dans les années qui suivent, les autres parlements s'alignent sur cette position. Même si les cours se heurtent à l'indiscipline des juridictions inférieures qui refusent les voies d'appel aux condamnés et retiennent des causes qu'ils devraient transmettre à des cours supérieures, peu à peu la volonté centralisatrice des magistrats parisiens et celle du roi vont dans le sens d'une harmonisation de la jurisprudence dans le royaume. En 1670, l'ordonnance de Saint-Germain, qui récapitule les crimes que doit poursuivre la justice, ne fait pas la moindre allusion à la sorcellerie. La sorcellerie sort ainsi du droit pénal par une non-mention. En 1672, au grand dam des parlements de province qui font la sourde oreille, le roi décide de casser les jugements condamnant à mort des sorciers, à Bordeaux, Rouen et Pau. Dix ans après, l'édit de 1682, pris dans la foulée de l'affaire des poisons, précise que désormais on poursuivra en France, non la « vaine profession des devins, magiciens, sorciers », assimilés à des « imposteurs », mais uniquement les empoisonneurs, les sacrilèges et les impies[368].

Si l'arrêt définitif des poursuites pour sorcellerie est lié aux décisions de Louis XIV, il est aussi largement dû à l'évolution de l'opinion éclairée sur le sujet. Depuis des décennies, médecins, théologiens, juristes, mathématiciens membres d'une bourgeoisie cultivée, échangent, disputent, tant par courrier ou livres interposés que dans le sein des sociétés savantes qui se développent. Ils sont influencés par Descartes qui, en 1637, préconise les grandes leçons du doute méthodique, du primat de la raison et de l'expérience, de la nécessité du langage mathématique. Le titre complet de son célèbre livre est à lui seul un symbole des temps nouveaux pour l'esprit : *Discours de la méthode pour bien conduire sa raison et chercher la vérité dans les sciences*. La révolution scientifique, qu'elle soit mathématique, avec Neper ou Pascal, astronomique, avec Kepler après Galilée, physique, avec Pascal, Galilée ou Torricelli, bouleverse les esprits. Sous son influence, une mutation de la représentation du monde se produit. Derrière les phénomènes, on se met à chercher non la main du Diable, mais l'explication rationnelle. Jusque-là, Dieu et le Diable surveillaient les moindres actes des êtres humains. Désormais, cette surveillance se fait plus lointaine et les interventions de Dieu et du Diable plus rares. Se désenchantant, le monde se rationalise, et la femme se dédiabolise.

Des théologiens dénoncent aussi les procès en sorcellerie. Il faut citer le jésuite allemand Frédéric Spee, dont la *Cautio criminalis* en 1631 se veut un avertissement à propos des procès de sorcellerie. Il rend responsable des exécutions tant les princes que les juges. À la fin du XVIIe siècle, un pasteur hollandais, Balthasar Beckker, écrit *Le Monde ensorcelé*, dont les deux volumes paraissent respectivement en 1691 et 1693. Il y dénonce les histoires de sorcellerie et de magie, et en rend responsable non le Diable, mais les hommes eux-mêmes. « L'homme est un démon pour l'homme », écrit-il. Passant pour fort laid, comme Jean Wier, Beckker contracta mariage avec des femmes remarquables qui le soutinrent dans l'adversité. Il dédia *Le Monde ensorcelé* à sa deuxième épouse qui, prévenue que le livre risquait de causer de graves ennuis à Beckker et à sa famille, déclara qu'elle en supporterait vaillamment les conséquences aux côtés de son mari. « La haine théologique est diabolique », écrivait Beckker qui, destitué de ses fonctions par le consistoire et le synode, interdit de communion, se qualifie lui-même à la fin de sa vie d'homme brisé.

En France, Malebranche défend la même position. Pour lui, le fait de croire à la fois en la toute puissance divine et aux interventions du Diable est incompatible. Pierre Bayle, dans son *Dictionnaire historique et critique* publié en 1696 à Rotterdam, observe le caractère autosuggestif de la sorcellerie, et affirme que les pactes avec le Diable relèvent de l'imagination.

En 1701, Christian Thomasius, recteur de l'université de Halle en Brandebourg, fait paraître *Brèves considérations sur le fléau de sorcellerie*, suivi en 1719 d'*Enquêtes sur les prétendues sorcelleries*. Ces deux livres relayés auprès du nouveau roi de Prusse Frédéric-Guillaume Ier mettent fin aux procès. Thomasius devait également s'élever contre l'emploi de la torture dans *De la nécessité d'abolir l'usage de la torture dans les cours de justice chrétiennes*, publié en 1705. Frédéric II supprima l'usage de la torture dès la première année de son règne en 1740[369].

L'*Encyclopédie* de Diderot aborde la question avec une certaine prudence : « Il serait absurde de ne pas croire que les démons peuvent avoir avec les hommes des rapports qu'on nomme magie », et tout aussi « absurde de se laisser aller à une imagination vive et maladive à la fois qui ne voit partout que sorcellerie, gnomes, esprits et magiciens… Il convient d'examiner et de peser les faits avant d'y ajouter foi : voilà le juste milieu qu'indique la raison[370] ».

L'Europe entière s'achemine lentement vers la fin des poursuites. Les derniers procès ont lieu en 1712 en Angleterre, en 1714 en Prusse, en 1737 en Suisse. Ils ne disparaissent qu'à partir de 1740 en Autriche[371], mais les années 1746-47 voient encore des procès au Wurtemberg. En 1775, à Kempten, petite principauté abbatiale, une pauvre folle est exécutée pour avoir couché avec le Diable. Il faut mettre au rang de la sorcellerie le procès d'Anna Göldi qui aboutit à sa mort en 1782 dans le canton de Glaris, en Suisse, quelques années avant la Révolution française, à l'extrême fin du siècle des Lumières. C'est le dernier procès en Europe[372].

Il n'est pas possible de terminer ce tableau sans évoquer la balance d'Oudewater, petite ville située à onze kilomètres d'Utrecht.

Les sorciers sont légers. Ils ne peuvent que l'être pour se déplacer ainsi dans l'air jusqu'au lieu du sabbat. Une des preuves de sorcellerie, en lien avec cette légèreté maléfique, fut d'ailleurs longtemps ce qu'on appelle l'épreuve de l'eau : on jette le sorcier à l'eau ; s'il coule et se noie, c'est la preuve de son innocence ; s'il flotte, c'est la marque de sa culpabilité. La preuve par l'eau a été contestée dans certains pays, comme la France, dès le début du XVIIe siècle. Mais l'argument de la légèreté a été utilisé dans certains pays très longtemps. Ainsi, en Hongrie, au début du XVIIIe siècle, l'ancien juge de la ville, âgé de quatre-vingt-six ans, est accusé de sorcellerie avec douze autres personnes, dont une sage-femme. Jetés dans l'eau, les accusés flottent « comme du liège. Ils n'échappent pas à la mort. Pesée sur la balance publique, une des sorcières pèse trois quarts d'once[373] ». Deux ans après, dans la même ville, un autre juge, accusé, pèse seulement une once, soit trente grammes, bien que très corpulent… Il est brûlé.

On comprend l'importance de la fameuse balance aux sorciers d'Oudewater. Elle donne aux personnes qui y ont été effectivement pesées des certificats de non-sorcellerie, quand leur poids a été jugé suffisant. Le premier certificat gardé dans les archives – en fait des inscriptions dans le registre du tribunal – date de 1644, même s'il est probable que les pesées se sont faites avant. Des milliers de personnes affluent, surtout à partir de 1650, d'autant que la balance d'Oudewater ne doit peser que des non-Hollandais par souci d'impartialité, même s'il y a parfois des exceptions. Revenat devant leurs juges avec ce certificat « de poids », les accusés pouvaient ainsi échapper à la peine capitale. Cette balance a sauvé la vie et les biens d'innombrables personnes accusées de sorcellerie. Elle mérite notre reconnaissance éternelle.

Chapitre 11

Le Rire d'Aristote

LE RIRE D'ARISTOTE ! Qui n'a rêvé, tel le héros du *Roman de la rose*, de découvrir le manuscrit perdu du philosophe grec ? Mais le dernier exemplaire de ce texte fameux a brûlé dans l'incendie qui détruit la bibliothèque de l'abbaye bénédictine d'Umberto Eco. Le livre qui aurait pu changer le monde est perdu. Le sérieux a désormais saisi un univers qu'il ne lâchera plus.

Le XVIe siècle aussi est un siècle qui a perdu le rire, malgré Rabelais. Cet immense écrivain est une fantastique synthèse, comme un fastueux Moyen Âge qui aurait goulûment avalé l'Antiquité : fou de connaissances comme Pic de la Mirandole, amoureux d'une langue qui n'est pas encore passée par la moulinette guindée, gréco-latine, de la Pléiade. Une fois Rabelais mort, le XVIe siècle bascule vers le sérieux, le sévère (le père sévère ?), le pouvoir du roi et celui de Dieu, des pères et des juges : des hommes.

Ce n'est pas du rire dont il est question ici. On a vu à quel point il est absent de cette histoire. Quand les hommes se prennent trop au sérieux, quand le rire s'éteint, c'est la mort qui règne, et elle a régné pendant cette terrible répression de la sorcellerie. Quant à Pierre de Lancre, on peut penser qu'un homme qui commence son célèbre *Tableau de l'inconstance* par la constatation suivante : « Le désespoir de l'homme, son précipice, sa ruine entière et sa damnation, est le premier but et le principal dessein des mauvais démons », n'est pas spécialement porté sur le rire rabelaisien. D'autant qu'il met son livre sous l'égide d'une citation de l'Exode : *Non patieris maleficos.* Tu ne laisseras pas vivre les sorciers. Quand la Bible se met de la partie…

Non, si j'évoque *Le Rire* d'Aristote, c'est à cause d'un manuscrit perdu. Un manuscrit de Pierre de Lancre. Dans les années 1630, après la mort de notre juge, Gabriel Naudé écrit de Rome à un conseiller au parlement d'Aix-en-Provence, Péreisc. Péreisc est un érudit qui a échangé une énorme correspondance, publiée au XIXe siècle par Philippe Tamizey de la Roque[374]. Il s'est intéressé aux phénomènes de sorcellerie, d'où ses échanges épistolaires avec Gabriel Naudé. Ce dernier, dans *Apologie pour tous les grands personnages qui ont été accusés de magie*, publié en 1625, dénonce les juges qui se sont acharnés contre les sorciers, les « inadvertances » de Jean Bodin, les « sornettes » de le Loyer et la crédulité de Pierre de Lancre, qui « adopte pour soutenir ce qu'il avance le moindre conte de vieilles[375] ».

Après la mort de Pierre de Lancre, Gabriel Naudé écrit donc à Péreisc en ces termes : « Je vous dirai, monsieur, qu'un certain M. du Fresne, qui est présent à Rome, m'ayant assuré que M. de l'Ancre avait fait imprimer, un peu auparavant sa mort, un *Livre des divinations*, dans lequel il répond à certains endroits de mon *Apologie*, je serais bien aise de savoir si vous aviez ledit livre[376] ». De quel manuscrit peut-il être question dans ce courrier ? Où est ce *Livre des divinations* ? A-t-il disparu comme *Le Rire* d'Aristote ? « Le manuscrit de ce *Livre des divinations* semble perdu », écrit Robert Mandrou[377], reprenant les conclusions de Communay.

Qu'on ne s'y méprenne pas. On a pu lire de nombreux extraits de *Tableau de l'inconstance et de l'instabilité de toute chose*, I et II, de *Tableau de l'inconstance des mauvais anges et démons* I et II. On a pu s'en rendre compte, l'auteur n'est pas tout à fait au niveau d'Aristote. Quant à *Incrédulité et mécréance,* il n'a d'autre intérêt que d'apporter des renseignements complémentaires sur la répression et de donner des indications sur l'état d'esprit du juge douze ans après les faits, alors que son esprit tourne toujours autour de ce qui est devenu une obsession quasi pathologique. En dehors de ces trois livres, Lancre a écrit *Du sortilège*, publié en 1627, dont Communay dit qu'il est une compilation des précédents, une « édition spéciale des trois traités », et *Le Livre des princes*, paru en 1617. Je l'avais lu et n'y avais trouvé qu'une litanie atrabilaire sur les méchants flatteurs, les mauvais conseillers et les adulateurs en tout genre. Peut-être avais-je négligé un passage sur la divination ? Je décidai de m'y replonger, tout en sachant qu'un livre publié en 1617 pouvait difficilement passer pour un manuscrit imprimé « un peu auparavant » la mort de Lancre, qui se produit en 1631.

La relecture du *Livre des princes* n'a fait que conforter l'image d'un homme fermé, aigri, envieux, donneur de leçons, que livrent les autres ouvrages. Dédié à Louis XIII – le roi a alors seize ans – *Le Livre des princes* commence par une « Épître au roi » dans laquelle on peut lire : « Le plus grand de tous les vices est cette flatterie qui s'élève contre l'honneur des rois », ce qui n'empêche pas l'auteur de s'adresser de manière dithyrambique à ce prince qui a « une merveilleuse conformité avec Saint Louis et Charles IX ». Avec Saint Louis, « d'espérance et de sainteté ». Avec Charles IX, « de naissance et d'élévation, par une reine très illustre portant même nom de Médicis[378] ». Ces lignes prouvent que ni Charles IX ni Catherine de Médicis n'avaient alors la mauvaise réputation qu'ils ont acquise par la suite... Ayant « si peu » utilisé la flatterie vis-à-vis de Louis XIII, Pierre de Lancre consacre plus de neuf cents pages au sujet, conseillant au prince de bien « différencier l'adulateur et le parfait ami » ; de ne pas « s'endormir au chant de ces sirènes si dangereuses », car « la flatterie est une courtisane qui courtise toujours la grandeur[379] ».

Suivant la méthode qu'il utilise depuis ses premiers écrits, Lancre décline le thème choisi selon un certain nombre de sujets et l'agrémente d'exemples tirés de l'histoire, de la littérature, ou de sa propre vie, en citant quelques épisodes complémentaires de ses voyages en Italie. Il aborde « l'amitié conjugale », « les moyens de connaître et discerner les vrais et faux amis des adulateurs », donne de nombreux conseils à Louis XIII pour éviter la plaie, mortelle selon lui, des flatteurs. Vieilli, il semble définitivement acquis à une misanthropie qui n'est pas qu'un effet d'écriture. Il en profite pour dire à nouveau tout le mal qu'il pense de ses collègues juges. « Il ne faut pas que le juge (...) se ramollisse par les louanges et les adulations du criminel » ou : « Je ne veux pas parler de la flatterie des juges qui se fait pour de l'argent[380]. » Les femmes aussi ont droit à quelques piques, ce qui n'est pas pour étonner : « Le miroir est le vrai outil et instrument de flatterie, duquel les femmes se servent pour flatter leur visage, se parer et tromper le monde[381]. » Quelques passages ont la force de l'aveu, chez cet homme de soixante-quatre ans, qui vient de vendre son poste de conseiller et semble faire le bilan de ses ambitions passées. Ainsi on peut lire : « Le monde est aussi un grand tentateur, et par conséquent un grand adulateur.

Car pour attirer à sa cordèle, il nous jette l'amorce au bout de l'hameçon de ses richesses, dignités et honneurs et néanmoins il ne nous donne que misères[382]. » Il dénonce le goût pour l'argent des universitaires : « Les gages et salaires qui accompagnent les doctorats ès grandes universités poussent le plus le monde à envier les chaires que l'honneur qu'il y a entre plusieurs grands antagonistes d'en demeurer vainqueur[383]. » Quant aux sciences, il en bien revenu : « La rhétorique (...) est la vraie profession de flatterie[384]. » « La poésie et la philosophie (...) ont de merveilleux artifices pour flatter[385]. » « Je ne dirai qu'un mot de l'histoire (...) elle est grandement flatteuse[386]. » Il constate enfin que « l'adulation de la plume est beaucoup plus vile et abjecte que celle de la langue[387]. »

De cette longue série de dénonciations, on peut tirer une citation qui résume son état d'esprit : « Celui-ci est très louable, (...) lequel ayant bien reconnu que le monde n'est que vanité, (...) dit de bon cœur ces trois mots (...) *Vidi, agnovi, damnavi*[388] ». J'ai vu, j'ai su, j'ai condamné. Un triptyque bien éloigné de celui de César.

Relire *Le Livre des princes* permet de conforter l'image d'un homme plein de pessimisme et d'aigreur, mais rien n'y ressemble à ce *Livre des divinations* dont parle Naudé à Péreisc. Une zone d'ombre à laquelle il fallait se résigner. Il en était d'autres, questions sans réponse toujours agaçantes, même quand l'enjeu est second.

Une d'entre elles concernait précisément ce *Livre des princes*, qui semble en rupture avec les autres ouvrages de l'auteur. Autant le *Tableau de l'inconstance et de l'instabilité de toute chose*, le *Tableau de l'inconstance des mauvais anges et démons* et *De l'incrédulité et de la mécréance* rentraient dans un schéma identique, autant ce *Livre des princes* me gênait. Tant de pages s'adressant à un prince pour lui expliquer qu'il faut se méfier des flatteurs, cela fait beaucoup. Quelque chose s'était-il passé au moment de la venue de Louis XIII à Bordeaux en 1615 ou existait-t-il une autre explication ? Je n'avais pas d'élément de réponse.

Une autre interrogation tournait autour des relations entre Pierre de Lancre et Jean d'Espaignet. J'ai un peu négligé, chacun l'aura senti, le juge qui accompagne Pierre de Lancre en Labourd. Et pourtant, Jean d'Espaignet semble avoir passé peu de temps à régler le problème frontalier de la Bidassoa. Il est présent au début de la commission. Il est à Bayonne le 11 septembre 1609. On l'a écarté un peu vite au profit de l'auteur du *Tableau de l'inconstance des mauvais anges et démons*, dont l'enquête se déroule à côté d'Hendaye où se trouve d'Espaignet. Lancre a peut-être « tiré la couverture » à lui. C'est ce qu'avance en particulier François Borde. Jean d'Espaignet méritait qu'on lui rendît une visite complémentaire.

Autant Lancre a une mauvaise réputation, autant celle de d'Espaignet est bonne. « Le président d'Espaignet, magistrat lettré, s'occupait principalement d'alchimie ; il a laissé des ouvrages sur la pierre philosophale, (...) il était en même temps un esprit mystique. On en a la preuve dans des sculptures dont il avait décoré la porte de sa maison qui ont été conservées. Il avait essayé, à l'aide de divers emblèmes, d'y rendre sensible et de traduire (...) le mystère de la Trinité[389] », écrit Boscheron des Portes.

En tant que juge, il a eu un affrontement violent avec l'archevêque de Bordeaux, François de Sourdis. Mais Sourdis, brillant humaniste, est sujet à de tels accès pulsionnels que cela n'est pas pour étonner. En 1608, d'Espaignet instruit une affaire dans laquelle est impliqué un domestique de l'archevêque. Celui-ci, furieux, s'emporte violemment contre lui, pour finalement retirer ses propos et s'excuser en public. Encore heureux qu'il n'ait pas agité l'excommunication, dont il a usé à Bordeaux contre ses adversaires avec une extrême promptitude...

Quoi de plus sur ce magistrat[390] ? Sans doute originaire de Saint-Émilion, et né avant 1560, il préside à plusieurs reprises la chambre de la Tournelle, mais aussi la chambre mi-partie de Nérac, en 1606 et 1608. Il est désigné par Henri IV pour la commission parlementaire de justice en Labourd avant d'être chargé de régler la question frontalière de la Bidassoa. Il est de retour à la chambre de Nérac en novembre 1609. En 1611, il vend sa charge et se consacre à sa passion, l'alchimie. Il publie trois livres. Le premier est l'*Enchiridion, physicae restitutae* et concerne la philosophie naturelle. Le troisième est un livre d'alchimie, paru chez Nicolas Buon en 1623, sans nom d'auteur, même si l'on peut lire l'anagramme de Jean d'Espaignet dans la devise qui accompagne le titre, *Arcanum opus hermeticae philosophiae*. D'Espaignet est un philosophe hermétiste, un alchimiste à la recherche de la pierre philosophale, pour qui l'univers se compose de « trois termes : Dieu ou l'âme du monde ; la lumière qui est un esprit organisateur, sorte de démiurge, et le monde matériel manifesté à nos sens[391] ». Un débat oppose les spécialistes sur la localisation de son hôtel, situé rue de Hâ ou rue des Bahutiers. L'hôtel de la rue des Bahutiers avait une curieuse porte, conservée au musée de Bordeaux : elle est surmontée d'une corniche, avec trois arcades séparées par des pilastres. Dans l'arcade la plus large, on peut voir un soleil sous lequel se déroule un phylactère, et un vieillard barbu à trois visages dans lequel on a identifié le célèbre Hermès Trimégiste[392].

La coïncidence du retour de l'expédition en Labourd (1609) et de l'arrêt de la carrière de Jean d'Espaignet (1611) semble fortuite, même si l'on ne peut écarter l'hypothèse qu'il ait été heurté par la violence de la répression. Il est probable que, comme l'avait fait Montaigne, d'Espaignet veut se consacrer à ce qui l'intéresse : chercher, écrire. Précisément, le deuxième de ses livres paraît en 1616. Il s'intitule *Le Rozier des guerres composé par le feu roi Louis XI de ce nom pour monseigneur le dauphin Charles son fils*, et est suivi d'un traité, *De l'institution d'un jeune prince.*

Le Rozier des guerres se présente comme un court manuscrit de Louis XI destiné au dauphin, le futur Charles VII. C'est, raconte d'Espaignet, le maréchal d'Ornano qui obtient en 1606 qu'Henri IV lui fasse don des armes et meubles situés dans le château de Nérac. Là, se trouve ce manuscrit qu'Ornano donne à d'Espaignet. À ce court texte, celui-ci rajoute une soixantaine de pages sur l'éducation d'un prince, livre de conseils qu'il pense utiles à un monarque – Louis XIII – qui s'est marié l'année précédente. On peut y lire une série de banalités comme : « Que la félicité d'un État dépend principalement de la bonne institution d'un monarque » (chapitre 1) ; « Que la nature doit être concurrente avec la bonne institution pour rendre un prince accompli » (chapitre 2), etc.

Jean d'Espaignet a-t-il parlé de ce projet à Pierre de Lancre ? Celui-ci est-il venu dans l'étrange hôtel de l'alchimiste[393] ? D'Espaignet en laisse paraître un signe perceptible en faisant allusion dans son livre aux quatre précepteurs nécessaires au jeune prince, « qui étaient comme quatre ancres pour assurer le bateau du vent des passions ». La métaphore des ancres de bateau a déjà été utilisée par Lancre dans *Tableau de l'inconstance et instabi-*

lité de toute chose. Lancre a-t-il voulu renchérir sur ce traité d'éducation de son collègue ? C'est possible. L'année suivante, en tout cas, il fait paraître *Le Livre des princes*, destiné lui aussi à donner des conseils au jeune roi. La coïncidence est troublante. Instruit d'un thème de livre par son ancien collègue, Pierre de Lancre ne veut pas lui en laisser l'apanage, et décide de le suivre dans cette initiative et sur ce sujet. Là est probablement l'origine du *Livre des princes*.

Une autre question concerne les relations entre Lancre et les jésuites.

Certains auteurs ont affirmé que Pierre de Lancre avait été leur élève. Cela n'est pas possible. Né en 1553, Pierre de Lancre a près de vingt ans quand s'ouvre le collège de la Madeleine, en 1572. Trop tard pour y faire ses études. Il n'a pu que fréquenter le collège de Guyenne, comme Montaigne, comme Florimond de Raymond et les jeunes bourgeois de son époque. Il a eu comme professeur un Vinet, un Millanges. Mais on n'est pas toujours à la hauteur de ses maîtres…

Officiellement expulsés de Bordeaux en 1594 mais tolérés[394], les jésuites, à partir de l'accord signé par Henri IV en 1603, développent leur influence. Au début du XVIIe siècle, toute la bourgeoisie bordelaise met ses garçons au collège de la Madeleine. Il est probable que Pierre Biénassis, le fils de Lancre, né en 1595, y fait ses études. En 1610, on peut lire une allusion aux jésuites – la première – dans *Tableau de l'inconstance et instabilité de toute chose* (deuxième édition). En 1612, s'appuyant sur l'action de Pierre de Lancre, le jésuite Coton, ancien confesseur d'Henri IV et directeur de conscience du dauphin, persuade Marie de Médicis d'envoyer une mission d'évangélisation dans le Labourd[395], ce qui n'a pu qu'être suivi favorablement par le juge. Parallèlement, les jésuites bordelais lancent une campagne de conversion des protestants. Fer de lance de la papauté dans l'évangélisation, ce sont de redoutables débatteurs grâce à une formation intellectuelle d'une extrême qualité et ils proposent un remarquable système éducatif. Il n'est pas étonnant que Pierre Biénassis, choisissant de faire une carrière ecclésiastique, devienne novice dans cet ordre en 1614. C'est à Rome qu'il fait son noviciat. Quand, en 1616, Pierre de Lancre choisit de faire une donation aux religieuses de Notre-Dame, ce n'est pas seulement Jeanne de Lestonnac, sa parente, qu'il privilégie, mais aussi une congrégation qui a pris le nom de «jésuitines» et qui est encadrée religieusement par des membres de la compagnie. Tout laisse à penser que c'est à ce moment-là que Pierre de Lancre rédige son premier testament en faveur des jésuites, qu'il décide de casser quelques années plus tard.

La raison de cette rupture, spécialement violente, reste mystérieuse. Elle peut être liée à ses relations avec son fils, sur lequel il est peu de renseignements.

Pierre Biénassis suit la formation qui est celle des membres de la compagnie, longue d'une douzaine d'années. Après un noviciat de deux ans à Rome, il mène des études de rhétorique et de philosophie pendant environ sept ans. Cela nous mène aux environs de 1624. Pendant deux ou trois ans, ce cycle d'études est interrompu au bénéfice des activités apostoliques de la province, par exemple d'enseignement. Puis viennent un cycle de théologie, l'ordination et, après la formation spécifique dite du «troisième An», les grands vœux ou vœux solennels. Pierre Biénassis les prononce le 1er janvier 1633 à Roanne, dans la province jésuite de Lyon. Le catalogue triennal de la compagnie donne un nombre réduit de renseignements : il est né à Bordeaux, est âgé de trente-huit ans en 1633, est de constitution moyenne, est membre depuis dix-neuf ans de la compagnie, a fait trois ans de philosophie et quatre de théologie, et a enseigné pendant trois ans la grammaire[396]. Rien dans tout cela ne permet d'éclaircir les relations de Pierre Biénassis avec son père, dont il est très éloigné géographiquement. Les motifs de la rupture vers 1625 entre Lancre et les jésuites nous demeurent inconnus.

Il me fallait refermer ce livre avec quelques incertitudes. L'homme étant, selon la formule de Malraux, un misérable petit tas de secrets, Pierre de Lancre emportait dans la tombe ses secrets, et je n'y avais pas accès.

Un dernier scrupule me fit revenir vers ses livres, lus et relus. Et je me souvins de la compilation de ses trois ouvrages, parue en 1627, sous le titre *Du sortilège*. Peut-être dans cette dernière édition trouverais-je quelques lumières supplémentaires sur un nom de sorcières, sur un élément de procès ? Je m'y plongeai. En fait, le titre est un peu plus long : *Du sortilège, où il est traité s'il est plus expédient de supprimer et tenir sous silence les abominations et maléfices des sorciers que les publier et les manifester. Il y a quelque chose de véritable en ce qu'on dit des sorciers, ou si ce n'est que prestige ou illusion. Et s'il n'y a point quelque remède contre les charmes et les enchantements. Avec une infinité d'autres notables discours sur ce même sujet. Livre très utile, dans lequel il en se trouve que des opinions chrétiennes, et ce que les saints décrets en ont déterminé.*

Le livre ne comporte pas de nom d'éditeur, ce qui est surprenant, et signifie que l'auteur n'a pas obtenu – ou pas demandé – le privilège du roi. Dans les premières pages, Lancre parle des rose-croix et de l'édit du roi d'Espagne contre eux en 1623, précisant qu'il était à Paris cette année-là. Peut-être est-ce son dernier séjour dans la capitale, un an après la parution d'*Incrédulité et mécréance*.

La majeure partie du livre passe en revue les formes de divination par ordre alphabétique, en commençant par l'aégomancie (divination par les chèvres), l'aéromancie, l'aleuromancie, l'alphétomancie, l'artihmancie. Toutes les formes sont systématiquement présentées, certaines bien connues comme les haruspices, la chiromancie, l'astrologie, les augures, ou la cabbale –que ce soit celle de Raymond Lull, des magiciens, ou des Hébreux–, d'autres plus étonnantes, comme la cleidomancie, à partir des clefs, ou la céphalomancie – on met une tête d'âne sur des charbons ardents -, l'ichtuomancie, à partir des poissons, la daphnomancie, à partir des feuilles de laurier… Un développement sur les anagrammes permet de rappeler celle qui se fit lors du passage de Louis XIII à Bordeaux en 1615 : Roi Louis de Bourbon = Bon Bourdelays, ou un autre, plus complexe, que fit Thomas Billon à l'occasion du « Voyage des gens de guerre que le roi envoyait en Béarn » : « présages merveilleux de l'extirpation de l'hérésie en Béarn »[397].

Tout cela, il faut bien le dire, est plutôt lassant.

Et puis, vers la page 250, mon attention fut attirée par un passage concernant un père jésuite. Le voici : « On ne pourrait blâmer en rien le livre d'un P. Jésuite, qu'il a intitulé *Veridicus Christianus*, ni le petit livre qui est au bout et sur la fin et qu'il a intitulé *Orbita probitatis*, quoi que ce fût un livre de sorts et qu'en celui se trouvent (…) plusieurs traits de Virgile et d'une infinité d'auteurs profanes, car ce sont toutes sentences morales et bons enseignements. (...) L'invention en est ingénieuse et gentille : il a fait d'un côté un petit rond en peinture (...) et dans ce petit rond il y a les noms des quatre évangélistes. » Lancre raconte qu'en tournant cette roue, on tombe sur des lettres et des chiffres qui renvoient à des parties du texte.

Un livre écrit par un père jésuite, consacré aux sortilèges, nourri d'auteurs profanes, que Lancre défend en disant que ces citations sont « sentences morales », et que « l'invention est ingénieuse et gentille ». S'agit-il d'un livre écrit par le Père Biénassis, son fils ? Cela paraît probable et montre que le père et le fils ont des préoccupations très proches. Quant à l'expression utilisée « on ne pourrait blâmer en rien », elle semble signaler que l'auteur a pu avoir quelques difficultés avec sa hiérarchie. Cela ne suffit pas à expliquer la brutalité de la réaction de Lancre parlant d'un testament « extorqué ». Mais la complicité intellectuelle du père et du fils qu'illustre ce passage renvoie au testament final de Pierre de Lancre léguant sa bibliothèque à son fils, donc tous ses livres ayant trait à la sorcellerie.

Du sortilège n'est donc en rien l'édition spéciale des trois traités dont parle Communay. Et je commençai à me demander s'il ne s'agissait pas de ce *Livre des divinations* évoqué par Gabriel Naudé. Un livre, écrivait-il à Péreisc, « dans lequel il répond à certains endroits de mon *Apologie* ».

Le livre se poursuit, et Pierre de Lancre y reprend bien des anecdotes qu'il a déjà utilisées et des idées qu'il a développées. Il en est une qu'il répète visiblement avec plaisir et qui concerne un de ses amis bordelais. Celui-ci, en voyage, consulte un voyant, qui lui affirme que sa femme se trouve dans une chambre avec son frère (le frère du mari). Le mari revient à Bordeaux sûr de son infortune pour apprendre que son frère, blessé, a été soigné par son épouse. Lancre développe également de nouveaux arguments contre la preuve par l'eau ou celle par la balance en matière de sorcellerie, la dernière étant « superstitieuse, et comme introduite pour tenter Dieu[398] ». Il s'inquiète de la venue des étrangers en France : « Pendant les guerres d'Angleterre contre les Français, il y vint tant de nations étrangères dont la langue nous était inconnue qui se jetèrent en France plus pour piller que pour nul autre dessein. » Parmi les « nations étrangères », il dénonce la présence des juifs, ces « Portugais », ces « nouveaux chrétiens », tant à Bordeaux qu'en Labourd où ils importent la sorcellerie. Lancre a toujours les mêmes obsessions. La peur des juifs en est une.

J'arrivai aux dernières pages. En mention marginale, je lus : « En son *Apologie* ». Et, dans le texte : « Pour Naudé, il fait tout ce qu'il peut pour garantir Paracelse de l'opinion que l'on a qu'il a été magicien et qu'il était seulement naturaliste », alors qu'il est « de plus en plus clairement athée et malsentant de la foi, qu'il veut mêler la religion avec la magie[399]. » Le livre se poursuit et touche à sa fin. À la page 220, le dernier paragraphe tombe : « Naudé (...) naguère a pris à tâche de défendre tous magiciens et sorciers, détruisant toute l'Antiquité, l'opinion et la créance publique, ayant fait leur légende et leur vie si honorable qu'il semble vouloir faire le procès à tous ceux qui en ont parlé[400]. » Je ne me suis pas penchée longtemps sur le sens de ces paroles, les dernières que Pierre de Lancre ait souhaité faire paraître. Je me laissais aller au plaisir de la découverte.

J'avais retrouvé le manuscrit disparu.

Il faut bien l'avouer, j'aurais préféré retrouver *Le Rire* d'Aristote...

Mais comme un homme emporte toujours ses parts de mystère, Lancre a tenu à partir avec l'un d'entre eux, qu'a indiqué en 1833 le maire de Sainte-Croix-du-Mont au préfet de Gironde : sur la pierre tombale de Pierre de Lancre de Rostégui, seigneur de Loubens, une inscription a été gravée lors de son enterrement. « La pierre tumulaire qui recouvrait son tombeau portait une inscription assez longue écrite en langue étrangère et peu connue[401]. » Peut-être la mystérieuse inscription faisait-elle référence à ce long combat contre le Diable ? Elle a aujourd'hui disparu.

Épilogue

LAISSONS le dernier mot à un homme. Un homme éclairé, dont la culture n'a jamais altéré l'humanité, qui s'est battu pour défendre les sorcières, en a sauvé quelques-unes et a souffert la persécution pour avoir dénoncé leurs exécutions.

Marié deux fois, il eut le soutien de l'une et l'autre de ses épouses dans ce juste et difficile combat qui aurait pu paraître dérisoire, tant étaient puissantes les forces contre lesquelles il luttait. Voici en quels termes il s'adresse aux juges « sanguinaires » des sorcières :

> *Vous tyrans, juges sanguinaires, meurtriers, bourreaux et brigands sauvages,*
> *vous qui avez perdu tout sentiment humain et qui ne connaissez aucune pitié,*
> *je vous invite à comparaître devant le tribunal de Dieu qui nous jugera,*
> *et décidera où gît la vérité, que vous avez foulée aux pieds et ensevelie,*
> *cette vérité qui renaîtra et causera votre damnation en criant vengeance*
> *contre vos actes de barbarie.*

Jean Wier
De praestigiis daemonum
1563

À toi, Michel, mon frère

Chronologie

1553 Naissance à Bordeaux.
Études au collège de Guyenne.
Études de droit à Turin, visite l'Italie, apprend l'italien qu'il parle couramment jusqu'à la fin de sa vie.

1578 Retour à Bordeaux, rencontre Pierre de Médicis.

1579 À Turin, devient docteur en droit.

1582 Achat de la charge de conseiller au parlement de Bordeaux, 2e chambre d'enquêtes.

1585 Voyage en Italie.

1587 Chambre de la Tournelle.

1588 Mariage avec Jeanne de Mons, petite-nièce de Montaigne (il a 35 ans).

1592 Achat de la propriété de Loubens, à Sainte-Croix-du-Mont.

1593 Voyage à Paris.

1595 Naissance de son fils naturel Pierre.

1599-1600
Voyage en Italie : Naples, Notre-Dame de Lorette, Rome où il est présenté au pape, Florence, Venise.

1601 Mort de Florimond de Raymond. Il promet de s'occuper de ses neveux.

1607 *Tableau de l'inconstance et instabilité de toute chose.*

Décembre 1608
Lettre d'Henri IV le désignant pour enquêter sur la sorcellerie en Labourd.

Juin à novembre 1609
Juge en Labourd avec Jean d'Espaignet.

1610 Deuxième édition du *Tableau de l'inconstance et instabilité de toute chose* augmentée d'un chapitre sur l'inconstance des nations.

1612 Conseiller du roi en son conseil d'État.

1612 *Tableau de l'inconstance des mauvais anges et démons.*

1613 Deuxième édition du *Tableau de l'inconstance des mauvais anges et démons.*

1614 Entrée du père Biénassis au noviciat à Rome.

1616 Vente de la charge de conseiller au parlement à François de Lescurre.

1616 Donation aux religieuses de Notre-Dame Jeanne de Lestonnac.

1617 *Le Livre des princes* – voyage à Paris.

1618 Voyage à Paris.

1620 Louis XIII visite la chapelle de Loubens, à Sainte-Croix-du-Mont.

1622 *De l'incrédulité et de la mécréance pleinement convaincues.*

1623 Voyage à Paris.

1626 Dénonciation d'un testament en faveur des jésuites.

1627 *Du sortilège.*

1630 Testament en faveur de deux de ses neveux, Jean-Léon de Raymond et Jean-Jacques de Spens d'Estignols.

1631 Mort à Sainte-Croix-du-Mont.

1633 Grands vœux du père Biénassis, à Roanne.

Arbre généalogique

Bernard de Rostégui
Originaire de Juxue près Mauléon
Arrive à Saint-Macaire vers 1510, marchand

- **Jehannot de Rostégui**
- **Bernard de Rostégui**
  dit Bernard II
  Commerce de vin,
  contrôleur des deniers royaux
  acquiert Tastes
  ép.
  Marie Pomier (Béarn)
  - **Étienne de Rostégui**
    Secrétaire du roi, prend le nom de Lancre
    ép.
    Marguerite de Beziat de Nozières
    - **Pierre de Rostégui de Lancre** 1553-1631
      ép.
      Jehanne de Mons
      - **Père Biénassis**
        enfant naturel
    - **Étienne de Rostégui de Tastes**
      ép.
      Catherine des Gentils
      - **Jean**
        enfant naturel
        ép. en 1624
        Marie de Salignac
    - **Catherine**
      ép.
      Florimond de Raymond
      conseiller au parlement
      - **4 enfants**
        - **Jean-Léon de Raymond**
          héritier de P. de Lancre
    - **Marie**
      ép.
      Emmanuel du Mirail
      puis en 1588
      Christophe de Spens d'Estignols
      - **Enfants dont Jean-Jacques**
        ép.
        Marie-Marguerite de Pontac
        - **Jean-Jacques de Spens**
          héritier de P. de Lancre
  - **4 filles**

Une sorcière présente au Diable (assis sur sa chaire, il a la forme d'un bouc) un enfant qu'elle a séduit… (détail de la Description et figure du sabbat, voir p. 28).

Notes

1. Victor L. TAPIÉ, *La France de Louis XIII et de Richelieu*, Flammarion, 1967, p. 49.

2. Cité pat Raymond RITTER, *Catherine de Bourbon*, Paris, Jean Touzot, 1985, p. 434.

3. Bien des renseignements sur la vie quotidienne en Aquitaine – celui-là et bien d'autres – sont issus du livre d'Yves-Marie BERCÉ, *La Vie quotidienne dans l'Aquitaine du XVII*e *siècle*, Hachette, 1978.

4. C. B. F. BOSCHERON DES PORTES, *Histoire du parlement de Bordeaux depuis sa création jusqu'à sa disparition*, 1451-1790, Bordeaux, Charles Lefebvre, 1877, t. 1, p. 352.

5. Religion Prétendue Réformée.

6. Louis DESGRAVES, *Évocation du vieux Bordeaux*, Vivisques, 1989.

7. Cité par Patrice John O'REILLY, *Histoire complète de Bordeaux*, Delmas, 1863, t. 2.

8. Dom DEVIENNE, *Histoire de Bordeaux*, Lacaze, 1862.

9. Les lettres d'Henri IV sont citées intégralement par un érudit du XIXe siècle, A. COMMUNAY, qui a dépouillé les archives bordelaises concernant Pierre de Lancre et a publié *Le Conseiller Pierre de Lancre*, Agen, 1890.

10. *Chronique* d'Étienne de CRUSEAU, conseiller au parlement de Bordeaux, 1586-1616, Bibliophiles de Guyenne, Gounouilhou, 1879, préface de Jules Delpit, t. 1, p. 274.

11. Kurt BASCHWITZ, *Procès de sorcellerie, Histoire d'une psychose collective*, Arthaud, 1973.

12. *Recherches sur la ville et l'église de Bayonne*, manuscrit du chanoine René VEILLET, publié par DUBARAT et DARANATZ, chanoines, Bayonne, Lasserre, Pau, Laffont et Ribaut, 1910.

13. Cité par V. LESPY, *Les Sorcières dans le Béarn*, Société des sciences lettres et arts de Pau, 1874-1875, deuxième série, t. IV.

14. L'orthographe du nom de cet imprimeur hésite entre L'Angelier et Langelier. J'ai retenu la deuxième graphie.

15. Pierre de Lancre, *Tableau de l'inconstance et instabilité de toute chose où il est montré qu'en Dieu seul gît la vraie confiance, à laquelle l'homme sage doit viser*, 1607, pp. 107-108.

16. On lira sur ce sujet Louis DESGRAVES, *L'Aquitaine aux XVI*e*-XVIII*e *siècles*, Fédération historique du Sud-Ouest, 1992, qui consacre tout un chapitre passionnant à l'édition bordelaise au XVIe siècle.

17. Sans doute a-t-il commencé le livre au retour du voyage qu'il fait en Italie en 1600.

18. On peut traduire « foulaient taisiblement » par « usaient par métaphore ».

19. *Tableau de l'inconstance et instabilité de toute chose*, 1613, pp. 910-913.

20. Ibid., p. 974.

21. Éditions de 1612 et 1613.

22. Les renseignements sur la famille Rostégui sont issus du livre d'A. COMMUNAY, *Le Conseiller Pierre de Lancre*, op. cit.

23. Cité dans *Introduction au tableau des mauvais anges et démons*, fascicule 5 (1. 2. 1938) du *Bulletin du musée basque*, p. 132.

24. Jean JACQUART, *François I*er, Fayard, 1981, p. 68.

25. Cité par Aristide GUILGERT, *Histoire des villes de France*, Paris, 1844, Furne. Un des cinq volumes est consacré à la Gascogne, la Guyenne et le Béarn, p. 354.

26. Louis DESGRAVES, *Évocation du vieux Bordeaux*, op. cit., pp. 24-25.

27. Les renseignements sur le collège de Guyenne sont essentiellement pris dans le livre d'Ernest GAULLIEUR, *Histoire du collège de Guyenne*, Sandoz et Sischbacher, 1874. Pour les études de Mon-

taigne dans ce même collège, on se reportera à la biographie de Madeleine LAZARD, *Michel de Montaigne*, Fayard, 1992.

28. Certains historiens du XIXe siècle évoquent sept mille protestants à Bordeaux vers 1560. Les estimations actuelles sont beaucoup plus modestes.

29. *Chronique bourdelaise, composée en latin par G. de Lurbe, avocat à la cour et procureur syndic de la ville de Bourdeaux et par lui augmentée et traduite en français avec deux siens discours, ci-devant imprimés, l'un sur la conversion du roi l'autre sur les antiquités trouvées au prieuré Saint-Martin lès Bordeaux*. Première édition 1594, chez l'éditeur Simon Millanges, à Bordeaux.

30. Le chiffre peut paraître étonnamment précis. Il est donné comme tel par la *Chronique bourdelaise*, et repris par les historiens de Bordeaux.

31. *Le Livre des princes*, p. 723.

32. Florimond de Raymond, *Erreur populaire de la papesse Jeanne*, cité par Philippe TAMIZEY DE LA ROQUE, *Essai sur la vie et les ouvrages de Florimond de Raymond*, Paris, Aubry, 1867.

33. Père J. M. PRAT, *Recherches historiques sur la Compagnie de Jésus en France du temps du Père Coton*, 1564-1626, Lyon, 1886, t. I, pp. 22-23.

34. *Le Livre des princes*, p. 414.

35. *Le Livre des princes*, p. 157.

36. Sansac est le gouverner de Guyenne qui précède Jacques de Matignon. La reine mère est Catherine de Médicis, et la reine Marguerite est la reine Margot, femme d'Henri de Navarre. Le texte est tiré de *Tableau de l'inconstance des mauvais anges et démons*, 1613, p. 207. Toutes les références suivantes sont de cette édition.

37. *Incrédulité et mécréance*, pp. 505-506.

38. *Tableau de l'inconstance et de l'instabilité de toute chose*, 2e édition, 1610, p. 399.

39. Florimond de Raymond, *Erreur populaire de la papesse Jeanne*, cité par Philippe TAMIZEY DE LA ROQUE, *Essai sur la vie et les ouvrages de Florimond de Raymond*, op. cit.

40. Supplément à la *Chronique bourdelaise*, 1582.

41. BOSCHERON DES PORTES, *Histoire du parlement de Bordeaux depuis sa création jusqu'à sa suppression, 1451-1790*, Bordeaux, Charles Lefebvre, 1877, t. 1, p. 361.

42. Il est devenu conseiller en 1585 mais Jules Delpit, qui publie le texte manuscrit, indique que les premières pages sont détruites ou illisibles.

43. *Chronique bourdelaise*, op. cit., année 1581.

44. BOSCHERON DES PORTES, *Histoire du parlement de Bordeaux*, op. cit., t.1, p. 284.

45. E. GAULLIEUR, *Histoire de la Réformation à Bordeaux*, 1884, pp. 120 et 121.

46. MÉTIVIER Jean de, *Chronique du parlement de Bordeaux, 1520-1566*, publié par Arthur de Brezetz et Jules Delpit, Bordeaux, Hocquet, 1887, t.1, p. 230.

47. M. de SALVIAT, *La Jurisprudence du parlement de Bordeaux*, Paris, 1787.

48. Bernard de La ROCHE-FLAVIN, *Treize livres des parlements de France*, Genève, Mathieu Berjon, 1621. L'auteur insiste surtout sur les parlements de Paris et de Toulouse. Le livre, paru du vivant de Pierre de Lancre, « se vend à Bordeaux, chez les frères Labottière, imprimeurs-libraires, place du Palais ».

49. Cf. Jacques DUBOURG, *Les Guerres de Religion dans le Sud-Ouest*, Bordeaux, Éditions Sud Ouest, 1992.

50. Cité par Patrice O'REILLY, *Histoire complète de Bordeaux*, op. cit.

51. Pierre de LANCRE, *Tableau de l'inconstance et instabilité de toute chose*, 1613, p. 435.

52. *Incrédulité et mécréance*, 1622, p. 219. Pierre de Lancre n'indique pas la date. 1600 semble trop éloigné. Cette rencontre se situe donc soit en 1579 quand il revient en Italie pour passer son doctorat, soit en 1585 lors de ce voyage sur lequel nous ne savons quasiment rien.

53. *Chronique bourdelaise*, op. cit., 1585.

54. Il s'agit des ordonnances de Charles VIII (1493) et de Charles IX (1561) : ni deux frères, ni le père et le fils, ni l'oncle et le neveu ne peuvent être en même temps membres du parlement. Oubliées en ce

qui concerne le parlement, les deux ordonnances étaient en théorie appliquées pour la composition des chambres. Mais même cette dernière coutume va tomber en désuétude. « Il faut bien reconnaître les services faits au roi », explique Bernard de la Roche-Flavin.

55. *Chronique* d'Étienne de CRUSEAU, op. cit., t. I, p. 21.

56. Supplément à la *Chronique bourdelaise*, op. cit., 1590.

57. François GEBELIN, « Le gouvernement du maréchal de Matignon en Guyenne pendant les premières années du règne d'Henri IV, 1589-1594 », *Revue historique de Bordeaux*, 1909, p. 349-367, 1910, p. 6 à 33.

58. *Le Livre des princes*, p. 276. C'est moi qui souligne.

59. *Chronique* d'Étienne de CRUSEAU, op. cit., t. I, p. 104. La légitime est la part à laquelle les enfants ont droit sur les biens de leurs père et mère, et dont aucun testament ne peut les priver. Les filles dotées perdent ce droit.

60. *Chronique* d'Étienne de CRUSEAU, op. cit., t. I, p. 136-137.

61. *Chronique* d'Étienne de CRUSEAU, op. cit., t. I, p. 195.

62. P. J. M. PRAT, *Recherches historiques sur la Compagnie de Jésus au temps du père Coton*, op. cit.

63. *Chronique* d'Étienne de Cruseau, op. cit., t. I, p. 195. C'est moi qui souligne ces propos si bordelais… Matignon est mort en 1597 dans son château de Labarde d'une attaque d'apoplexie.

64. *Chronique* d'Étienne de CRUSEAU, op. cit., t. I, p. 129-130.

65. *Incrédulité et mécréance*, p. 277.

66. *Le Livre des princes*, p. 517.

67. Les renseignements sur le P. Pierre Biénassis m'ont été obligeamment fournis par Max Cloupet, directeur de Saint-Louis de Français à Rome et par le centre des archives jésuites de Vanves.

68. *Incrédulité et mécréance*, dédicace au roi.

69. S'agit-il de l'*Ostrea aquitania* ou de l'*Ostrea agenensis* ? Jean-Louis Nembrini penche pour la seconde hypothèse.

70. *Incrédulité et mécréance*, p. 164.

71. COMMUNAY, op. cit. La lettre (A. D. Reg. Du parlement, B 49, folio 41) est citée in extenso en annexe.

72. *Tableau de l'inconstance et instabilité de toute chose*, 2e édition, 1610, p. 437. La place Navenne est sans doute la Piazza Navone.

73. *Tableau de l'inconstance et instabilité de toute chose*, 2e édition 1610, p. 410.

74. *Le Livre des princes*, p. 599.

75. *Incrédulité et mécréance*, p. 490.

76. *Le Livre des princes*, p. 642.

77. *Tableau de l'inconstance et instabilité de toute chose*, pp. 385-386.

78. *Tableau de l'inconstance et instabilité de toute chose*, 2e édition, 1610, p. 449.

79. *Incrédulité et mécréance*, p. 608.

80. Louis DESGRAVES, *Évocation du vieux Bordeaux*, op. cit., p. 182.

81. Bernard de LA ROCHE-FLAVIN, *Treize parlements de France*, op. cit.

82. À plusieurs reprises depuis que le protestantisme s'est développé en France, les souverains ont mis en place ces tribunaux mi-partie, mais le principe décidé a rarement été mis en application.

83. Alors que la charge coûte plus de trente mille livres, Cruseau écrit qu'en dix-huit mois, au début de sa carrière, du 12 mars 1607 jusqu'au 16 septembre 1608, son « état » lui « a rapporté mille livres ». Cité par BOSCHERON DES PORTES, *Histoire du parlement de Bordeaux*, op. cit., t. 1, p. 361.

84. Communay curieusement place ce séjour en 1606, et cite une lettre du roi du 17 décembre 1607 le dispensant à cause de son grand âge et de son état de santé. Or, le texte de Cruseau situe bien le séjour à Nérac en 1601. En revanche, l'année suivante, Pierre de Lancre n'y est plus.

85. *Le Livre des princes*, p. 505.

86. *Tableau de l'inconstance et instabilité de toute chose*, p. 107.

87. *Tableau de l'inconstance et instabilité de toute chose*, p. 130.
88. *Tableau de l'inconstance et instabilité de toute chose*, p. 307.
89. *Tableau de l'inconstance et instabilité de toute chose*, p. 323.
90. *Tableau de l'inconstance et instabilité de toute chose*, p. 110.
91. *Tableau de l'inconstance et instabilité de toute chose*, p. 112.
92. *Tableau de l'inconstance et instabilité de toute chose*, p. 343. Il a trouvé cette anecdote dans un livre de le Loyer sur la sorcellerie.
93. *Tableau de l'inconstance et instabilité de toute chose*, p. 324.
94. *Tableau de l'inconstance et instabilité de toute chose*, p. 336.
95. *Tableau de l'inconstance et instabilité de toute chose*, p. 1042.
96. *Tableau de l'inconstance et instabilité de toute chose*, p. 325.
97. *Encyclopédie*, p. 370, Sorciers et sorcellerie.
98. L'expression « mort noire » est de Froissart. Les études d'Yves Renouard sur la grande peste ont permis de préciser les chiffres globaux et surtout les variantes régionales.
99. Jean DELUMEAU, *La Peur en Occident, XIVe-XVIIIe siècles*, Fayard, 1978, p. 22.
100. Faut-il confesser ses péchés à haute voix devant tout le monde ou, seul, à l'oreille d'un prêtre ? Longtemps, malgré les décisions du concile de Latran, on en reste à la confession publique, qui procure de grands effets dramatiques. Quatre cents ans après Latran, le concile de Trente réaffirme la règle de la confession auriculaire, qui n'est pas encore passée dans les pratiques.
101. Une bulle pontificale est une lettre du pape donnant ses instructions et portant son sceau rond, d'où le nom de bulle.
102. Cette bulle fut la première à connaître une large diffusion grâce à l'imprimerie.
103. Qu'on me pardonne cette facilité de langage. La plupart des sorciers ont été pendus avant d'être brûlés.
104. *Malleus*, cité par K. BASCHWITZ, *Procès de sorcellerie, Histoire d'une psychose collective*, Arthaud, 1973, p. 43.
105. Guy BECHTEL, *La Sorcière et l'Occident, La destruction de la sorcellerie en Europe des origines aux grands bûchers*, Plon, 1997, p. 152.
106. Guy RACHET, *Dictionnaire de la civilisation égyptienne*, Larousse, 1998
107. SAINT AUGUSTIN, *La Cité de Dieu*, Seuil, « Point sagesse », 1994, édition annotée par Jean-Claude Eslin, livre VIII, chapitre 16.
108. Jean DELUMEAU, *La Peur en Occident*, op. cit.
109. Un canon est un texte religieux définissant un dogme ou précisant un point de doctrine.
110. Guy BECHTEL, *La Sorcière et l'Occident*, op. cit., p. 78.
111. Le poème est longuement cité par Jean DELUMEAU, *La Peur en Occident*, op. cit., p. 321.
112. Jean DELUMEAU, *La Peur en Occident*, op. cit., p. 319-320.
113. *Fe* est ainsi présenté comme un diminutif de *fide*.
114. Les renseignements sur Jean Wier et cette citation sont tirés de Kurt BASCHWITZ, *Procès de sorcellerie*, op. cit., chapitre 3.
115. Les auteurs se spécialisent mais aussi les éditeurs. On retrouve ici sans surprise celui qui va être l'éditeur de Pierre de Lancre.
116. Livres cités par Xavier MARTIN, *Aspects de la sorcellerie en Anjou, 1570-1640, Histoire des faits de sorcellerie*, Actes de la 8e rencontre d'histoire religieuse tenue à Fontevrault les 5 et 6 octobre 1984, Presses universitaires d'Angers, 1984.
117. Le vol était alors puni de mort.
118. *Tableau de l'inconstance des mauvais anges et démons*, 1613, p. 231.
119. *Tableau de l'inconstance des mauvais anges et démons*, p. 77.
120. *Incrédulité et mécréance*, p. 63. Pierre de Lancre fait allusion à la *Chronique bourdelaise* de P. de LURBE écrite par un jurat municipal, que nous feuilletons aujourd'hui avec un intérêt égal à celui de

notre juge. La « maison de ville » est l'hôtel de ville. Il s'agit donc d'un document ancien, non daté, retrouvé, illustrant les pouvoirs de justice qu'avaient les élus municipaux.

121. *Chronique* d'Étienne de CRUSEAU, op. cit., t. I, p. 86

122. *Tableau de l'inconstance des mauvais anges et démons*, p. 463. Le rapport de Raymond est cité par del Rio, écrit Lancre. Est-ce dans *Disquisitiones magicae* (Études sur la sorcellerie) ? Dans ce cas, le procès dont il est question pourrait être antérieur à 1593, ce qui renvoie à 1590, où Lancre siège à la Tournelle. Je penche plutôt pourtant pour 1598, date à laquelle Lancre y siège aussi, d'autant que de nombreuses rééditions du livre de del Rio ont paru de son vivant.

123. *Incrédulité et mécréance*, p. 42. La lycanthropie a eu ses défenseurs au XVIIe siècle, témoin le livre de De NYNAULD, publié en 1615, *De la lycanthropie, transformation et extase des sorciers*. Le mythe du loup-garou nourrit l'histoire de la bête du Gévaudan et bien des récits fantastiques au XIXe siècle.

124. *Discours prodigieux et épouvantable de trois Espagnols et une Espagnole magiciens et sorciers qui se faisaient porter par les diables de ville en ville : avec leurs déclarations d'avoir fait mourir plusieurs personnes et bétail par leurs sortilèges et aussi d'avoir fait plusieurs dégâts aux biens de la terre*, Troyes, Noël Moreau, dit le Coq, 1608.

125. *Incrédulité et mécréance*, p. 38. C'est moi qui mets en italique.

126. *Incrédulité et mécréance* pp. 325-326.

127. La porte Daufin a été construite par l'architecte Beuscher, qui devait diriger l'achèvement du phare de Cordouan. Elle était située rue Vital-Carles, non loin de ce que les Bordelais ont longtemps appelé la « place Dauphine » qui date du XVIIIe siècle. Voir Louis DESGRAVES, *Évocation du vieux Bordeaux*, op. cit., p. 73.

128. Longtemps la légende fit de cet édifice un palais construit par Charlemagne pour une Galiène bien-aimée. Vers la fin du XVIe siècle, Élie Vinet identifia un amphithéâtre romain, dont il laissa la paternité à Gallien, pensant à tort que le nom du colisée venait de celui de l'empereur. Lancre garde ici la dénomination en usage dans sa jeunesse.

129. *Incrédulité et mécréance*, p. 593.

130. A. D. Landes, H 54, cité par D. CHABAS, *La Sorcellerie et l'Insolite dans les Landes et pays voisins*, chez l'auteur, 40130 Capbreton, 1983.

131. Cf. supra l'arrêt du parlement de Paris, chapitre 5.

132. TAMIZEY DE LA ROQUE, Documents inédits pour servir à l'histoire de la ville de Dax, cité par D. CHABAS, *La Sorcellerie et l'Insolite dans les Landes et pays voisins*, op. cit.

133. Cité par D. CHABAS.

134. Roland VILLENEUVE, *Le Fléau des sorciers, Histoire de la diablerie basque au XVIIe siècle*, Flammarion, 1983, p. 56.

135. Catalogue des arrêts du parlement de Bordeaux, 17 septembre 1582, A. D. 33, cité dans colloque *Autour de Bertrand d'Etchauz, évêque de Bayonne, fin XVIe début XVIIe siècle*, Actes du colloque des 17 et 18 septembre 1999, Société des sciences, lettres et arts de Bayonne, 2000, p. 54.

136. V. LESPY, *Les Sorcières dans le Béarn*, op. cit.

137. *Chronique* d'Étienne de CRUSEAU, op. cit.

138. Roland VILLENEUVE, *Le Fléau de sorciers*, op. cit.

139. D. CHABAS, op. cit., p. 93.

140. *Tableau de l'inconstance des mauvais anges et démons*, dédicace de la première édition, 1612.

141. *Tableau de l'inconstance des mauvais anges et démons*, p. 104.

142. Lancre devait écrire en 1610 : « François de Noailles, évêque d'Aqs, nous a dit plusieurs fois ». Pierre de Lancre a dû rendre visite à l'évêque au moins lors de ses voyages d'aller et retour. Le récit que lui fait à plusieurs reprises le prélat concerne son ambassade au Levant où il fut envoyé par Charles IX.

143. Cette description a été empruntée à Yves-Marie BERCÉ, *La Vie quotidienne de l'Aquitaine au XVIIe siècle*, op. cit., p. 26.

144. Jules MICHELET, *Journal*, t. 1, 1828-1848, Gallimard, 1959, p. 186.

145. *Tableau de l'inconstance des mauvais anges et démons*, p. 62
146. *Tableau de l'inconstance des mauvais anges et démons*, p. 130.
147. *Tableau de l'inconstance des mauvais anges et démons*, p. 131.
148. *Tableau de l'inconstance des mauvais anges et démons*, pp. 70-72
149. *Tableau de l'inconstance des mauvais anges et démons*, p. 134. Sans doute Bordagairi, situé à 1,5 km de Ciboure à l'intérieur des terres. À moins qu'il ne s'agisse de Bordaberria, sur la route d'Hendaye.
150. *Tableau de l'inconstance des mauvais anges et démons*, p. 91.
151. *Tableau de l'inconstance des mauvais anges et démons*, p. 135.
152. *Tableau de l'inconstance des mauvais anges et démons*, p. 135.
153. *Tableau de l'inconstance des mauvais anges et démons*, p. 131.
154. *Tableau de l'inconstance des mauvais anges et démons*, p. 72.
155. *Tableau de l'inconstance des mauvais anges et démons*, p. 224.
156. *Tableau de l'inconstance des mauvais anges et démons*, p. 90.
157. *Tableau de l'inconstance des mauvais anges et démons*, p. 133.
158. *Tableau de l'inconstance des mauvais anges et démons*, p. 135.
159. *Tableau de l'inconstance des mauvais anges et démons*, p. 224.
160. *Tableau de l'inconstance des mauvais anges et démons*, p. 462.
161. *Tableau de l'inconstance des mauvais anges et démons*, p. 131.
162. *Tableau de l'inconstance des mauvais anges et démons*, p. 133.
163. *Tableau de l'inconstance des mauvais anges et démons*, p. 132.
164. *Tableau de l'inconstance des mauvais anges et démons*, p. 133. Ce « maître de Lasse » est sans doute le lieutenant du bailli du Labourd, Boniface de Lasse qui, de 1566 à 1576, fait exécuter une quarantaine de sorcières.
165. *Tableau de l'inconstance des mauvais anges et démons*, p. 464.
166. *Tableau de l'inconstance des mauvais anges et démons*, p. 132.
167. *Tableau de l'inconstance des mauvais anges et démons*, p. 133.
168. *Tableau de l'inconstance des mauvais anges et démons*, pp. 90-91.
169. *Tableau de l'inconstance des mauvais anges et démons*, p. 135.
170. Toutes les éditions de tous les livres de Pierre de Lancre sont à la bibliothèque municipale de Bordeaux, au service des documents patrimoniaux, y compris le rare *Livres des princes*, qui a été acheté par la bibliothèque voici quelques années, et le livre intitulé *Du sortilège* sur lequel je reviendrai.
171. Kurt BASCHWITZ, op. cit., p. 64.
172. *Tableau de l'inconstance des mauvais anges et démons*, p. 82.
173. *Tableau de l'inconstance des mauvais anges et démons*, p. 126.
174. *Tableau de l'inconstance des mauvais anges et démons*, p. 67.
175. *Tableau de l'inconstance des mauvais anges et démons*, p. 89.
176. *Tableau de l'inconstance des mauvais anges et démons*, p. 193.
177. *Tableau de l'inconstance des mauvais anges et démons*, p. 193
178. *Tableau de l'inconstance des mauvais anges et démons*, p. 73.
179. *Tableau de l'inconstance des mauvais anges et démons*, pp. 72-73.
180. *Tableau de l'inconstance des mauvais anges et démons*, p. 71.
181. *Tableau de l'inconstance des mauvais anges et démons*, p. 90.
182. *Tableau de l'inconstance des mauvais anges et démons*, p. 112.
183. *Tableau de l'inconstance des mauvais anges et démons*, p. 218.
184. *Tableau de l'inconstance des mauvais anges et démons*, p. 68.
185. *Tableau de l'inconstance des mauvais anges et démons*, p. 124.
186. *Tableau de l'inconstance des mauvais anges et démons*, p. 86.
187. *Tableau de l'inconstance des mauvais anges et démons*, p. 87.
188. *Tableau de l'inconstance des mauvais anges et démons*, p. 108.

189. *Tableau de l'inconstance des mauvais anges et démons*, p. 130.
190. *Tableau de l'inconstance des mauvais anges et démons*, p. 86.
191. *Tableau de l'inconstance des mauvais anges et démons*, pp. 423-427. Il a existé longtemps une chapelle du Saint-Esprit au sommet de la Rhune, siège d'un ermitage. Mais si la Rhune est au-dessus d'Ascain où est finalement exécuté le vieux prêtre, il n'est pas dans le diocèse de Dax. Il s'agit sûrement ici de l'église Saint-Esprit, dans le faubourg de Bayonne, mais au nord de l'Adour.
192. *Tableau de l'inconstance des mauvais anges et démons*, p. 86.
193. *Tableau de l'inconstance des mauvais anges et démons*, p. 429.
194. *Tableau de l'inconstance des mauvais anges et démons*, p. 427.
195. *Tableau de l'inconstance des mauvais anges et démons*, p. 429.
196. *Tableau de l'inconstance des mauvais anges et démons*, p. 466.
197. *Tableau de l'inconstance des mauvais anges et démons*, p. 430.
198. *Tableau de l'inconstance des mauvais anges et démons*, p. 466.
199. *Tableau de l'inconstance des mauvais anges et démons*, p. 465.
200. Il s'agit ou de Notre-Dame de l'Assomption d'Ascain, les trois prêtres y ayant été exécutés, ou de celle de Bayonne.
201. *Tableau de l'inconstance des mauvais anges et démons*, p. 430.
202. *Tableau de l'inconstance des mauvais anges et démons*, p. 128.
203. *Tableau de l'inconstance des mauvais anges et démons*, pp. 141-142. La maison où loge Pierre de Lancre à Saint-Pée-sur-Nivelle est dite tantôt « logis » tantôt « hôtel ».
204. Jean-Marie CARBASSE, *Histoire du droit pénal et de la justice criminelle*, PUF, 2000.
205. La question par le feu est théoriquement interdite.
206. Alfred SOMAN, *Sorcellerie et Justice criminelle aux XVIe-XVIIIe siècles*, op. cit.
207. Jean-Marie CARBASSE, *Histoire du droit pénal et de la justice criminelle*, op. cit., p. 171.
208. Extraits des registres des États généraux du XVIe siècle, cités dans G. PICOT, *Histoire des États généraux*, Paris, 1882, t. II, p. 530.
209. Jean-Marie CARBASSE, *Histoire du droit pénal et de la justice criminelle*, op. cit., p. 179. La citation de Montaigne est dans le t. II des *Essais*.
210. Alfred SOMAN, *Sorcellerie et Justice criminelle aux XVIe-XVIIIe siècles*, Variorum Reprints, 1992, VII.
211. *Collection des inventaires sommaires des archives communales antérieures à 1790*, Bayonne, t. I, p. 206. Il s'agit du vêtement de fonction de cet agent du maire.
212. Les chiffres de population au début du XVIe siècle manquent de précision et les estimations varient. On se référera à l'ouvrage de Josette PONTET, *Histoire de Bayonne*, Privat, 1991, et à l'intervention de Pierre HOURMAT au colloque *Autour de Bertrand d'Etchauz, évêque de Bayonne, fin XVIe début XVIIe siècle*, op. cit.
213. Jean BERNOU, *La Chasse aux sorcières dans le Labourd (1609)*, Étude historique, Agen, Imprimerie Calvet, 1897.
214. *Tableau de l'inconstance des mauvais anges et démons*, p. 452.
215. *Tableau de l'inconstance des mauvais anges et démons*, p. 416.
216. *Incrédulité et mécréance*, p. 35.
217. *Tableau de l'inconstance des mauvais anges et démons*, p. 65.
218. *Tableau de l'inconstance des mauvais anges et démons*, p. 140.
219. *Tableau de l'inconstance des mauvais anges et démons*, p. 32.
220. *Tableau de l'inconstance des mauvais anges et démons*, p. 33.
221. Abbé M. MICHELENA, *Hendaye, son histoire*, Haitze Garbia, 1987.
222. Les lettres de Soraindho sont citées par A. COMMUNAY, *Le Conseiller Pierre de Lancre*, op. cit.
223. « Il nous fut mené à Bayonne une sorcière célèbre nommée Mandiboro », *Incrédulité et mécréance*, p. 125.

224. Il raconte cette rencontre dans la deuxième édition du *Tableau de l'inconstance et instabilité de toute chose* parue en 1610. « Le 22 septembre 1609, le roi d'Espagne a chassé deux cents mille maures qui étaient en son royaume de Valence. » C'est ce que lui apprend le général des cordeliers.
225. *Tableau de l'inconstance des mauvais anges et démons*, p. 37.
226. *Incrédulité et mécréance*, p. 649-650.
227. *Tableau de l'inconstance des mauvais anges et démons*, p. 92.
228. *Incrédulité et mécréance*, p. 45.
229. *Tableau de l'inconstance des mauvais anges et démons*, avertissement.
230. *Tableau de l'inconstance des mauvais anges et démons*, p. 86.
231. *Tableau de l'inconstance des mauvais anges et démons*, p. 375.
232. *Tableau de l'inconstance des mauvais anges et démons*, 1613, p. 215.
233. *Tableau de l'inconstance des mauvais anges et démons*, p. 214.
234. *Incrédulité et mécréance pleinement convaincue*, pp. 35-36.
235. *Incrédulité et mécréance*, p. 37.
236. *Tableau de l'inconstance des mauvais anges et démons*, avertissement.
237. *Incrédulité et mécréance*, p. 35.
238. *Tableau de l'inconstance des mauvais anges et démons*, avertissement.
239. *Tableau de l'inconstance des mauvais anges et démons*, p. 188.
240. *Incrédulité et mécréance pleinement convaincues*, p. 110.
241. *Tableau de l'inconstance des mauvais anges et démons*, p. 189.
242. *Incrédulité et mécréance*, p. 35.
243. *Incrédulité et mécréance pleinement convaincues*, p. 37.
244. *Tableau de l'inconstance des mauvais anges et démons*, p. 186.
245. *Incrédulité et mécréance*, p. 10.
246. *Tableau de l'inconstance des mauvais anges et démons*, p. 549.
247. *Tableau de l'inconstance des mauvais anges et démons*, 1613, avertissement.
248. *Tableau de l'inconstance des mauvais anges et démons*, 1613, avertissement.
249. *Tableau de l'inconstance des mauvais anges et démons*, 1613, p. 38.
250. *Tableau de l'inconstance des mauvais anges et démons*, 1613, avertissement.
251. Collection des inventaires sommaires des archives communales de Bayonne, t. 2, p. 145.
252. *Tableau de l'inconstance des mauvais anges et démons*, p. 111.
253. *Le Livre des princes*, p. 698.
254. *Tableau de l'inconstance des mauvais anges et démons*, p. 92.
255. *Tableau de l'inconstance des mauvais anges et démons*, p. 549.
256. Ce fut le cas par exemple pour Urbain Grandier. On prit juste le temps de le soumettre à la question pendant deux heures et on le mena devant l'église et au bûcher dans la matinée.
257. *Tableau de l'inconstance des mauvais anges et démons*, p. 549.
258. *Tableau de l'inconstance des mauvais anges et démons*, p. 415.
259. *Tableau de l'inconstance des mauvais anges et démons*, 1613, avertissement.
260. *Tableau de l'inconstance des mauvais anges et démons*, 1613, avertissement.
261. *Tableau de l'inconstance des mauvais anges et démons*, p. 112.
262. *Tableau de l'inconstance des mauvais anges et démons*, p. 428.
263. *Tableau de l'inconstance des mauvais anges et démons*, p. 454.
264. *Incrédulité et mécréance*, p. 173.
265. *Tableau de l'inconstance des mauvais anges et démons*, 1613, avertissement.
266. Le lecteur attentif aura reconnu le texte de l'arrêt du parlement de Paris décrivant le supplice de Michel des Rousseaux. Il est tout à fait typique d'une exécution de sorcières.
267. Robert MUCHEMBLED, *La Sorcière au village (XVe-XVIIe siècles)*, Gallimard, collection « Archives », 1979, p. 19.

268. *Incrédulité et mécréance*, p. 627.
269. *Tableau de l'inconstance des mauvais anges et démons*, p. 45.
270. *Incrédulité et mécréance*, p. 159.
271. *Tableau de l'inconstance des mauvais anges et démons*, pp. 56-57.
272. *Le Livre des princes*, p. 65.
273. *Incrédulité et mécréance*, p. 99.
274. Le poème de Jean d'Espaignet, «Le Sabbat», paraît en latin dans *Tableau de l'inconstance des mauvais anges et démons*, et est reproduit, traduit en français par G. Guay, au début d'*Incrédulité et mécréance.*
275. *Le Livre des princes*, p. 518.
276. *Incrédulité et mécréance*, p. 517.
277. *Le Livre des princes*, p. 521.
278. *Tableau de l'inconstance des mauvais anges et démons*, p. 57.
279. Anne ZINK, *Pays ou circonscriptions, les collectivités territoriales de la France du Sud-Ouest sous l'Ancien Régime*, Publications de la Sorbonne, 2000.
280. *Tableau de l'inconstance des mauvais anges et démons*, p. 57.
281. François BORDE, *Sorciers et Sorcières, Procès de sorcellerie en Gascogne et Pays basque*, Privat, 1999.
282. *Incrédulité et mécréance*, p. 125. Les ensorcellements par attouchement sont multiples. Ainsi, le curé de Listrac-Médoc devait dire à Pierre de Lancre qu'un «sorcier lui ayant seulement touché légèrement la ceinture, il fut tellement et mal affecté (...) qu'il lui sembla que sa ceinture était un cercle de fer». Le Médoc est maudit car le curé de Moulis à la même époque meurt en trois jours, le bout de son pied ayant été touché par un sorcier. Id., p. 133.
283. *Incrédulité et mécréance*, p. 326.
284. *Tableau de l'inconstance des mauvais anges et démons*, p. 72.
285. *Incrédulité et mécréance*, p. 325.
286. *Incrédulité et mécréance*, p. 108.
287. André DAMBIELLE, *La Sorcellerie en Gascogne*, Auch, 1907, collection Rediviva 1992; Hillarion BARTHETY, *La Sorcellerie en Béarn et dans le Pays basque*, conférence publique à la mairie de Pau, suivie de *Pratiques de sorcellerie et superstitions populaires*, Pau, Léon Ribaud, 1879. CERQUAND, *Légendes et récits du Pays basque*, Bulletin de la société des sciences, lettres et arts de Pau, 1875. Ces livres reprennent les uns et les autres un même stock de pratiques et de recettes. Cerquand n'hésite pas à écrire que la sorcellerie en Pays basque a été importée de «l'étranger», c'est-à-dire du Béarn. Le curieux apprendra à se préserver des sorciers (avec du fenouil) ou à deviner l'avenir par rotation d'un tamis.
288. *Tableau de l'inconstance des mauvais anges et démons*, p. 528. Il reprend la même idée dans *Incrédulité et mécréance*: il y a bien deux sortes de sorcières, celles qui s'adonnent «à la pharmaceutrie et aux venins», et celles qui ont fait une renonciation expresse à Jésus-Christ et se sont données à Satan, pratiquant le sabbat, les enlèvements et les meurtres d'enfants, p. 558.
289. «Pour l'élévation, le premier des modernes qui l'a le plus particularisé est le sieur de Raymond, conseiller en cette cour de parlement, parlant d'une sorcière nommée Jeanne Bodeau, au jugement de laquelle j'assistai en notre Tournelle, qui nous en décrivit le mystère», *Tableau de l'inconstance des mauvais anges et démons*, p. 463.
290. *Tableau de l'inconstance des mauvais anges et démons*, p. 186. Poussant la logique de l'inversion, Satan recommande de manger de la viande le vendredi, et célèbre Pâques ou la Saint-Jean par «la plus grande débauche et dissolution», *Tableau de l'inconstance des mauvais anges et démons*, p. 398.
291. Les amoureux de la science-fiction penseront au *Maître du château*, de Philip. K. Dick, au *Monde des Ã*, de Van Vogt, ou au *Monde noir*, de Galouye.
292. *Incrédulité et mécréance*, pp. 110-111. Pierre de Lancre n'indique pas le nom de cette «sorcière célèbre».
293. *Incrédulité et mécréance*, pp. 649-650.
294. *Incrédulité et mécréance*, p. 313.

295. *Incrédulité et mécréance*, p. 324.
296. *Le Livre des princes*, p. 742.
297. *Collection des inventaires sommaires des archives communales antérieures à 1790*, Bayonne, t. 2, p. 210.
298. *Incrédulité et mécréance,* p. 35.
299. *Tableau de l'inconstance des mauvais anges et démons*, pp. 96-97.
300. *Collection des inventaires sommaires des archives communales antérieures à 1790*, Bayonne, t. 2, p. 12 et13.
301. *Collection des inventaires sommaires des archives communales antérieures à 1790*, Bayonne, t. 2, p. 14.
302. *Incrédulité et mécréance*, p. 78.
303. *Incrédulité et mécréance*, p. 89. Les « bleds » désignent toutes les céréales, en particulier le seigle. Les « défauts » sont les absences au sabbat.
304. *Incrédulité et mécréance*, p. 548.
305. *Incrédulité et mécréance*, p. 35.
306. *Tableau de l'inconstance des mauvais anges et démons*, p. 546.
307. *Tableau de l'inconstance des mauvais anges et démons*, p. 192.
308. *Tableau de l'inconstance des mauvais anges et démons*, p. 546.
309. *Incrédulité et mécréance*, p. 37.
310. *Incrédulité et mécréance*, p. 547. Pierre de Lancre, toujours à l'affût de détails nouveaux, constate que la peau des enfants ne saigne pas à l'emplacement de la marque du Diable.
311. *Tableau de l'inconstance des mauvais anges et démons*, p. 193.
312. *Incrédulité et mécréance*, p. 75.
313. Comme d'habitude, les graphies sont approximatives et fantaisistes. C'est le cardinal d'Ossat qui utilise la dernière graphie, à vraie dire exceptionnelle, dans une lettre où il raconte la remise du rochet à l'évêque par le pape Clément VIII. Le rochet est le surplis à manches étroites que portent les évêques. *Autour de Bertrand d'Etchauz, évêque de Bayonne, fin XVIe début XVIIe siècles*, op. cit.
314. En fonction du concordat de Bologne en 1516, le roi de France nomme les évêques, le pape leur donnant l'investiture spirituelle.
315. René VEILLET, *Recherches sur la ville et l'église de Bayonne*, op. cit., t. 1, pp. 189-190.
316. *Autour de Bertrand d'Etchauz, évêque de Bayonne, fin XVIe début XVIIe siècles*, op. cit.
317. Hubert LAMANT-DUHART, *Saint-Jean-de-Luz, histoire d'une cité corsaire*, Eskaldia, 1992.
318. La situation est identique dans le Poitou des années 1630, qui connaît aussi un reflux protestant et une contre-offensive catholique au moment où les ursulines de Loudun se disent possédées par le Diable et dénoncent le sorcier Urbain Grandier.
319. Cité par Louis DESGRAVES, *L'Aquitaine aux XVIe-XVIIIe siècles*, op. cit., p. 55. C'est moi qui mets en italique.
320. Tous ces renseignements – et ceux qui suivent – sont tirés de P. COURTEAULD, *Pour l'histoire de Bordeaux et du Sud-Ouest*, Bordeaux, Mounastre-Picamilh, Paris Auguste Picard, 1914, pp. 177 et sq.
321. P. COURTEAULD, *Pour l'histoire de Bordeaux et du Sud-Ouest*, op. cit.
322. Abbé M. MICHELENA, *Hendaye, son histoire*, op. cit.
323. Joseph PEREZ, *Histoire de l'Espagne*, Fayard, 1996, pp. 353. et sq. Le décret d'expulsion date de fin août 1609. Les Morisques partent vers la France, la Tunisie et le Maroc. Ils sont très mal accueillis dans ces trois pays, les deux derniers les assimilant à des chrétiens. Lancre pose la date de septembre 1610 pour l'arrivée des Morisques, soit un an après la venue de la commission. Mais les vexations sont bien antérieures au décret d'expulsion, et ont provoqué de nombreuses arrivées.
324. René VEILLET, *Recherches sur la ville et l'église de Bayonne*, op. cit., p. 193.
325. La citation d'Henri IV est précisée en note par les chanoines DUBARAT et DARANATZ, in René VEILLET, *Recherches sur la ville et l'église de Bayonne*, op. cit., p. 193.
326. *Incrédulité et mécréance*, p. 497.
327. *Incrédulité et mécréance*, p. 496.
328. *Tableau de l'inconstance des mauvais anges et démons*, avertissement.

329. Manex GOYENETCHE, *Histoire générale du Pays basque*, t. 3, *Évolution économique et sociale du XVIe au XVIIIe siècle*, Elklarlanéan, 2001, p. 322 et sq.
330. Le mémoire des jurats d'août 1607 dénonce des excès « qui tous tendent à sédition populaire ». La requête est enregistrée le 26 août 1607 par Pontac.
331. CALMEIL docteur L. F., *De la folie considérée sur le point de vue pathologique, philosophique, historique et judiciaire, depuis la Renaissance jusqu'au XIXe siècle*, Paris, Baillière, 1845.
332. *Tableau de l'inconstance des mauvais anges et démons*, dédicace au chancelier de Sillery.
333. *Tableau de l'inconstance des mauvais anges et démons*, p. 29.
334. *Incrédulité et mécréance*, p. 75.
335. *Tableau de l'inconstance des mauvais anges et démons*, p. 38.
336. *Tableau de l'inconstance des mauvais anges et démons*, 1613, p. 502.
337. Robert MANDROU, *Magistrats et Sorciers*, op. cit., pp. 542-543.
338. *Tableau de l'inconstance des mauvais anges et démons*, 1613, p. 502.
339. *Incrédulité et mécréance*, p. 45 Cette dernière dépose « sur la sellette » à Bordeaux que ceux qui ne vont au sabbat qu'en esprit y sont « immobiles comme des statues ».
340. *Tableau de l'inconstance des mauvais anges et démons*, 1613, Avertissement.
341. *Incrédulité et mécréance*, p. 36.
342. *Tableau de l'inconstance des mauvais anges et démons*, 1613, Avertissement.
343. *Tableau de l'inconstance des mauvais anges et démons*, p. 193. Pierre de Lancre abuse de la citation répétée des mêmes événements. On reconnaît une variante du récit qu'il fait de l'interrogatoire de Cathalin de Bardos. Mais on apprend ici qu'il a été appelé comme spécialiste pour reconnaître la marque du Diable chez la fille, Marie de La Ralde.
344. *Tableau de l'inconstance des mauvais anges et démons*, 1613, Avertissement.
345. Joseph PEREZ, *Histoire de l'Espagne*, op. cit., p. 391.
346. *Tableau de l'inconstance des mauvais anges et démons*, p. 391.
347. Joseph PEREZ, *Histoire de l'Espagne*, op. cit., p. 391.
348. *Tableau de l'inconstance des mauvais anges et démons*, p. 395.
349. *Tableau de l'inconstance des mauvais anges et démons*, p. 562.
350. *Incrédulité et mécréance*, p. 183.
351. *Les établissements jésuites en France, Répertoire bibliographique publié à l'occasion du quatrième centenaire de la compagnie de Jésus*, sous la direction de Pierre DELATTRE, t. 1, 1949.
352. *Tableau de l'inconstance des mauvais anges et démons*, 1613, Dédicace.
353. Père J. M. PRAT, *Recherches historiques sur la Compagnie de Jésus en France du temps du père Coton*, 1564-1626, op. cit., p. 519.
354. A. COMMUNAY, *Pierre de Lancre*, op. cit.
355. *Incrédulité et mécréance*, p. 167.
356. *Incrédulité et mécréance*, avertissement.
357. Kurt BASCHWITZ, op. cit., p. 198.
358. *Tableau de l'inconstance des mauvais anges et démons*, 1613, avertissement.
359. *Incrédulité et mécréance*, p. 48.
360. *Incrédulité et mécréance*, p. 587.
361. *Incrédulité et mécréance*, p. 601.
362. *Incrédulité et mécréance*, p. 613.
363. *Incrédulité et mécréance*, dédicace.
364. *Incrédulité et mécréance*, p. 471.
365. *Incrédulité et mécréance*, p. 475.
366. A. COMMUNAY, *Le Conseiller Pierre de Lancre*, op. cit.
367. *Le Livre des princes*, p. 157.
368. Guy BECHTEL, *La Sorcière et l'Occident*, op. cit., p. 643.

369. L'impératrice Marie-Thérèse d'Autriche devait faire abolir la torture en 1776.
370. *Encyclopédie*, p. 370, Sorciers et sorcellerie.
371. En 1740, Marie-Thérèse d'Autriche décide que toutes les plaintes en sorcellerie seront soumises à la décision du pouvoir impérial.
372. Cf. Kurt BASCHWITZ, op. cit.
373. Ibid.
374. Philippe TAMIZEY DE LA ROQUE, *Les Correspondants de Péreisc*, Agen, 1879.
375. Gabriel NAUDÉ, *Apologie pour tous les grands personnages qui ont été accusés de magie*, édition de 1712, p. 394, cité par Robert MANDROU, *Magistrats et Sorciers*, op. cit., p. 299.
376. Gabriel NAUDÉ, *Apologie pour les grands personnages faussement soupçonnés de magie*. Le texte est également cité par A. COMMUNAY, *Le Conseiller Pierre de Lancre*, op. cit., p. 38 à 41.
377. Robert MANDROU, *Magistrats et Sorciers*, op. cit., p. 299.
378. *Le Livre des princes*, avertissement.
379. *Le Livre des princes*, respectivement pp. 30, 36 et 129.
380. *Le Livre des princes*, p. 161.
381. Ibid., p. 167.
382. Ibid., p. 182.
383. Ibid., p. 186.
384. Ibid., p. 193.
385. Ibid., p. 205.
386. Ibid., p. 221. Quand on connaît la sinistre réputation de Pierre de Lancre dans l'histoire, on ne peut que sourire à ces propos.
387. Ibid., p. 555.
388. Ibid., p. 555.
389. BOSCHERON DES PORTES, op. cit., t. I, p. 374.
390. M. J. MAXWELL, *Un Magistrat hermétiste, Jean d'Espaignet, président au parlement de Bordeaux*, Bordeaux, Gounouilhou, 1896. Il s'agit d'un discours prononcé lors de la rentrée des chambres par le substitut au procureur de Bordeaux.
391. M. J. MAXWELL, *Un Magistrat hermétiste, Jean d'Espaignet*, op. cit., p. 20.
392. Louis DESGRAVES, *Évocation du vieux Bordeaux*, op. cit.
393. Jean d'Espaignet écrit un long poème en latin à la gloire de son collègue Pierre de Lancre, publié en préambule du *Tableau de l'inconstance des mauvais anges et démons*. Une traduction versifiée paraît au début d'*Incrédulité et mécréance*.
394. Dès 1597, le collège est de fait réouvert : le catalogue primus indique seize maîtres. Cf. G. PAITA, *Les Catalogues du personnel de la province jésuite d'Aquitaine*, Audir-Hachette, Bibliothèque nationale de Paris, 1976. Voir plus haut.
395. Père J. M. PRAT, *Recherches historiques sur la Compagnie de Jésus en France du temps du père Coton*, op. cit.
396. *Catalogue triennal de la compagnie de Lyon*, Archives jésuites, Vanves, 1633. Il s'agit d'une copie de microfilm des archives de la Compagnie qui se trouvent au Vatican. L'écriture en est peu lisible. Il existe aussi un catalogue dit « secret » sur les membres de la Compagnie, mais il n'est consultable qu'au Vatican.
397. *Du sortilège*, pp. 100-101. Le deuxième anagramme, bien que cité en français par l'auteur, ne peut être qu'en latin.
398. *Du sortilège*, p. 269.
399. *Du sortilège*, p. 300.
400. *Du sortilège*, p. 320.
401. A. COMMUNAY, *Le Conseiller Pierre de Lancre*, op. cit.

Bibliographie

Bibliographie générale

Autour de Bertrand d'Etchauz, évêque de Bayonne, fin XVIe *début* XVIIe *siècles*, Actes du colloque des 17 et 18 septembre 1999, Société des sciences, lettres et arts de Bayonne, 2000.

BARTHETY Hillarion, *La Sorcellerie en Béarn et dans le Pays basque*, conférence publique à la mairie de Pau, suivie de *Pratiques de sorcellerie et superstitions populaires*, Pau, Léon Ribaud, 1879.

BASCHWITZ Kurt, *Procès de sorcellerie, histoire d'une psychose collective* (*Hexen und Hexenprozesse*, Munich), Arthaud, 1973.

BECHTEL Guy, *La Sorcière et l'Occident, la destruction de la sorcellerie en Europe des origines aux grands bûchers*, Plon, coll. « Le doigt de Dieu », 1997.

BECHTEL Guy, *Les Quatre Femmes de Dieu, la putain, la sainte, la sorcière et Bécassine*, Plon, 2000.

BERCÉ Yves-Marie, *La Vie quotidienne dans l'Aquitaine du* XVIIe *siècle*, Hachette, 1978.

BERNOU Jean, *La Chasse aux sorcières dans le Labourd*, Agen, 1897.

BORDE François, *Sorciers et Sorcières en Gascogne et Pays basque*, Privat, 1999.

BOSCHERON DES PORTES, *Histoire du parlement de Bordeaux*, Bordeaux, 1877, 2 volumes.

BOISSEL W., Le conseiller Pierre de Lancre, Bayonne, *Bulletin du musée basque*, 1er février 1938.

CALMEIL docteur L. F,. *De la folie considérée sur le point de vue pathologique, philosophique, historique et judiciaire, depuis la Renaissance jusqu'au* XIXe *siècle*, Paris, Baillière, 1845.

CARBASSE Jean-Marie, *Histoire du droit pénal et de la justice criminelle*, PUF, 2000.

CERQUAND, Légendes et récits du Pays basque, *Bulletin de la société des sciences, lettres et arts de Pau*, 1875.

CHABAS D., *La Sorcellerie et l'Insolite dans les Landes et les pays voisins*, chez l'auteur, 40130 Capbreton, 1983.

COCULA Anne-Marie, *Montaigne, maire de Bordeaux*, L'Horizon chimérique, 1992.

COMMUNAY A., *Le Conseiller Pierre de Lancre*, Agen, 1890.

COMMUNAY A., *Le Parlement de Bordeaux, notes biographiques sur ses principaux officiers*, Favraud, 1886.

COURTEAULD P., *Pour l'histoire de Bordeaux et du Sud-Ouest*, Bordeaux, Mounastre-Pécamilh, Paris, Auguste Picard, 1914.

DAMBIELLE André, *La Sorcellerie en Gascogne*, Auch, collection Rediviva, 1992.

DARANATZ J., Un singulier procès de sorcellerie, 1603-1605, intenté par la ville de Bayonne à son évêque, *Bulletin de la société des sciences lettres et arts de Bayonne*, 1923.

DARANATZ J., Prétendus prodiges à Bayonne en 1613, *Bulletin de la société des sciences lettres et arts de Bayonne*, 1930.

DELATTRE Pierre, *Les Établissements jésuites en France, répertoire bibliographique publié à l'occasion du quatrième centenaire de la compagnie de Jésus*, tome 1, 1949.

DELUMEAU Jean, *La Peur en Occident, XIVe-XVIIe siècles*, Fayard, 1978.

DESGRAVES Louis, *L'Aquitaine aux XVIe et XVIIe siècles*, Fédération historique du Sud-Ouest, 1992.

DESGRAVES Louis, *Évocation du vieux Bordeaux*, Vivisques, 1989.

DEVIENNE Dom, *Histoire de Bordeaux*, Lacaze, 1862.

FEBVRE Lucien, *Au cœur religieux du XVIe siècle*, Bibliothèque générale de l'École pratique des hautes études, 1957.

GAULLIEUR Ernest, *Histoire du collège de Guyenne*, Sandoz et Fiscbacher, 1874.

GINZBURG Carlo, *Le Sabbat des sorcières*, Gallimard, 1992.

GOYENETCHE Manex, *Histoire générale du Pays basque*, tome 3, *Évolution économique et sociale du XVIe au XVIIIe siècle*, Elklarlanéan, 2001.

GUILGERT Aristide, *Histoire des villes de France*, Paris, Furne, 1844.

Histoire des faits de sorcellerie, actes de la 8e rencontre d'histoire religieuse tenue à Fontevrault les 5 et 6 octobre 1984, Presses universitaires d'Angers, 1984.

LAZARD Madeleine, *Michel de Montaigne*, Fayard, 1992.

LABORDE J.-B., Les « brouches » en Béarn, Gascogne et Pays basque, in *Revue historique et archéologique du Béarn et du Pays basque*, Pau, 1936.

LABORDE J.-B., *Précis d'histoire du Béarn*, Pau, 1943.

LAFOURCADE Maïté, *Mariages en Labourd sous l'Ancien Régime*, Service de l'Université du Pays basque, Bilbao, 1989.

LAMANT-DUHART Hubert, *Saint-Jean-de-Luz, histoire d'une cité corsaire*, Eskaldia, 1992.

LASSUS Alfred, DARRIGRAND Pierre, *Biarritz, ses marins et ses corsaires*, J & D Éditions, 1997.

LESPY V., Les Sorcières dans le Béarn, 1393-1672, *Bulletin de la société des sciences lettres et arts de Bayonne,* 1874-1875, IIe série, tome IV.

MALVEZIN Théophile, *Histoire des juifs à Bordeaux*, Bordeaux, Charles Lefèvre, 1875, Laffitte Reprints, 1975.

MANDROU Robert, *Magistrats et Sorciers au XVIIe siècle*, Paris, 1968.

MAXWELL M. J., *Un Magistrat hermétiste, Jean d'Espaignet, président au Parlement de Bordeaux*, Bordeaux, Gounouilhou, 1896.

MICHELET Jules, *La Sorcière*, Garnier, 1966.

MICHELET Jules, *Journal*, Gallimard, 1959.

Abbé M. MICHELENA, *Hendaye, son histoire*, Haitze Garbia, 1987.

MUCHEMBLED Robert, *La Sorcière au village (XVe-XVIIe siècles)*, Gallimard, collection « Archives », 1979.

MUCHEMBLED Robert, *Sociétés, cultures et mentalités dans la France moderne*, Armand Colin, 1994, 2e édition.

MUCHEMBLED Robert, *Le Roi et la Sorcière, l'Europe des bûchers, XVe-XVIIIe siècles*, Desclée de Brouwer, 1993.

MUCHEMBLED Robert, *Culture populaire et culture des élites dans la France moderne, XVe-XVIIIe siècles*, Flammarion, 1978.

O'REILLY Patrice John, *Histoire complète de Bordeaux*, Bordeaux, Delmas, 1863.

PAITA G., *Les Catalogues du personnel de la province jésuite d'Aquitaine*, Audir-Hachette, Bibliothèque nationale de Paris, 1976.

PEREZ Joseph, *Histoire de l'Espagne*, Fayard, 1996.

PONTET Josette, *Histoire de Bayonne*, Privat, 1991.

PRAT (père) J. M., *Recherches historiques et critiques sur la compagnie de Jésus en France, 1564-1626*, Lyon, 1886.

Revue historique de Bordeaux, Pierre de Lancre, III, XVIII, et II, 369 et XVII, 268.

Revue historique et archéologique du Béarn et du Pays basque, 1935-1936, nos 163 à 168.

RICAU Osmin, *Histoire des cagots, race maudite de Gascogne*, 1969.

RITTER Raymond, *Catherine de Bourbon*, Paris, Jean Touzot, 1985.

JACQUES-CHAQUIN Nicole et PRÉAUD Maxime (sous la direction de), *Le Sabbat des sorcières en Europe, XVe-XVIIIe siècles*, Jérôme Million éditeur, 1993.

SALVIAT de, *La Jurisprudence du parlement de Bordeaux*, Paris, 1787.

SOMAN Alfred, *Sorcellerie et Justice criminelle, XVIe-XVIIIe siècles*, Variorum Reprints, 1992.

TAMIZEY DE LA ROQUE Philippe, *Essai sur la vie et les ouvrages de Florimond de Raymond*, Paris, Aubry, 1867.

TAPIÉ Victor L., *La France de Louis XIII et de Richelieu*, Flammarion, 1967.

VEILLET René, *Recherches sur la ville et l'église de Bayonne*, manuscrit publié par DUBARAT et DARANATZ, chanoines, Bayonne, Lasserre, Pau, Laffont et Ribaut, 1910. Le manuscrit, en trois volumes, a été rédigé par René Veillet entre 1686 et 1714, date de sa mort.

VILLENEUVE Roland, *Les Procès en sorcellerie*, Payot, 1979.

VILLENEUVE Roland, *Le Fléau des sorciers*, Histoire de la diablerie basque au XVIIe siècle, Flammarion, 1983.

ZINK Anne, *Pays ou circonscriptions, les collectivités territoriales de la France du Sud-Ouest sous l'Ancien Régime*, Publications de la Sorbonne, 2000.

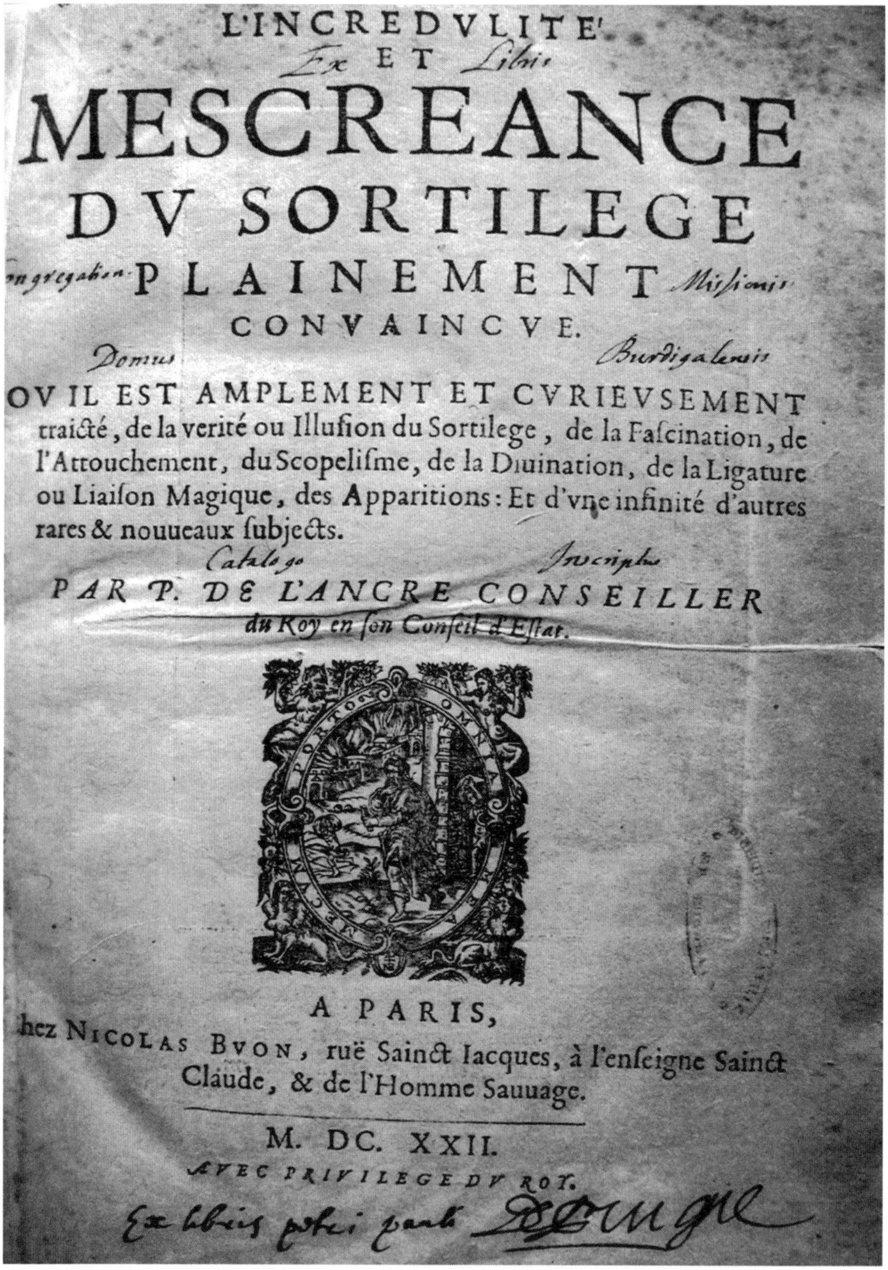

L'INCREDVLITE'
ET
MESCREANCE
DV SORTILEGE
PLAINEMENT
CONVAINCVE.

OV IL EST AMPLEMENT ET CVRIEVSEMENT traicté, de la verité ou Illusion du Sortilege, de la Fascination, de l'Attouchement, du Scopelisme, de la Diuination, de la Ligature ou Liaison Magique, des Apparitions: Et d'vne infinité d'autres rares & nouueaux subjects.

PAR P. DE L'ANCRE CONSEILLER du Roy en son Conseil d'Estat.

A PARIS,
chez NICOLAS BVON, ruë Sainct Iacques, à l'enseigne Sainct Claude, & de l'Homme Sauuage.

M. DC. XXII.
AVEC PRIVILEGE DV ROY.

La page de titre de L'incrédulité et mécréance du sortilège pleinement convaincue…, *1622.*

Ouvrages de l'époque

BRIVES-CAZES, *Les Chambres de justice de Guyenne*, 1583-1584.

Chronique bourdelaise, composée en latin par G. de Lurbe, avocat à la cour et procureur syndic de la ville de Bourdeaux et par lui augmentée et traduite en français avec deux siens discours, ci-devant imprimés, l'un sur la conversion du roi l'autre sur les antiquités trouvées au prieuré Saint-Martin lès Bordeaux, Simon Millanges, 1594.

CRUSEAU Étienne de, *Chronique, 1586-1616*, Publication des bibliophiles de Guyenne, Bordeaux, Gounouilhou, 1879.

Discours prodigieux et épouvantable de trois Espagnols et une Espagnole magiciens et sorciers qui se faisaient porter par les diables de ville en ville : avec leurs déclarations d'avoir fait mourir plusieurs personnes et bétail par leurs sortilèges et aussi d'avoir fait plusieurs dégâts aux biens de la terre, Troyes, Noël Moreau, dit le Coq, 1608.

LA ROCHE-FLAVIN Bernard de, *Treize Livres des parlements de France*, Mathieu Berjon, Genève, 1621.

Le Rozier des guerres composé par le feu roi Louis XI de ce nom pour monseigneur le dauphin Charles son fils. Mis en lumière sur le manuscrit trouvé au château de Nérac par le sieur président d'Espaignet, conseiller du roi, et ensuite un traité, De l'institution d'un jeune prince fait par ledit sieur président d'Espaignet au roi, Paris, Nicolas Buron, 1616.

MÉTIVIER Jean de, *Chronique du parlement de Bordeaux, 1520-1566*, publiée par Arthur de BREZETZ et Jules DELPIT, Bordeaux, Hoquet, 1887.

Supplément des chroniques de la noble ville et cité de Bordeaux, par Jean DARNAL, écuyer, avocat audit parlement, 1666.

Ouvrages de Pierre de Lancre

Tableau de l'inconstance et instabilité de toute chose où il est montré qu'en Dieu seul gît la vraie confiance, à laquelle l'homme sage doit viser, Abel Langelier, 1607.

Tableau de l'inconstance et instabilité de toute chose où il est montré qu'en Dieu seul gît la vraie confiance, à laquelle l'homme sage doit viser, revu, corrigé et augmenté avec un livre nouveau de l'inconstance de toutes les nations principales de l'Europe. Quelle nation est la plus inconstante et la comparaison entre elles, 2e édition, veuve Abel Langelier, 1610.

Tableau de l'inconstance des mauvais anges et démons, où il est amplement traité des sorciers et de la sorcellerie, 1612.

Tableau de l'inconstance des mauvais anges et démons, où il est amplement traité des sorciers et de la sorcellerie, Jean Berjon, 1613.

Le Livre des princes contenant plusieurs notables discours pour l'instruction des Roys, Empereurs et Monarques, Nicolas Buon, 1617.

L'incrédulité et de la mécréance du sortilège pleinement convaincue, où il est amplement et curieusement traité de la vérité ou illusion du sortilège, de la fascination, de la ligature ou liaison magique, des apparitions : d'une infinité d'autres rares et nouveaux sujets, Nicolas Buon, 1622.

Du sortilège, où il est traité s'il est plus expédient de supprimer et tenir sous silence les abominations et maléfices des sorciers que les publier et les manifester. Il y a quelque chose de véritable en ce qu'on dit des sorciers, ou si ce n'est que prestige ou illusion. Et s'il n'y a point quelque remède contre les charmes et les enchantements. Avec une infinité d'autres notables discours sur ce même sujet. Livre très utile, dans lequel il en se trouve que des opinions chrétiennes, et ce que les saints décrets en ont déterminé, 1627.

La seule édition récente d'un des livres de Pierre de Lancre est le *Tableau de l'inconstance des mauvais anges et démons, où il est amplement traité des sorciers et de la sorcellerie*, Éditions Aubier, collection « Palimpseste », 1982, introduction critique et notes de Nicole Jaques-Chaquin.

Sorcières préparant un poison avec un crapaud et un serpent

(détail de la Description et figure du sabbat, voir p. 28).

Index

Italique : noms de lieux ou phénomènes.
Noms soulignés : sorciers et sorcières.

K

L

M

N

O

Table des matières